U0036698

小妻嫁到 1

慕童 著

目錄

自序

慕童

這是慕童的第二本古代言情小說。自從二〇一四年在晉江文學城網站寫文之後，已過了三年時間，自覺成長了不少。相較於之前的青澀，在寫這本書時，慕童傾注了更多的心力。身為一個作者，最想要傳遞給大家的，就是溫暖和愛。

在寫這本書的時候，慕童經歷了一些遺憾的事情……心中雖悔恨，可時間已流逝，一切都無法從頭來過。當時我就在想，如果能有一個重生的機會，人們是否可以及時把握和改變自己的命運呢？

本書的女主角原本是江南商賈人家的小姐，雖家中富有，卻不能掌握自己的命運。她父親為她挑選的未婚夫，在金榜題名之後便迅速地悔婚，娶了名門閨秀。身為商賈人家的姑娘，她縱使悲憤，卻連委屈都不知道該往何處訴說？

直到她跌落懸崖，魂魄附在一塊玉珮之上。

她見到這塊玉珮主人是多麼冷酷和殺伐決斷，看著他在朝堂之上翻雲覆雨，自然也看到他孤家寡人的一面，獨自一人度過無數漫漫長夜。

此刻她還不知在這一魂一人的相處當中，自己已經對男主角裴世澤心生好感。

只可惜，她乃是一縷魂魄……

直到她有了重生的機會，成為她前世所嚮往的那種名門閨秀。為了彌補前世的遺憾，她開始努力地讓自己更優秀。

命運又在這時候帶來了驚喜，在她還是個小奶娃時，裴世澤出現了。作為國公府裡的嫡長孫，裴世澤原本應該活得驕矜又高貴，可是他自幼沒了生母，父親也不喜愛他，若不是有祖父母相護，只怕他早已被生吞活剝。

這次的相遇，其實改變的不僅僅是紀清晨，那個原本霸道冷漠甚至殺人不眨眼的裴世澤，竟也一點一點變得溫暖起來。

如果給你一次重生的機會，你會如何改變自己？

慕童也曾經想過，我想成為更好的人，想要彌補那些生活中永遠無法挽回的悔恨。只是，慕童不曾有這樣的機會，於是，我給了筆下的他們，這樣的機會。

更早遇到對方之後，紀清晨和裴世澤兩人相互扶持著，即便紀清晨的年紀還小，可是她給裴世澤帶來的影響卻無法忽視。而她也在這段救贖中，找到一生所愛的人，彌補了前一世的遺憾。

現實生活中的我們，雖不像他們一樣有重生的機會，但是我相信，只要努力，你就能讓自己變得越來越好。

畢竟重生不能扭轉一切，必須改變的，是你自身的態度。

第一章

紀家上房已經亂了套，尋常進退有度的丫鬟們這會兒全都手忙腳亂，一個個臉色慘白。眼見大夫把完脈後，卻是直搖頭，看得眾人心中一驚。

床上躺著的小姑娘已換了一身乾淨的衣裳，但頭髮還是濕漉漉的，原本就烏黑的髮絲過了水，更如那化不開的濃墨般，襯得她的臉色越發蒼白。昔日圓潤粉嫩的小臉，此刻血色全無，一雙眼睛緊緊地閉著，小嘴更是泛著淺淺的青色。

一旁站著的老嬤嬤和丫鬟瞧見大夫深深地嘆了口氣，俱是碎了心神，個個眼眶泛淚，眼瞧著就要哭出來了。

若七姑娘真出了事，她們這些伺候的婆子和丫鬟，可不只是被發賣那麼簡單啊！

「大夫是救苦救難的聖手，一定要救救咱們家姑娘……」穿著海棠紅比甲的丫鬟眼眸低垂，一張俏臉早無人色。

這位周大夫是慣常出入紀家的，也知道這位七姑娘是紀家老太太的心肝寶貝，尋常只要有個頭疼腦熱的，那可是比老太太病了還要折騰人。

但這小姑娘的氣息，已越來越弱了……到底是打小就看著的孩子，周大夫心裡也不好過。

先前紀家大房已有一位四姑娘夭折，這才不到兩年，七姑娘竟也遭遇這般險事。如今，他也只能盡力一救。
他起身到外間開了個方子，讓人趕緊去抓藥。
周大夫正吩咐著，就聽裡頭傳來一陣喧譁，還有丫鬟驚喜的叫喚聲。
「七姑娘醒了！醒了！」丫鬟這麼一大喊，聲音傳遍了屋子裡外。
跪在院子裡的丫鬟們聽見了這個消息，都大大地鬆了一口氣。
周大夫一聽這話，趕緊又走了進去。見床上的小姑娘再度昏睡過去，待把了脈，卻發現脈象與方才居然大不相同，竟透著一股生機！他也不敢耽誤，馬上命人去熬煮湯藥。
待上房的消息傳到西院裡頭，穿著淺粉色海棠纏枝褙子的女子，正捏著手心裡的佛珠。
一個小姑娘靠在女子的膝蓋上，此時睡得香甜，那模樣與女子有六、七分相像。
「姨太太，七姑娘救活了。」丫鬟輕聲稟報道。
女子雖坐著，可玲瓏有致的身段還是顯現了出來。她的面容清麗婉約，柳眉柔順，還有一張櫻桃小口，是個十足的美人。
只見她淡淡地轉頭，朝窗外望去，外頭鬱鬱蔥蔥的一片，最是春日裡的好風光。
「真是可惜了。」
她輕飄飄的一句話，卻讓底下的丫鬟聽得身子一震。
不過是個孩子，何至於……
紀清晨渾渾噩噩地睡著，卻能感覺到有人抱起她，似是正在將一種極苦的藥汁灌進她嘴裡。只是藥汁雖苦，但她吃著這個味兒，卻一點都不抗拒，彷彿已經吃習慣了一般。

她的神思逐漸清醒，不過腦子裡的記憶仍是混亂的，有她自己的，也有這具身子原本主人的記憶。

還以為自己是投胎轉世，不承想，她的魂魄竟來到一個小姑娘的身上。

紀清晨再度睜開眼時，已是徹底醒了。

旁邊坐著的一個婦人見她醒了，喜不自勝，急忙溫柔地喊了一聲。「沅沅。」

紀清晨腦子裡還殘留著小姑娘的記憶，自然知道面前這個人便是這小姑娘的大伯母。只是在記憶中，這位大伯母對小姑娘素來不假辭色，這會兒倒是溫和得不像她。

韓氏見她雖睜著眼睛，但看起來還是迷迷濛濛的模樣，便又問：「可是想喝水了？」

聽韓氏這麼一說，紀清晨倒真覺得喉嚨乾得像是要燒起來一般，便艱難地點了點頭。

韓氏讓丫鬟倒了杯溫水過來，又讓人小心地扶著紀清晨起身，她則親自餵了紀清晨喝水。

韓氏過去偶爾也會對紀清晨和顏悅色，可大多是做做表面工夫，哪像今日，即便是親娘也不過如此。

不過眾人心裡也明白，韓氏是怕擔責任。畢竟老太太臨行前，七姑娘人還好好的，若是回來後，韓氏卻交給老太太一個病懨懨的孩子，總是說不過去。

可這麼大的事情，韓氏也不敢瞞著，還是讓人送了信上京。好在真定府離京城也不算遠，約莫明兒個老太太便能趕回來。

「沅沅，餓了吧？」韓氏喚的是紀清晨的乳名，聽起來顯得極親熱。

紀清晨輕輕地點點頭。昏迷的這兩日光是喝苦藥汁，她早就餓得肚子空空了。

當小桌子端過來時，她的眼睛險些要看直了。只見小桌上擺著芙蓉糕、雲片糕、桂花糕、四色片糕、蝦餃和湯包等，還有那蝦仁粥，一掀開蓋子，熱氣冒上來便伴隨著說不出的鮮香。

當丫鬟把吹冷的粥送到她嘴邊的時候，她險些把湯勺都給吃進去。

「慢點兒，這粥多著呢，都是妳一個人的。」韓氏見她吃得這麼急，輕聲哄道。

待她吃下一碗鮮粥，卻仍眼巴巴地瞅著。

韓氏見狀，忙讓丫鬟又盛了一碗。能吃才好，這胃口一開，何愁病痛不去呢？

就在紀清晨吃下第二碗後，韓氏便趕緊上前替她擦擦嘴。「可是吃飽了？大伯母讓丫鬟們給妳端茶漱口可好？」

紀清晨瞧了那粥一眼，甚是不捨。她都不記得自己有多久沒吃過這樣鮮美的東西了，差點沒把舌頭也給吞進去。

丫鬟端上茶盞給她漱口，旁邊還有個丫鬟端著梅花小銅盆等著。待她漱了口，又有人給她擰了帕子擦臉。除了動一動嘴，她竟是連手都沒抬。

想來她前世也是江南商賈家中嬌養的女兒，但商戶的見識到底淺薄了些，家裡是有伺候的丫鬟，可這般有條理又精細講究的種種規矩，卻是遠遠趕不上的。

她不由得想起自己的前世來。打小在揚州長大，家中做的是絲綢生意。都說這世上，女子的錢最易賺，是以她家也算是數一數二的富戶。

再加上她樣貌又生得好，她娘年輕時便是因著貌美被她爹瞧中的，而她的容貌更是青出於藍而勝於藍。她爹見她樣貌生得這般好，更是下了功夫，勢必要將她培養成大家閨秀，還請了女先生教導她讀書。

那時候到底也是年幼，自覺讀了幾篇書就是個才女，眼睛恨不得長在頭頂上，便是家中的哥哥們，她也從不放在眼中。

可真到了京城她才知道，什麼叫做天外有天、人外有人。那些國公府、侯府的嫡女，她自是見不著的，但就連四品、五品官家裡的嫡女，行為舉止也都是進退有度、知書達禮，琴棋書畫樣樣精通。

她原本還信誓旦旦的想要出人頭地，卻被一盆冷水兜頭潑了下來。

沒想到這一世，她竟真成了書香世家的嫡出女。

正出神的時候，就聽見外頭有動靜，沒一會兒，便有人打簾子進來。

「七妹。」

紀清晨聞聲抬頭瞧過去，就見兩個嬌俏的小美人攜手而來。

她眨了眨眼睛，搜尋了一下腦中的記憶，想起這兩位原也都是認識的。穿著桃紅織金外衫的是紀寶芸，長房的嫡長女，也是紀清晨的三姊。而跟在紀寶芸身旁，穿著燕草色纏枝海棠紋上裳的姑娘，則是家裡的五姑娘紀寶茵，同紀寶芸乃是一母同胞的嫡親姊妹。

這會兒她倒是記起來了，這身子的主人，也有個親姊姊，不過如今不在家，好像是有事上京去了。

紀寶芸是三姊，自己最小的妹妹好不容易醒了，自然是要過來關切一番的。

丫鬟端了錦凳過來，她方一坐下，便開口問道：「七妹，妳身子可好些了？」

紀清晨點點頭，抿了下小嘴，軟軟地說：「好多了，謝謝三姊關心。」

這話一說出口，別說紀寶芸吃驚，就連旁邊的紀寶茵身子也震了一下，兩人臉上皆露出不敢置信的神情。

紀清晨瞧見她們的驚訝，暗暗倒吸了一口氣。是她大意了。

這位七姑娘，打小因母親身子不好，便養在老太太跟前。再加上她是屬兔子的，不僅和紀家老太太是一個屬相，更是同月同日生的，當年出生的時候就有人說，這孩子和老太太有緣。

後來她母親的身子一直不見好，她就一直待在老太太的上房。等她的生母沒了，老太太又憐惜她年幼失恃，更是對她加倍寵愛。於是便把好好的孩子寵成了無法無天的性子，家裡姊妹沒一個敢惹她的。她要的，別人都不許拿，她不要的，別人才能跟著撿剩下的。

所以她如今這麼乖巧地說話，反而讓這兩個堂姊有點不適應。

紀寶茵愣了一會兒，也沒想太多，接著開口道：「這次可是嚇壞咱們了，七妹，妳以後別再這麼調皮。我娘下山的時候，還心急得險些摔倒了呢。」

聽她說完後，紀清晨卻沒接話。看來這位五姑娘是生怕自己落水的事情會被怪在韓氏頭上，所以乾脆先替韓氏撇清。

一旁的紀寶芸見紀清晨只是靜默著，沒什麼反應，心中有些疑惑，便刻意問道：「大姊可有說什麼時候回來？」

紀清晨搖搖頭。原主的記憶中只知道大姊和老太太去了京城，其他一概不知。

紀寶芸念叨道：「聽說大姊這次進京，是去相看……」她說到一半突然收口，又瞧著身邊兩個妹妹，臉上露出微微尷尬的表情。可她等了半晌，卻沒等來紀清晨的追問，這要是擱在從前，七妹早就忍不住問她了。

一旁的紀寶茵也正等著三姊往下說，紀寶芸卻突然轉了話鋒，問道：「七妹，妳是怎麼落水的？可是有人引妳去湖邊玩？」

紀寶芸這句話倒是挺值得玩味。引她去湖邊？那就是故意害她了。可偏偏紀清晨對她怎麼去湖邊一事，記憶卻是模糊的。

見她還是不說話，只是低垂著頭，紀寶芸和紀寶茵兩姊妹對視了一眼。二房的情況她們也不是不知道，二叔多喜歡那個衛姨娘啊，連帶著衛姨娘所出的六姑娘紀寶芙，也十分得寵，卻冷落了嫡出的女兒。雖然她們兩姊妹也沒見得多喜歡紀清晨，可嫡女天生就瞧不上庶出的，因此她們更看不上紀寶芙。

「唉，妳都病成這般模樣，那個衛姨娘和六妹，竟也不來看一眼。」紀寶芸哼了一聲，嘴角一撇。

紀清晨算是有些明白了，這位姊姊是來給她洗腦的。紀老太太臨行前可是將紀清晨交給大太太照顧的，可大太太卻帶著自己的兩個女兒上山燒香，這才鬧出事端。

如今老太太要回來了，大太太怕受責備，便讓自己的兩個女兒來看望她。紀清晨年紀小，兩個姊姊一唱一和間，將事情推給衛姨娘；再加上紀清晨本就厭惡衛姨娘，不自覺地將這件事都怪在衛姨娘頭上。

可她們卻沒想到，紀清晨已非昔日那個刁蠻任性的小姑娘，自然不會因為她們幾句話的蠱惑就隨意怪罪於誰。

誰知這邊話音剛落，就聽丫鬟進來稟報道：「七姑娘，六姑娘來了。」

紀清晨轉頭朝門口看去，就見一個穿著鵝黃色繡穿花蝴蝶紋路長褙子的姑娘，挑了簾子進來，微微一抬頭，便露出一張秀麗溫婉的小臉。雖然才六、七歲的模樣，卻已能看出是個美人胚子。

紀清晨心中暗嘆，這紀家不僅富貴，就連家中姑娘的長相也都是一等一的好。

紀寶芙不但人來了，還帶了紀清晨最愛吃的玫瑰薄糖餅。

紀清晨讓旁邊的丫鬟拿了玫瑰薄糖餅，才道：「六姊太客氣了，竟還帶吃的。」

一旁紀寶芸的臉色便難看起來。她來得匆忙，竟是什麼也沒帶。

紀寶芙柔柔一笑，道：「七妹妳若是愛吃，明日我再給妳送一些來。」

「六妹，妳來得正好，咱們正說到那天七妹落水的事情呢。妳那時可是待在家中，想必比咱們知道得還要清楚些。」

紀寶芙臉色一僵，有些尷尬地說：「三姊，那日我並未見到七妹，也不知道七妹究竟是怎麼落水的……」

「妳沒見到七妹？可怎麼有人說瞧見妳姨娘身邊的丫鬟在花園裡頭出現呢？」紀寶芸的語氣有些嚴厲。

紀寶芙都已經到了進學的年紀，豈會不知道這樁事情的深淺？紀寶芸這話，顯然是在暗指她姨娘謀害七妹，這可是會丟命的大事啊！她一張小臉登時白了起來。

紀寶茵在聽見自家姊姊說出這些話，當下也急了。那都是娘親私底下查出來的，原本想等著祖母回來再稟明的，三姊怎麼這會兒就全說出來了？

這邊話鋒是妳來我往，好不熱鬧，倒是當事人自己反而落個清閒，只是安靜地瞧著她們。

紀清晨看著紀寶芸篤定的表情，以及紀寶芙那煞白的小臉，心底有些驚訝。難不成紀家七姑娘之所以會落水，其中還真有什麼不可告人的隱情？

紀寶芙素來就不是吵架的性子，她是衛姨娘的親生女，學足了衛姨娘的性格，遇事還未開口，卻已淚先流。這樣的性子，真是讓人打不得也罵不得。

紀寶芸一見她要哭了，還想斥責，卻被紀寶茵一把拉住，趕緊向紀清晨先行告辭。

見她們姊妹二人離開後，紀寶芙才委屈地澄清道：「七妹，我姨娘的丫鬟只是幫她去摘花而已。」

紀清晨瞧著那副委屈樣，當真是個小可憐。幸虧這會兒沒什麼長輩在，要不然任誰都會覺得，是她這個驕橫刁蠻的小霸王，又在欺負她小白菜一樣的六姊了。

紀清晨擺擺手，安慰她道：「六姊妳放心吧，天理昭彰，待祖母和大姊回來了，定不會放過任何一個壞人的。」當然，也不會冤枉任何一個好人。

她不過是偷懶少說了半句，就把紀寶芙嚇著，粉臉煞白地看著她說：「我姨娘不是壞人。」

只見那小嘴抖的，看得紀清晨一個女子心頭都生出了憐惜之情。

難怪衛姨娘會受寵。光看紀寶芙這才多大的年紀，已如此惹人憐愛，且紀寶芙行事作風都學足了衛姨娘，那麼一個加強版的紀寶芙，定是更討人喜歡了。

「我可沒說是衛姨娘。」紀清晨淡淡地說了句。

大抵是受了這孩子的記憶影響，雖未見過衛姨娘本人，可一提到這名字，卻有種從心底油然而生的厭惡感。

看來紀家二房這嫡出和庶出之間，也是一筆理不清的帳啊。

第二章

紀寶芙回到院子，便將所有事情都告訴了衛姨娘。

因衛姨娘喜靜，所以她領著紀寶芙住在一個單獨的小院裡面，連院名都是紀家二老爺親自寫的。

桃華居，桃之夭夭，灼灼其華。可見這衛氏的受寵是擺在明面上的。

衛姨娘聽完後，只吩咐丫鬟去沖了梨子汁，給紀寶芙潤潤喉嚨。

她也不想讓女兒去那小霸王的院子裡，可紀清晨到底是妹妹，妹妹病了，姊姊豈有不去探望的道理？卻不想，這一去居然還有這等收穫。

她又怕紀寶芙餓了，便遣人去把先前準備好的四色片糕端上來，哄著女兒吃一塊。

可紀寶芙哪裡吃得下，她有些著急地說：「姨娘，三姊說丹朱在七妹落水時，剛好也在那處花園裡頭。明兒個祖母和大姊、還有爹爹回來，大伯母肯定是要告狀的，您快想想法子啊！」

祖母在家裡素來就是說一不二的人，她又那般疼愛七妹，若以為是她們故意要害七妹，只怕她和姨娘都沒好下場。

衛姨娘見她這般焦慮驚怕的模樣，心疼極了，伸手將她摟進懷裡，輕輕地撫摸著她柔軟如綢緞的長髮，聲音裡則透著說不出的悽苦。「是姨娘連累了妳，若妳也是個嫡出的，何至於如此怕她？」

「姨娘。」紀寶芙柔柔地叫了一聲。抬頭看著衛姨娘的臉頰，只見那柔美的面孔上，有著說不出的哀怨。

不過一瞬後，衛姨娘卻又露出淺淺一笑，她摸了摸閨女的臉頰，輕聲說：「寶芙別怕，咱們沒做虧心事，這次誰都別想欺負到咱們頭上。」

衛姨娘外貌瞧著雖然是個弱不禁風的女子，可她內心卻極為剛強，又自小讀書，是個十足聰慧的人。

方才聽紀寶芙一說，她立即就明白了，大太太這是在拿自己作筏子，向老太太請罪呢。七姑娘在家是被大太太照顧的，可她卻帶著自己的兩個女兒去寺裡燒香拜佛，把七姑娘丟在家裡，這怎麼看都是她這個大伯母不負責任，沒把七姑娘照顧好。

如今大太太卻藉著查探七姑娘落水的緣由，想要禍水東引……

衛姨娘在心裡冷嗤一聲。一個小姑娘落水能有什麼原因？無非就是見家中長輩不在，非要跑到花園裡頭去玩，而身邊的丫鬟又沒看顧好才出事。說來說去，都是韓氏的責任，如今卻想推到她身上，真是好生歹毒。

衛姨娘是二房的姨娘，素來和韓氏沒什麼來往，更別說結仇了。可如今韓氏為了自己，卻想把這般重的罪名強加於她。

謀害家中嫡女，這個罪名要是落實了，別說她自個兒的性命不保，就連寶芙的一生也都要毀了。畢竟有這麼一個歹毒的生母，誰還敢娶她的閨女當媳婦兒？

不過衛姨娘心中已有了對策，她摟著紀寶芙，好生安慰著。

想拿她當擋箭牌，可沒那麼容易！

一大清早，韓氏就先派人到城門口去等著，她自個兒則是簡單地梳妝後，便起身去了上房。

紀清晨還躺在床上歇息，不過精神已比昨日好多了。

韓氏到了上房後，親自擰了帕子給紀清晨擦了臉，才柔聲道：「一會兒老太太和大姑娘就要回來了，沅沅可開心啊？」

紀清晨甜甜一笑，點點頭，可心底卻暗笑著。瞧韓氏這般緊張的模樣，看來紀家老太太必定是個厲害的人物。

韓氏又傳了早膳過來，主食是赤豆薏仁粥，小瓷碟中則放著不同的醬瓜和小菜，讓人瞧著便胃口大開。

紀清晨自是要和韓氏客氣一番，揚起甜甜的笑容問：「大伯母可用過早膳了？不如就和清晨一起吃吧。」

「我的小乖乖喲，如今竟這般懂事了。」韓氏一聽這話，臉上露出欣慰的表情，又見她精神這麼好，也就放了心，總算老太太回來看見的，不會是個滿臉病容的孫女。「妳先吃吧，大伯母一會兒還要忙著呢。」

待韓氏回去領著兩個女兒用了膳，就聽人來稟告，說是老太太的馬車到了城門口，再過半個時辰就該到府門口了。

「妳們兩個待會兒陪著娘，一塊兒到門口迎接祖母。」韓氏板著臉，對紀寶芸和紀寶茵囑咐道。

「娘，小心些。」站在一旁的韓氏，見老太太正要從馬車裡下來，趕緊上前伸手攙扶。雖然是匆忙趕回來的，可老太太瞧著精神不錯，就是臉上有些著急之色，一看見韓氏便問：「妳怎麼在這兒?沅沅身邊可有人照顧?」

老太太人都還沒下車呢，就開口問紀清晨，至於旁邊站著的三個姑娘，卻是一點也沒瞧見。

紀寶芙素來不受老太太喜愛，而紀寶芸則是在大房裡受寵，可偏偏在老太太跟前不僅比不上紀清晨，連大姊也比不上。

「媳婦知道您要回來，便領著孩子們來接您。沅沅那裡都吩咐好了，有宋嬤嬤和如意在身邊伺候著呢。」韓氏臉上帶著笑，趕緊解釋。

老太太哼了一聲，神情仍有些不悅。

此時旁邊站著一個十三、四歲的姑娘，上前一步走過來。她身穿緋紅色繡百花穿蝶刻絲上裳、挑線刻絲白裙，頭上簪著玉梳，龍眼大小的南海粉珍珠則俏生生地落在耳邊，微微一動便輕輕晃悠；而那烏黑順滑的長髮跟緞子似的，又柔又亮。她五官生得明豔，桃花眼、柳葉眉，嘴角噙著一抹笑，當真是比那園子裡的牡丹還要明豔貴氣。

「祖母，咱們還是先進去看沅沅吧。」紀寶璟一邊說著，一邊伸手扶住了老太太的手臂。

倒不是她想替韓氏解圍，只是擔心了一整天，如今已到家門口，她自然是想先見見妹妹。

老太太點點頭，暫且先放過了韓氏。

待老太太上了軟轎，其他人則跟在後頭，來到了上房門口。

待進了內室，瞧見紀清晨小小的人兒躺在床上，老太太的眼眶霎時就紅了一圈。她緊走到床邊坐下，上上下下仔細打量了寶貝孫女一遍，才顫聲說：「妳可嚇死祖母了。」

紀清晨早就得了消息，知道老太太回來了，若不是身旁的丫鬟不許，她本想起身下床迎接的。

看見老太太坐在自己的床頭，滿面憂容，她也跟著紅了眼眶。在原主的記憶中，祖母待她的好最是清晰不過，她都還記得。

當她感覺到另一道關切的目光，抬起頭看過去，便瞧見旁邊站著一個清妍絕麗的少女，頓時有些熟悉感。

這個姊姊，好似在哪裡見過？

紀寶璟看到床上的小姑娘此時正眼巴巴地看著她，那水濛濛的大眼睛眨了兩下，便把她滿心的憂慮和生氣都給看散了。

「別以為妳擺出一副可憐樣，姊姊就會放過妳。」紀寶璟說完，還伸出白皙的手指在她的額頭上點了點。

老太太看著她們姊妹情深的模樣，忍不住笑了。不過這次她倒是站在紀寶璟這邊，也板起臉說：「不僅妳姊姊不會就這樣放過妳，等妳身子好全了，祖母也得好好說一說妳。」

紀清晨這才反應過來，原來她是原主的親姊姊啊。

自從昨日醒來一直到今日，她腦海中有些記憶仍斷斷續續的，有些模糊，所以方才一時沒認出她的大姊。

等老太太確認了紀清晨沒什麼大礙，又讓她再躺下多歇息，這才到外間坐著。韓氏和其他幾位姑娘也都跟著出去，只留下紀清晨在屋子裡繼續休息。

老太太在外間的羅漢榻上一坐下，便開口問：「沅沅到底是怎麼落水的？身邊那些個丫鬟都是怎麼伺候的？」

老太太一動怒，韓氏立刻請罪道：「都是媳婦不好，沒有照顧好沅沅，讓她這次遭了這樣的大罪。」

方才老太太坐下時，連個錦凳都沒讓人給韓氏端過來，因此她只能站在原地回話。

一旁的紀寶芸和紀寶茵都面露急色，可是在來之前娘親已經叮囑過了，不許她們隨便站出來說話。

「老大媳婦，不是我說妳，妳要去廟裡的話，把沅沅帶上又如何？她不過是個孩子，妳怎麼忍心放她一個人？」老太太回來之前就已經弄清楚。韓氏昨日去上香，把她的寶貝乖孫女一個人留在上房，才會惹出這樣的事情。

韓氏面色一紅。說來她掌管家務也有十來年，連孩子都到了要成親的年紀，偏偏這會兒卻被老太太當著這麼多人的面前訓斥，她的面子都要掉光了。可就算再沒臉面，她也不敢露出一絲不滿，只是自責地說：「媳婦知錯，娘教訓得是。」

「我倒也不是要教訓妳，只是沅沅年紀小，妳又是大伯母，該對她更上心一些。」

老太太一說完，旁邊一直沒說話的紀寶璟隨即上前，輕聲道：「祖母，既然沅沅沒事，您就別責怪大伯母了。現在最要緊的，是問清楚沅沅到底為何落水？」

若是她自己貪玩掉到水裡那也就算了，可若是有人……

「娘，先前我已經派人問過在上房伺候的丫鬟，她們都說是沅沅故意甩開她們，自己跑出去玩的。只是又有丫鬟瞧見衛姨娘的丫鬟丹朱，在園子裡同沅沅說了話。不過到底是衛姨娘的丫鬟，媳婦也不好把人叫過來問話，只等著您回來作主呢。」

「衛氏的丫鬟？是哪個？去把人叫過來。」老太太的臉色頓時就冷了下來。

待老太太身邊的丫鬟正要去傳丹朱，就聽見外面有人通傳，說是衛姨娘親自領著人來了。

門口軟簾輕輕一掀，衛姨娘走在前頭，領著一個小丫鬟進來。

衛姨娘本就身姿玲瓏，今兒個又穿了一身蔥白繡木樨花紋刻絲長褙子，腰身處做了收腰，看起來當真是不盈一握。

她一走到老太太跟前，便俯身道：「給老太太請安。」

衛姨娘本也是官宦家的姑娘，規矩還是不錯的，就連福身請安，都比旁人要飄逸好看。

了。

「起來吧。」老太太斜睨了她一眼，便低頭去端一旁小桌上的茶盞。

她素來就不喜歡衛氏，一股子狐媚勁，要不是為了衛氏，沅沅的親娘也不會那麼早就去了。

衛姨娘這才緩緩地起身。

她見老太太沒開口問話，倒也識相，主動道：「老太太傳妾身房中的丫鬟過來問話，妾身怕這丫鬟有失禮的地方，便斗膽跟了過來。」

「倒也不是為了別的。」韓氏知道老太太不會自己開口問，她便主動問起。「昨日七姑娘在園子裡頭落水，有人瞧見衛姨娘妳身邊這個丫鬟丹朱和七姑娘說了幾句話。叫她過來，便是想問問，她們都說了些什麼？」

「七姑娘落水？」衛姨娘眼睫開始顫抖，忙轉頭瞧向丹朱，顫聲問道：「大太太的意思是，這丫頭與七姑娘落水一事有關？」

「姨娘，奴婢沒有、奴婢沒有啊！」丹朱早就嚇得六神無主，她立即跪下來，抬頭看了大太太一眼，慌張地道：「昨日姨娘派奴婢到花園裡頭摘花，是七姑娘瞧著奴婢摘的花好看，便多問了兩句而已。」

「多問了兩句？所以妳便慫恿她到湖邊去摘花？」韓氏盯著丹朱，神色登時嚴肅起來，連先前臉上掛著的笑都沒了。

丹朱嚇得臉都白了，身子一直在顫抖。「奴婢沒有，大太太，奴婢沒有啊！只是七姑娘問奴婢花是在哪兒摘的，奴婢便如實說了而已。」

「她一個小孩子，怎麼會獨自去摘花？還說不是妳慫恿的。」韓氏厲聲質問道。

聽韓氏這麼說，老太太也不禁瞇著眼睛，打量起跪在地上的丹朱；而衛姨娘則一直低垂著頭，讓旁人瞧不清她臉上的神色。

「大太太，真的不是奴婢，就算給奴婢天大的膽子，也不敢去慫恿七姑娘啊！奴婢本是要給七姑娘花的，只是七姑娘說……」丹朱說到這裡停了一下，抬頭看了衛姨娘一眼，才繼續道：「七姑娘說，不要咱們桃華居的髒東西。」

「放肆！」她剛說完，紀寶璟便開口呵斥了一聲。

丹朱身子抖得更厲害，倒是一直垂著頭的衛姨娘，抬起頭看向紀寶璟，輕聲說：「大姑娘息怒，這丫鬟是個愚鈍的，素來不會說話。若大姑娘覺得她撒了謊，那大姑娘不妨親自問問七姑娘，別只聽這丫鬟的一面之詞。」

紀寶璟不怒反笑。看來衛氏是篤定了結果，才會如此有恃無恐。

一直沒開口的老太太，此時緩緩地問道：「妳當時瞧見七姑娘，她可是一個人？」

丹朱不敢撒謊，立刻如實道：「回老太太，是的。」

「那妳瞧見她一個人，便讓她自個兒留在那園子裡頭？」老太太心中怒火攀升。這一個個奴才養著有什麼用？瞧見主子一個人，還敢把主子單獨丟在園子裡。

此時別說丹朱，就連衛姨娘都白了臉色。

早就知道老太太偏心，卻沒想到會偏心至此。明明是七姑娘甩開了伺候的丫鬟和婆子，竟還要怪罪到她身邊的丹朱身上。

也怪丹朱太粗心了，就算是不敢招惹那小祖宗，也該去上房通傳一聲，讓上房的丫鬟能找到紀清晨才是。

「府裡養著你們這些個奴才，不就是讓你們伺候好主子。如今倒好，瞧見七姑娘一個人在園子裡頭，竟問也不問就走了，還讓她一個人去摘花，真是好大的膽子啊！」老太太一想到這裡，恨不得立即將這個丫鬟趕出府。

衛姨娘當即跪下來，請罪道：「老太太息怒，都是妾身沒調教好丫鬟，這才釀成大錯。」

「別以為妳們這點心思我不知道，不過就是尋思著事不關己罷了，瞧著不是自個兒伺候的主子，便全然不當一回事。如今我便讓妳知道，這府裡到底誰才是真正的主子！」這話簡直就是朝衛姨娘的臉上，狠狠地打了一巴掌。

紀寶璟安靜地站在一旁瞧著，看著衛姨娘跪在地上，因低著頭而露出一段柔軟白皙的脖頸，卻刺眼得讓人厭惡。

老太太這般雷霆大怒讓韓氏有些驚訝，不過心中也暗自慶幸著，幸虧是找了個替死鬼，要不然老太太這一頓脾氣可都要發到她身上來了。

第三章

此時外面丫鬟進來通稟，說是二老爺過來了。

沒一會兒，二老爺紀延生便走了進來。只見他穿著暗紅色圓領錦袍，腰間束著巴掌寬銀色暗紋腰帶，身材削瘦挺拔，面容斯文俊朗，倒也不失玉樹臨風。

「母親。」紀延生是跟著老太太她們一起回來的，只是家中女眷到門口迎接老太太，他也不好直接跟著過來，便先行去了前院。

老太太點頭，問道：「可是來看沅沅的？趕緊進去吧。她這次受了不小的驚嚇，你可不許再教訓她。」

紀延生膝下只有三個女兒，都說望子成龍，他既然沒兒子，便盼著女兒多一點。長女寶璟，聰慧伶俐，做事也十分穩重，讓他最是驕傲。

次女寶芙雖是庶出的，但貼心懂事，他自然也十分喜歡。

偏偏就是這個小女兒吧，樣貌生得那叫一個玉雪可愛、粉妝玉琢，外人瞧見就沒有不誇讚的。可是那性子，和模樣簡直是南轅北轍，她樣貌生得有多乖巧可愛，那性子就有多刁蠻任性。偏偏老太太又護得緊，讓他連想管教都沒辦法。

「娘放心吧，兒子省得的。」紀延生也是嚇壞了，自然不會再去教訓小女兒，只盼著經過這回事情，她能懂事一些。

他低頭看了一眼跪在地上的衛姨娘，輕聲問：「母親，這是怎麼了？」

老太太面露不悅。她不喜歡衛氏，也是因為衛氏把兒子的魂都給勾走了，天生就是個狐媚子。

一旁的韓氏輕笑了下，開口替老太太解釋道：「二爺，請衛姨娘過來，只是為了問沅沅落水的事情。畢竟之前在園子裡唯一和孩子說過話的人，就是衛姨娘身邊的丹朱。」

紀延生聽罷，眉頭緊皺。他之前去了前院，就是想等著這邊女眷散了，再來看望清晨的。誰知寶芙急匆匆地去找他，說是她姨娘被老太太叫去了，讓他去救救她姨娘。

他也知道母親不喜歡衛蓁蓁，所以便著急地趕過來。

「丹朱？她怎麼了？」紀延生又問了一句。

韓氏剛要再說話，就見跪在地上的衛姨娘突然身子晃了晃，便往旁邊倒了過去。虧得紀延生眼疾手快，一彎腰便扶住了她。

「蓁蓁，妳怎麼了？」紀延生抱著她，心疼地喊著。

屋子裡的眾人被這突如其來的情況驚得有些呆愣，還是韓氏機敏，立即吩咐道：「去請大夫，趕緊去請。」

最後，紀延生把衛姨娘抱到軟轎上，先抬回她的院子。

老太太瞧著他離去的背影，面色陰沈，讓眾人也都各自散去了。

紀寶璟怕祖母氣壞了，忙上前勸慰。「衛姨娘身子不好，這也是常有的事。」

「什麼身子不好，我看她就是故意的，早不昏倒、晚不昏倒，偏偏妳爹一來，她就昏倒了。」老太太在後院待了這麼久，什麼陣仗沒見過，這種小把戲，她一眼就瞧穿了。

紀寶璟趕緊說了一些寬慰的話，只見老太太露出疲倦的神色，嘆了一口氣，道：「我哪是氣那麼個東西，我是氣妳爹。妳妹妹才多大的孩子，親娘早早就沒了，如今遭了大難，妳瞧瞧他這個親爹當的，可有一絲焦急？」

即便紀寶璟再懂事，此時聽了這話，也是紅了眼眶。

不知過了多久，便有丫鬟進來回稟，說是已經請了大夫過來。

老太太這會兒剛換了一身舊衣裳，正在和紀寶璟說話。她聽了丫鬟的話，什麼都沒說，便揮手要丫鬟出去。

正在替老太太捶著膝蓋的紀寶璟淺笑了下，喚住了丫鬟，輕聲問道：「等等，大夫可有說衛姨娘是什麼病？」

丫鬟立即低頭，臉上帶著猶豫之色。「回大姑娘，衛姨娘並不是病了，大夫說……說……」

老太太見她吞吞吐吐，便冷著臉問：「說什麼了？難道還有什麼不能說的？」

丫鬟頓了好一會兒，才說：「衛姨娘是有孕了。」

此刻紀清晨安靜地靠在床上，小心翼翼地抬頭，看著坐在她面前的美人兒。

她可真好看啊，一雙杏眼烏黑又有神，高鼻、菱嘴，穿著緋紅色的衣裳，像是一朵正鮮豔盛開的花朵，既明豔又動人。

不過才十四歲的姑娘，容貌還未完全長開，等到了十七、八歲，才是女子容顏最美麗的時候呢。

此時紀清晨心中還是很震驚。她居然成了紀寶璟的妹妹。

紀寶璟！這可是紀寶璟啊。

先前她覺得紀寶璟眼熟，還以為是因為原主的記憶，後來她才憶起，早在前世時，她就見過紀寶璟。

那時先帝膝下一直無子，最後實在是年紀大了，只能從子姪輩中挑選繼承者。早已育有子嗣的靖王爺，便成了最有可能的人選。

靖王是先帝親兄弟的兒子，最後先帝宣召他上京。

半年之後，先帝去世，靖王登基為帝。而在大赦天下、施恩群臣的時候，他便追封了自己的親生父親。

當時可謂是鬧得沸沸揚揚。群臣自然認為他追封先靖王乃是於祖制不合，可是皇上卻一改先帝在位時候的溫和態度，顯露出鐵腕手段，強行追封了自己的父親。

再後來他追封自己唯一的妹妹為公主，又封紀寶璟為郡主時，便沒有大臣再反對了。畢竟連先靖王都能被追封為一國之君，一個公主和郡主的名號，那真是無足輕重了。

於是紀寶璟就成了京城中最受矚目的貴夫人，一舉一動都能引起整個帝都的側目。

至於她自己，在前世時不過是個揚州商賈人家的小姐，說來也巧，她前世的名字便叫清晨。在她娘生她的時候，從清晨便開始腹痛，足足疼了一天一夜才在第二天清晨生下她，於是便給她取名叫清晨。

她家裡是靠著絲綢生意成了首屈一指的富豪，可家中即便再有錢，也不過是受人輕視的商賈。本朝雖不禁止商賈子弟科考，可奈何她家中的兄長在讀書方面都沒什麼資質，因此最後她爹爹便資助了一批優秀的寒門子弟。

那時候，便有個人入了她爹的眼，成了她的未婚夫。

等到她十五歲的時候，她的未婚夫一舉金榜題名，於是她爹便派大哥送她先行上京，沒想到待她到了京城才發現，那人居然要悔婚，而且他更是得了京中貴人的垂青，要將掌上明珠許配給他。

一個是商賈家的姑娘，一個是京城清貴人家的明珠，之前的斗米恩情，不過瞬間就被拋在腦後。

她大哥自是不服氣，可京城裡頭的貴人，他們如何開罪得起？最後她爹只能派人前來，將之前訂婚的信物還給那人，將這樁婚事作罷。

但她那時實在是年少輕狂，在江南的時候，她也是家中的掌上明珠，又生得那般好樣貌，可一心盼著的未婚夫，居然對自己這般不屑一顧。因此當時她便下定決心，要嫁到高門大戶，讓瞧不上她的人後悔。

可是說來容易，做起來卻是難上加難。

她家中雖有銀子，但這銅臭卻是那些清貴人家最瞧不起的，況且就算有銀子，卻沒門路，即便是想嫁入名門也不得其所。

好在她家裡有得是銀子，於是她便用那些銀子當敲門磚，總算是磕開了一點兒門縫。可誰知她的宏圖偉業還未施展半分，就一命嗚呼了。

本以為要投胎轉世，卻不想她魂魄未散，得以留在這人世間。倒楣的是，她的魂魄脆弱，必須依附在一枚上古寶玉中滋養著。

至於那玉的主人……不提也罷。

不過她就是跟著這塊玉的主人才會認識紀寶璟的。生前只聞過大名的那些貴人，死後倒是讓她全見了個遍。再加上紀寶璟生得實在是明豔美麗，又那般端莊華貴，所以在她心裡留下了極深的印象。

沒想到，這一世，她們竟成了姊妹。

只是紀清晨覺得有些奇怪。既然紀寶璟乃是皇上唯一的外甥女，也是安國公主唯一的女兒，那麼前世沒有紀清晨這個人嗎？

還是說，其實在這次落水的意外之後，紀清晨已經去世了？一個五歲的小姑娘意外過世，除了讓家人傷心難過之外，對於外人來說並不是重要的事，所以等皇上後來登基，能賞賜的也只剩下紀寶璟。也只有這個解釋，才能說明一切吧。

如果說前世的紀清晨早逝，那麼這一世，遠在揚州的阮家，是不是也沒有自己這個人了？

按著時間來算，她與紀清晨該是同歲，不知是巧合還是上天注定注定，她們連生辰都是同一日。如今她以紀清晨的身分重生，那麼今世就再也沒有阮二小姐了吧。

想到這裡，她心中真的是五味雜陳。

紀寶璟用銀叉戳了一小塊蘋果遞到紀清晨的嘴邊，見她只是盯著自己直發呆，不由一笑，問道：「姊姊臉上可是長了什麼東西？」

她小心地瞧了紀寶璟一眼，低聲問：「姊姊，妳是不是有心事啊？」

紀寶璟卻沒有回答她的話，反而把銀叉送到她嘴邊。「張嘴。」

紀清晨乖乖地咬了口蘋果，待吃完後，才又開口問：「姊姊，衛姨娘怎麼了？」

方才衛姨娘在外面昏倒，鬧出那樣大的動靜，紀清晨自然不可能不知道。要不是丫鬟死活攔著，不敢讓她下床，她早就出去瞧一瞧了。

「小孩子不許多問。」紀寶璟板著臉，又餵她吃蘋果。

紀清晨抬頭看著她，濃密如小扇子般的長睫毛，一眨一眨地，一看就是在打鬼主意。

紀寶璟也知道她的性子，若是瞞著她，反而會讓她更好奇。於是便將手中的盤子遞給旁邊的丫鬟，又擦了擦手，這才看著紀清晨，柔聲說：「沅沅，衛姨娘懷有身孕了。」

衛姨娘懷孕了？

因著原主的記憶，她自然知道衛姨娘，也知道她是最受紀延生寵愛的姨娘。再加上傳聞說，紀清晨生母早逝也和這衛姨娘有一些關係，所以紀清晨不知有多討厭這衛氏。記憶裡她對衛氏的印象全都是不好的，就連紀寶芙她也是不喜的。

如今一聽說衛姨娘懷孕，她的第一個反應便是皺眉。

「如果她生了兒子，爹爹豈不是會更加喜歡她了？」紀清晨為了紀寶璟和原主感到不值。

她都落水生病了，親爹卻至今也沒來瞧上一眼，可見在這親爹心裡，衛姨娘肚子裡的那塊肉可比她重要多了。

「不會的，只要沅沅乖乖的，爹爹肯定會喜歡沅沅的。」紀寶璟安慰著妹妹。

紀清晨鼓起小嘴，但還是乖乖地點頭。

紀寶璟瞧著她乖巧的模樣，心裡疼愛得不行，又怕她因為紀延生沒來看望她而失望，立即說道：「姊姊這次從京城給沅沅帶了好些禮物呢，沅沅要看嗎？」

「要，姊姊對我最好了。」紀清晨伸出小手，一個勁兒地鼓掌，等看見紀寶璟滿足的笑容，她才放下手。

唉，裝孩子也是個力氣活，好累喔。

第四章

「沅沅歇下了？」老太太剛從小佛堂裡出來。她一向虔誠，再加上紀清晨出事，自然要去求求菩薩保佑、保佑她這個小孫女。

紀寶璟點了下頭，笑著說：「好不容易才哄睡了，還讓我答應她，明天不許拘著她躺在床上。」

「到底是個孩子，在床上躺不住也是正常的。」老太太一邊摸著佛珠，一邊道。

此時紀寶璟朝兩邊站著的丫鬟瞧了一眼，低聲說：「祖母，孫女有事想和您商量。」

老太太讓身邊的丫鬟都下去，只留了方嬤嬤在身邊，紀寶璟才輕聲開口道：「祖母，沅沅這次險些出了意外，孫女思來想去，覺得此事之所以會發生，都是因為咱們二房沒個像大伯母那般當家掌事的人，要不然沅沅也不至於沒人看顧。」

一旁站著的方嬤嬤一聽，立即看向老太太。大姑娘這話說得可是再明白不過了。

「那妳的意思是？」老太太一向寵愛紀寶璟和紀清晨兩姊妹，府裡頭的孩子，她只親自養過沅沅，這孩子從還是一團小肉球的時候就到了她身邊，一直被她慢慢地養到了這麼大，如今已能說會跑，總是甜甜地叫著祖母，跟她撒嬌，所以紀清晨這次落水，她比誰都心疼。

況且看先前紀延生那般心疼衛氏的模樣，她心裡就更心疼寶璟和沅沅這兩個沒娘的可憐孩子。

「娘親過世也有四年了，爹爹如今又正值壯年，身邊怎麼能沒個伺候的人呢？況且爹爹如今膝下連個兒子都沒有，即便是為了子嗣，祖母也應該為爹爹考慮、考慮。」

老太太有些震驚。她雖也想過子嗣問題，卻沒想到紀寶璟會主動提出。

「這是妳心底的想法？」老太太還是有些不敢相信。

紀寶璟嫣然一笑。本就是花兒般亮麗的姑娘，這一笑倒是讓老太太看得有些失神。

其實她心中有這個想法也不是一日、兩日。她如今已經十四歲，這次上京就是為了說親事，就算她還能留在家中，也不過是兩、三年的光景，到時候沅沅可怎麼辦？祖母年紀也大了，總有精力不濟的時候，到時候沅沅該由誰照顧？而如今衛氏懷孕，更讓她下定了決心。

「是，孫女之所以斗膽這樣說，也是想以後有人可以好好地照顧沅沅，讓昨日之事不再發生。」紀寶璟的語氣無比堅定。

況且，這後宅之中，也該有人來治一治衛氏了。

桃華居中，送走了大夫之後，紀延生便坐在床邊，陪著衛姨娘。

此時衛姨娘正一臉溫柔地撫摸著自己的小腹，她抬頭看向身邊的男人，眼眶微微泛紅，險些落下淚來。

「這是怎麼了？好端端的，為什麼哭了？」紀延生見她這般，立時伸手去摸了摸她的臉。

衛姨娘一臉嬌羞，露出溫柔的笑容，道：「老爺，妾身是太開心了，能為老爺生兒育女，是妾身的福分。」

外頭天色也有些暗，紀延生見衛姨娘心情不錯，便開口道：「我已經讓廚房的人給妳燉了參雞湯，待會兒用晚膳的時候，妳多喝一些補補身子。大夫說了，妳就是身子太弱，才會昏倒的。」

衛姨娘聽著紀延生關切的話語，心頭如同飲了蜂蜜般甜美，柔聲回道：「謝老爺關心。那這就讓人上晚膳吧，老爺您也該餓了。」

「妳和寶芙用過晚膳後，就早些休息，別太累了。」紀延生伸手替她拉了拉身上的錦被，面帶笑容地道。

衛姨娘一聽這話，不禁克制住心中的失落，狀似不經意地詢問道：「都這個時辰了，老爺不留在這裡用膳嗎？」

紀延生嘆了口氣。「我今日剛回來，到現在都還沒去看過沅沅呢。她自小身子就不好，這次又遭遇這樣的事情，只怕是嚇壞了。」

雖然有時候也有些惱火紀清晨的刁蠻任性，可只要一想到她的性子之所以會變成這樣，都是因為年幼喪母，紀延生心底對她也難免多了幾分寬容。

「爹爹，祖母那邊用膳一向都早，您這會兒過去，只怕祖母和大姊她們都用過晚膳了。不如您留在這裡，等用過晚膳再去看七妹也不遲啊。」一旁的紀寶芙瞧出了衛姨娘的不捨，趕緊幫著說話。

只是紀延生心裡一直掛念著紀清晨，又見衛姨娘已經沒有大礙，還是起身準備離開。

一旁的紀寶芙心裡為姨娘覺得委屈。如今姨娘肚子裡懷著孩子，爹爹居然還要丟下姨娘，去看七妹……

「爹爹……」紀寶芙還想說話，卻不想被衛姨娘打斷了。

此時衛姨娘已經收拾好臉上的表情，原本有點泛紅的眼眶已經變得溫柔如水，一張柔弱的臉上掛著體貼的微笑。「老爺說得是，都怪妾身這身子骨不爭氣，讓老爺費心了。老爺快些去吧，只怕七姑娘這會兒正盼著老爺呢。」

紀延生原本就有些歉疚，聽她如此溫柔體貼的話，更覺得感動。他伸手拍了拍她的手背，柔聲說：「妳好生休息，我明日再來看妳。」

明日？那就是今晚不會再來了……衛氏心中失落，卻還是微笑著目送紀延生離開。

紀寶芙親自將紀延生送到門口，待要出去，紀延生便攔住她，道：「外面有些涼，妳不要送爹爹出去了，早些進去陪妳姨娘。」

等紀延生離開後，紀寶芙趕緊回內室，只瞧見衛姨娘正靠在大迎枕上失神，她立即問道：「姨娘方才為何不將爹爹留下？如今姨娘肚子裡也懷著孩子呢，正是需要爹爹陪伴的時候。」

「妳這傻丫頭。」衛姨娘見她替自己打抱不平，笑著拉她的手，輕聲問道：「妳說說妳們三姊妹之中，妳爹爹最喜歡誰，又最不喜歡哪個？」

「爹爹自然是最喜歡大姊了。」紀寶璟畢竟是爹爹的第一個孩子，而且她出生之後，二房一直過了八、九年才有第二個孩子降生，所以爹爹可是把大姊捧在掌心裡疼愛著。

衛姨娘看著她委屈的模樣，輕輕一笑，又問道：「那妳和七姑娘呢？妳覺得妳爹爹比較喜歡誰？」

這個紀寶芙倒是不好說。她覺得爹爹是疼愛她多一些的，可是有時候又覺得爹爹更看重七妹。

見她答不出來，衛姨娘也不著急，慢條斯理地說：「尋常人家，庶出的如何能和嫡出的孩子相提並論？可是在咱們家裡，妳瞧瞧妳爹爹何曾虧待過妳，便是七姑娘有的，必然也少不了妳的一份，可見妳爹爹心底是疼愛妳的，只是礙於嫡庶的名分罷了。」

聽了衛姨娘的這些話，紀寶芙瞬間心花怒放。

紀清晨姊妹兩人還在說話的時候，紀延生便進來了，瞧紀寶璟正哄著妹妹，便露出和藹的笑容，喊了一聲。「沅沅。」

紀清晨抬頭看著面前的男子，身材修長削瘦，面容英俊，身上帶著一股儒雅俊秀的氣質，一瞧便是飽讀詩書之人，果真與她前世那個胖乎乎的爹不一樣。

小姑娘其實是格外喜歡這個爹爹的，畢竟她對親娘的任何記憶，只能從大姊寶璟那裡聽到。可紀延生卻不同，他是活生生地存在著，又那樣的英俊儒雅，因此小姑娘是打心底仰慕這個父親。

可是她卻不喜歡紀延生也寵愛紀寶芙，於是便想盡辦法地欺負紀寶芙。但她越欺負紀寶芙，紀延生就越覺得她刁蠻任性，反而越發地憐惜紀寶芙。如此循環往復，父女兩人的感情竟是越來越疏遠。

「沅沅，爹爹來看妳了，妳怎麼都不叫爹爹？可是高興壞了？」紀寶璟摸了摸她細軟的頭髮，又轉頭對紀延生笑道：「爹爹，您別怪沅沅，其實方才她跟我念叨了好久，說是想見爹爹呢。誰知爹爹來了，她反倒害羞得不好意思說話了。」

紀延生哪裡不知道這是寶璟在替小女兒圓話，料想是小傢伙見自己這麼久才來看她，不開心了。他心底也覺得有些對不起紀清晨，是以說起話來，格外的溫和。「沅沅身子可好些？爹爹從京城給妳帶了好些個東西回來。」

此時紀清晨才回過神，露出一點兒委屈的表情，卻偏偏低下頭，像是不想讓人瞧見一般。「謝謝爹爹，我的身子已經好了，讓您和祖母擔心了。」

聽著小女兒突然這麼懂事地說話，紀延生心裡也不知怎麼回事，竟有一股說不出的酸澀。

明明之前他一直盼著小女兒能懂事，盼著她能像兩個姊姊一樣聽話，可當她真的說出如此得體的話了，他的心裡反而難受起來。

「沅沅。」他上前兩步，走到床邊，看著小女兒垂著小腦袋，烏黑的頭髮披散在肩上。他看不見她臉上的表情，只能看著她頭頂的兩個漩兒，突然想起她剛出生的時候，眾人都說這以後肯定是個聰明的孩子。

可不就是小機靈鬼。每次犯錯只要被他捉住了，眼睛就一邊滴溜溜地轉，一邊露出認錯的表情，心中也不知在盤算著什麼鬼主意。

這時紀寶璟站起來，道：「爹爹可用過晚膳了？若是還沒吃的話，女兒讓丫鬟再上一副碗筷，說來您已經好久沒陪我和沅沅吃過晚膳了呢。」

被長女這麼一說，紀延生驀然發現，他似乎從來沒有和兩個女兒單獨吃過飯。沅沅出生後，琳琅的身子骨就開始不好，日日躺在床上。等她病逝了，每回都是他過來陪母親用膳，才會跟兩個女兒一起吃飯。

於是他點點頭，道：「正好我也沒吃呢，妳再去吩咐廚房弄些菜過來吧。」

紀寶璟親自出去吩咐丫鬟，房中只留下紀延生和紀清晨兩人。

紀延生瞧著小女兒一直垂著頭，就偏頭看了她先前的小碗，裡面放著兩塊香酥雞，他笑問道：「沅沅喜歡吃這個？」

「姊姊挾給我的。」紀清晨自然不好意思說是自己喜歡的。

紀延生不動聲色，也沒戳破小傢伙的謊言，又說：「這次爹爹去京城，給沅沅帶了不少玩意兒回來，明兒個讓高全給妳送來。」

「謝謝爹爹。」紀清晨道了謝後，大概是覺得自己似乎對爹爹太過客氣疏遠了，又找了話題問道：「爹爹，京城好玩嗎？」

紀延生這才想起來，小女兒出生至今還未去過京城呢，於是便笑著給她講起京城的趣聞。他雖飽讀詩書，可也不是那等迂腐之人，他父親還在任太傅之時，他也是京城中鮮衣怒馬的官家少爺。

說著說著，父女兩人之間的生疏倒是一下子減少許多，等紀寶璟進來時，就看見妹妹一臉歡喜地抬頭盯著父親。

沅沅，其實一直都是最孺慕父親的吧。

第五章

第二天一大清早，高全就把禮物送了過來。

紀清晨坐在床上，從錦盒裡頭拿出靶鏡，銀色背面雕刻著精緻繁複的花紋，還鑲嵌著不同色的珠寶，最重要的是鏡面不是尋常見到的銅鏡，而是玻璃鏡面，能夠把人照得異常清楚。

「這可是稀罕東西。」一旁的大丫鬟葡萄瞧見，立即歡喜地道。

這樣的玻璃鏡確實難得見到，況且這個靶鏡又做得這般精緻，看來其實紀家這個爹爹，還是很疼紀清晨的嘛。

紀清晨看著旁邊桌上擺著的滿滿盒子，都是要給她的。

「六姑娘。」就在此時，外面站著的丫鬟聲音響起。是紀寶芙過來了。

紀寶芙一進來，就看見紀清晨手上拿著一面小巧精緻的靶鏡，再看旁邊，桌上擺著大大小小的錦盒，看起來甚是壯觀。

紀清晨放下手中的靶鏡，招呼道：「六姊，妳來了啊。」

「七妹，妳身子好些了嗎？」

一旁的葡萄立即吩咐小丫鬟，去給紀寶芙端錦凳過來。

紀寶芙坐下後，便瞧了一眼她手中的靶鏡，輕笑道：「七妹，妳這鏡子可真好看，別致得很呢。」待她看見鏡子鏡面還是玻璃鏡時，不禁露出了羨慕的表情。

「好看吧？這是爹爹從京城帶回來給我的。」紀清晨笑著將鏡子遞給葡萄，讓她收好。

紀寶芙面色一僵，卻還是違心地說：「爹爹待七妹真好。」紀延生自然也給她帶了禮物，只是和面前這個靶鏡比起來，卻是差遠了。

紀寶芙想起衛姨娘安慰自己的那些話，又心有不甘，便故意道：「七妹，想來妳已經聽到家裡的好消息了吧？」

「什麼好消息？」紀清晨一臉迷茫。有什麼好消息嗎？

「以後咱們家裡，又該多個弟弟或妹妹，爹爹昨兒個可是開心極了。七妹，妳開心嗎？」

紀清晨瞧著她高興的模樣，噘了下嘴，隨後真誠地點點頭，由衷地說：「當然開心，真想再有個小妹妹呢。」

紀寶芙一臉得意。她就是專程來告訴紀清晨這件事的，以後在這個家裡，她可就不是最小的孩子，等到時候姨娘生了兒子，瞧她還怎麼得意。

看著紀寶芙那囂張的模樣，紀清晨的眼皮垂了垂，隨後又抬起眼角覷著她，甜甜地說：「正巧我也有個好消息要告訴六姊呢。」

紀寶芙嘴角一翹，等著她的好消息，不過心底卻是不以為意。如今家裡還有什麼事會比她姨娘懷孕更重要呢？

「咱們家裡要多一位新太太了。」紀清晨笑嘻嘻地說。

「新太太？什麼新太太啊？」紀寶芙一臉不解，有些奇怪地反問。

「自然是爹爹的新太太啊，爹爹很快就要娶新太太了，這可不就是咱們家裡的好事嗎？」紀清晨笑咪咪地看著面前的紀寶芙，以及她一下子煞白的小臉。

既然妳要傷害我，那就來吧，咱們互相傷害吧！

紀寶璟是在門口遇見紀寶芙的，見她神色匆匆地正要回去，便問道：「六妹，這才剛來就要走了啊？」

「七妹累了，就不打擾她了。大姊，我先回去了，等明日再來看七妹。」紀寶芙朝紀寶璟行個禮便告辭離開。

紀寶璟站在門口處，瞧著她一路慌慌張張地離開，這才轉身進了內室中。

此時紀清晨正坐在床榻上，一臉開心的模樣。

「妳和紀寶芙說了什麼？讓她這麼著急地要離開……」紀寶璟走過來，見她床邊的錦凳還沒搬走，便順勢坐下來。

紀清晨一臉得意地向大姊眨了眨眼睛，便把方才的話又說了一遍給她聽。

紀寶璟剛聽完，便伸出手指在她的額間點了點，一臉無奈地道：「我告訴妳這些，可不是要讓妳拿來氣她用的，這件事八字還沒有一撇呢。」

「她故意到我跟前說什麼小弟弟、小妹妹的，無非就是想炫耀她姨娘懷孕，我偏偏就不想讓她得意。」紀清晨此時心中絲毫沒有欺負小孩子的意識，大概是原主的記憶作怪，她對紀寶芙真的是連一丁點的好感也沒有。

雖然之前紀清晨是囂張跋扈了些，可紀寶芙也不是省油的燈，多少次她都是故意激怒紀清晨，惹得她發脾氣，然後再在紀延生面前裝作貼心大度的姊姊模樣。

紀寶璟忍不住笑了，倒也沒責怪她，只道：「她算個什麼東西，姊姊早就和妳說過了，不要和她計較，平白拉低了妳的身分。」

這話雖倨傲了些，可都是實話。她們的母親殷琳琅乃出身靖王府，是殷氏皇族血脈，而那衛姨娘卻是罪官之後，若不是紀延生贖她出來，只怕得在教坊司待上一輩子。

別看衛氏如今在紀家風光得很，卻連個貴妾都算不上。到時候只要紀延生娶了繼室，把她打回原形，不過就是瞬間的事情。

「姊姊，我都知道，我只是想讓她吃吃癟而已嘛。」紀清晨一臉得意地說。

紀寶璟這才笑了，問道：「今兒個覺得身子如何？藥吃了嗎？」

一聽到藥這個字，紀清晨一張粉嫩精緻的小臉，登時皺成了包子狀，也抿著嘴不說話。

還是旁邊的葡萄開口回說：「回大姑娘，七姑娘說早上空腹不好喝藥，便打算等用了早膳再喝。方才六姑娘又過來，這才耽誤了。」

紀寶璟豈會不懂，就是這小傢伙找藉口不想喝藥罷了。

紀清晨苦著臉，一副不願意的模樣，還好紀寶璟一向有法子治她。

她看著紀清晨，不緊不慢地說：「過幾日祖母要去大慈寺進香，妳若是乖乖吃藥，把身子養好了，姊姊便帶妳出門去。」

可以出門？

「葡萄，快把藥端給我。」紀清晨毫不猶豫地道。

「續弦之事，還請母親慎重考慮。」紀延生在聽到老太太的話後，便想也不想地道。

紀老太太穿著一身醬紅色袍子，頭上戴著一條同色的暗紋抹額，中間鑲著一塊翡翠，一看就知是水頭最好的翡翠。她靠在身後的大迎枕上，神色有些嚴肅地看著紀延生，過了好一會兒，才開口道：「你說說，為什麼不願意？」

「若是再娶繼室進門，兒子就怕會待沅沅不好。」紀延生把心中的擔憂說出來。

他不說這話還好，一提到紀清晨，反而是一下子戳到了老太太的逆鱗，只聽她怒道：「對沅沅不好？你以為我讓你這麼做，是為了誰？就是為了沅沅！你看看我才不在家幾日，沅沅就險些沒了，二房裡若是沒個主持中饋的太太，還不知道要亂成什麼模樣呢！」

紀延生低著頭，不敢再說話。

倒是老太太越說越生氣，中氣十足。「我都這般大年紀了，還能照顧沅沅幾年？若等哪天我兩腿一伸，我的沅沅該讓誰照顧去？」

「母親。」紀延生立即抬頭，滿目驚惶，連忙勸說道：「母親說這話，實在是讓兒子惶恐。都是兒子不孝，讓您受累了。」

「照顧沅沅是我心甘情願的，可你也要為沅沅的將來考慮考慮。寶璟今年都十四歲了，咱們還能留她在家裡幾年？等她出嫁了，我也老了，後宅中總該有個人照顧沅沅。你那個大嫂我就不說什麼了，難不成你還指望衛氏一個姨娘去照顧她不成？」

紀延生訕訕一笑，輕聲問：「兒子只是有些意外而已，您怎麼會突然提起這件事？」

「當初是你說要為琳琅守三年不再娶，如今三年也過去了，從前之事就不要再提起。你正值壯年，又在官場之中，後宅沒個掌事的太太如何能行？便是家眷之間的人情來往，你也總不能麻煩你大嫂吧？」老太太一口氣說了這麼多，也有些累了。

這件事雖然是紀寶璟提出來的，可她心底其實也早有這樣的意思。紀延生如今已在真定府為官，若以後能進京，官場上的人情往來肯定是少不了，難不成還讓衛氏去應酬不成？再加上這次沅沅出事，老太太更是下定了決心，她今日甚至都讓人給自己的娘家寫了信，讓娘家人幫著相看人家。

老太太這般動之以情、曉之以理，也算是說服了紀延生。只是他想起衛姨娘，卻突然心頭一酸。當初他對不起琳琅，如今也只能委屈衛氏，左右這一世，他總是在辜負。

不過又能如何？都是他自己種下的因，得到了如今的果。

「兒子一切都聽母親的意思。」

一直趴在門縫偷聽的紀清晨總算是鬆了一口氣。她還真怕爹爹一直不肯答應呢。

說實話，她也能理解大姊急著讓爹爹再娶的原因。畢竟不管哪個女子進了門，她們兩個都還是尊貴的嫡小姐，可衛姨娘和紀寶芙卻不一樣了，她們頭上會有紀二太太這座大山壓著，衛姨娘在後院再也不會像現在這麼風光；至於紀寶芙，她也該知道什麼才是真正的嫡庶有別。

她聽完之後，趕緊又跑回床上去，而守在一旁的葡萄，嚇得臉色都白了。

等她上了床之後，葡萄才輕聲說：「七姑娘，您可不能再這麼偷聽了，若是讓老太太知道，非得發賣了奴婢不可。」

「放心吧，葡萄，我肯定會護著妳的。」紀清晨笑咪咪地看著她說。

葡萄看著面前的小姑娘，頭上梳著精緻的花苞髻，烏黑柔軟的頭髮編成辮子垂在胸前，辮子裡面還用五彩的絲線纏著，十分新奇好看。若不是身上只著了中衣，可看不出她前幾日才落水，險些丟了性命。

也虧得七姑娘替她們這些丫鬟說話，承認是自己故意偷跑出去，甩開她們，這才讓老太太免了對她們的責罰。

而且自從七姑娘醒過來之後，葡萄也覺得七姑娘似乎有些不一樣了，沒從前那麼容易生氣，說起話來嬌嬌軟軟的，之前那些嬌蠻跋扈的性子，彷彿一下子都消失。

不過就算是這樣她也不敢懈怠，仍叮嚀道：「七姑娘，偷聽還是不好。若是下回被老爺發現，肯定又要責罰妳。」

紀清晨撇撇嘴。看來在這個家裡，連丫鬟都知道她這顆小白菜不受親爹喜歡呢。

紀寶芙一回去，就把紀延生要續弦的消息告訴了衛姨娘。

衛姨娘愣了半晌，才吐出三個字來。「不可能。」

「姨娘，哪裡就不可能，妳不知道七妹說得多斬釘截鐵。她是住在祖母院子裡頭的，肯定是在祖母那裡聽說了什麼。」紀寶芙又著急又生氣，連帶著聲音都染上了一分哭腔。

她雖年紀小，可到底是庶出的，心思要比一般姑娘敏感。自她有記憶以來，家裡的太太就過世了，所以她根本就沒被太太立過規矩，頂多就是瞧著大房那邊的熱鬧而已。

如今爹爹要續弦了，家裡要有一個新太太，她和姨娘該怎麼辦？

她拉著衛姨娘的手，哀求道：「姨娘，妳快些想辦法啊。」

想辦法？衛姨娘在心底苦笑一聲。她能想什麼辦法？她算什麼？不過就是個妾罷了。一想到這裡，衛姨娘眼眶又紅了。過去她也是官宦人家的姑娘，家裡頭爹娘寵愛得厲害，若不是家中突逢變故，她又何至於淪落到如此地步？

可是再不甘心，這卻也是她能得到的最好結局，一想到教坊司那樣的地方，她便打骨子裡頭地發冷。所以她必須不顧一切地抓住紀延生，只有他的寵愛，才能讓她在紀家過得風風光光。

「別擔心。」衛姨娘將紀寶芙攬在懷中，輕輕地撫摸著她的後背，安慰道：「姨娘會想法子的。」

聽到衛姨娘的保證，紀寶芙這才破涕為笑。

可誰承想，還未等衛姨娘想到法子呢，京城那邊就送信回來了。

老太太娘家的姪媳婦，也就是紀延生的表嫂甘大太太曾氏，正好有個不錯的人選，一聽說是要給紀延生續弦，立即就讓人回信。

據說那位姑娘家祖籍是山東泰安，不過父親如今在保定府任府同知，乃是曾氏娘家那頭的親戚。

這位曾姑娘性情柔順，在家中也讀過幾年書，琴棋書畫都略有涉獵，在保定府也有些賢名。唯一一點就是，這姑娘先前訂過婚，只是還沒成親，未婚夫便生了一場病。好在前未婚夫家裡也算有些良心，主動退了婚事，卻不想這剛退婚沒多久，人就沒了。

所以這位曾小姐的婚事才擱了下來，如今都十八歲了，要是再耽誤下去，就真的成老姑娘。

這不正好紀延生要續弦，甘大太太就想到了自己的這個小堂妹。不過這位曾姑娘的婚事有些不好辦，也是因為生母不在了，後來前未婚夫又出事，都說她命有些硬。

「喲，這姑娘的八字只怕是有些硬吧。」韓氏被老太太叫過來幫著相看，一看信上委婉的述說，便一針見血地道出。

老太太卻是一下皺眉，道：「我看倒也還好。先前那樁婚事都已經退了，最要緊的是，姑娘的品性要純良才好。」

韓氏這句話可是戳在了老太太心上。這次她去京城幫寶璟相看親事，心裡最難過的就是她被人非議。老話常說喪家長女不娶，寶璟十歲喪母，在親事上總是有些影響。

聽到這位曾姑娘是這般情況，老太太反倒沒那般反對，也是想著她這樣的境況，若是以後進了門，或許能對寶璟和清晨她們兩個加倍體貼吧。

「母親，這到底是給二叔續弦的，怎麼也該問問他的意見才是。」韓氏輕笑了下。

老太太點頭，又有些擔憂地問：「也不知這位曾家姑娘的容貌如何？」

韓氏不明白老太太的意思。方才不是還說最重要的是品性，怎麼一轉眼又說起相貌來了？不過她還是道：「若是母親不放心，便再給大表嫂寫封信，再詳細問問這位曾姑娘的情況。」

老太太自然不願和韓氏細說原因，畢竟那都是二房的事情。

好在如今紀延生也算是願意續弦，只盼著他能早些想通，可千萬別再被那個狐媚子所迷惑。

「母親，這次上京，寶璟的親事可說定了？」韓氏思來想去，還是問了句。

說來大房也有個待嫁的姑娘，只是二姑娘是個庶出的，韓氏不會虧待她，可也不會費盡心思。

她想的是紀寶芸。她今年也有十二歲，等到了明年也該說親了。老太太這次親自為寶璟走動，甚至還帶著她去京城，就盼著以後老太太也能對她的寶芸這般上心。

「這才幾日的工夫啊，哪有這麼快就說定的。」老太太嘆了一口氣。

這女孩兒嫁人，那就是第二次投胎，是一輩子的大事。所以就算老太太的身子骨沒從前那般硬朗，還是強撐著要帶紀寶璟一起去京城。

韓氏臉上雖然掛著笑，可心底卻不以為然。若不是有了適合的人家，老太太何至於興師動眾地帶著紀寶璟上京？就連二叔都跟著一塊兒去了。她心底有些不悅，覺得老太太這是連她都打算瞞著呢。

「說來寶璟今年也有十四，我記得她的生辰是六月，明年這個時候就該及笄了。」韓氏抿著嘴一笑，道：「這日子過得可真快，一轉眼孩子們都這般大了。」

韓氏這句話觸動了老太太，她有些悵然若失地道：「可不就是，我這次去京城，也覺得變化可真是大。以前那些人啊，老的老，走的走，竟是沒幾個熟人。」

聽老太太這般說，韓氏立即露出自責的表情。「都是媳婦口拙，不會說話，惹得母親傷心了。」她乘機乘機扯開話題。「母親，再過幾日便是大伯母的壽宴，我已經把壽禮準備妥當，待會兒讓人把禮單拿過來給您過目一下。」

老太太搖頭道：「不用了，妳當家這麼多年，我哪有什麼不放心的。」

紀寶璟帶著紀清晨過來和老太太閒話家常，不一會兒，丫鬟便進來通稟，說是紀延生的小廝過來了。

等宣了人進來，小廝說二老爺今兒個會過來陪老太太用膳，還帶了七姑娘最喜歡吃的水晶肘子。

待人走了之後，老太太見紀清晨臉上也沒多大表情，不由替兒子說好話，道：「妳瞧瞧，妳爹爹還是最心疼妳，說是陪我用膳是假，來看妳們姊妹才是真，還帶了妳最喜歡吃的。」

紀清晨雖然沒說話，可臉上還是露出了笑容。

只是一直等到天都暗下來，還不見人來，老太太正準備派人去尋，就見先前那小廝又來了，臉上還帶著為難之色，道：「回老太太，衛姨娘的身子不舒服，二老爺去瞧了一下，請老太太還有兩位姑娘先行用膳。」隨後他就把帶來的食盒交給老太太身邊的芙蓉。

老太太臉色不變，讓芙蓉打開食盒，那蓋子才開一條縫兒，香味便撲鼻而來。

老太太滿意地點點頭，笑道：「那咱們就不等了，這水晶肘子就咱們祖孫吃，不給妳爹爹留一片。」

紀寶璟立即拉著紀清晨的手，笑道：「祖母說得對，咱們全吃光，一片也不留。」

用過晚膳後，老太太還是派了身邊的大丫鬟牡丹去桃華居瞧了一眼。等牡丹回來的時候，紀寶璟已經領著紀清晨回去休息。

牡丹如實稟告道：「老太太，方才二老爺派人去請了周大夫，不過大夫也說，衛姨娘肚子裡的孩子無礙，只是思慮太過而已。」

「思慮太過？」老太太聽到這話，當即冷笑了下，一向慈和的面容染上怒意。「還不就是聽說二郎要續弦的事，便又作妖作致的。」

「老太太息怒，不過是個姨娘，哪裡值得您動怒呢。」方嬤嬤趕緊上前，替她撫了撫背。

老太太嘆了一口氣。「我哪裡是氣她，我是氣二郎一直被她這般蒙蔽著。她為了爭寵，竟拿自己肚裡的孩子當藉口，也不怕折了那孩子的福氣。」說完，又是重重一嘆。

冤孽，都是冤孽啊！

第六章

「初八便是妳們伯祖母的六十大壽，雖然會開三日壽宴，不過咱們是自家人，可不能去得太晚。妳們也都在家裡拘束久了，這次都一塊兒去給伯祖母賀壽吧。」老太太心情極佳地向同桌用膳的女眷們說道。

老太太的松鶴堂也就初一、十五才這般熱鬧，家裡的大大小小都會齊聚花廳，陪老太太用膳。

不過紀家大伯如今在京城做官，韓氏是長媳又是宗婦，要照顧老太太，所以她才會帶著長房的孩子住在真定府的紀家大宅。

紀家人丁也算興旺，只是姑娘多，男丁卻不多，也就大房的嫡長子紀榮堂，以及次子紀行堂。男女七歲不同席，因家裡姑娘又多，所以用膳的時候還是分開的。在老太太這邊請安之後，紀延生便領著兩個姪兒到前面書房去用膳。

當年紀家，兄弟兩人都是進士出身，而紀延生更是被點了庶起士，比大哥紀延德還要有出息些。況且他才二十歲便被點了庶起士，這在整個大魏裡也是極少的。

一聽說可以出門了，圓桌上的姑娘沒有不高興的。

因家中座位都是按著年紀坐的，所以紀清晨和紀寶璟中間，還坐了個紀寶芙。

紀清晨一貫不喜歡紀寶芙，就算如今芯子換了個人也是一樣，所以她寧願跟另一邊的紀寶茵說話。

一聽說要去伯祖母家中，紀寶茵便露出笑容，偏頭看著紀清晨，輕聲說：「七妹，妳又該看見菲菲了吧？」

菲菲？紀清晨愣了下，隨後開始回憶這是誰？

紀寶茵見她聽到紀寶菲的名字，脾氣居然沒有爆發，這可真是太稀奇了。

紀寶菲乃是東府伯祖母最小的孫女，只比清晨大幾個月。紀寶菲在家中雖也受寵，可卻又不像紀清晨這般，連長房嫡出的哥哥都不如她在祖母跟前受疼愛，因此兩人見面時常針鋒相對。

紀清晨不喜歡去東府，也是因為不願經常瞧見紀寶菲。

「七妹，妳怎麼了？」紀寶茵有些奇怪地看著她，這般安靜可真不像她。

紀清晨這會兒才想起來這個菲菲是誰。小姑娘腦海裡討厭的人太多了，不過她之所以能這麼快想起來，是因為這個紀寶菲被她討厭的程度還挺高的。

「開心啊，一想到能去給伯祖母拜壽，我便開心呢。」紀清晨甜絲絲地道，然後轉頭笑容甜蜜地看著身旁的紀寶茵。一直以來，她都以為五姊和她關係挺不錯的，可誰知原來也不盡然啊。

紀寶茵在看見她這個頗有深意的眼神之後，突然心中一顫，連忙低下頭，仔細地聽著祖母和母親之間的對話。

等回去之後，韓氏叫了兩個女兒到自己房中。這次要去給東府的太夫人祝壽，她早早就替兩個女兒準備好了首飾。

一瞧見擺出來的錦盒，紀寶芸喜上眉梢，拉著韓氏的手臂，一個勁兒地道：「娘，那個鎏金蝶戀花金步搖您便賞給女兒吧。您不是說女兒也大了，該學著打扮起來嗎？」

「妳妹妹都還沒挑呢，竟連一絲禮讓都不懂。」韓氏伸手點了一下她的額頭，口吻溫和，倒也不是教訓她。

紀寶茵咬著唇，她也喜歡那支金步搖，只是她如今不過才七歲，佩帶這樣的首飾太過成熟。於是她便開口道：「娘，姊姊為大，便讓姊姊先挑選吧。」

韓氏聽了，臉上笑容更盛，誇讚道：「妳瞧瞧妳妹妹，懂得孔融讓梨的道理。只許這次，下次妳可不能再這樣不懂規矩了。」

「知道了，謝謝娘。」紀寶芸一伸手就拿起那支金步搖，詳細地打量了一番，這才轉頭看著紀寶茵，笑道：「五妹，謝謝妳啊。」

韓氏見她得了便宜還賣乖，便伸手把錦盒裡的另外一件首飾拿給紀寶茵，安慰道：「下次娘便讓妳先挑，不許妳姊姊再搗亂了。」

紀寶茵的嘴角微微揚起，露出淺淺一笑，心中卻覺得委屈極了。

挑好了各自的首飾之後，紀寶茵帶著有些疑惑的表情說：「娘，我覺得七妹似乎從落水之後便換了一副性子似的。」

「沒從前那般刁蠻跋扈了是吧？」紀寶芸雙手捏著金步搖，露出嫌惡的表情。提到這個七妹，大概除了大姊之外，其他人心裡可謂是五味雜陳。

二姑娘在府裡就是個透明人，素來惹不到這位小祖宗。

紀寶芸則是被韓氏嬌寵慣了的，可偏偏到了紀清晨面前，還要退讓一番，所以表面對她溫柔，心底卻是嫌惡不已。

韓氏瞧了紀寶芸一眼，雖沒開口教訓，卻也有要她別亂說話的意思。

只是紀寶芸心想，這裡是娘親的院子，左右她們母女之間的私房話，還有哪個不長眼的敢傳出去不成？便又繼續道：「我也覺得她變了不少，在祖母那裡，竟也知道主動請安了。我看啊，這次落水的教訓，倒是挺值得。」

「休得胡說。」韓氏聽她越說越不像話，這才出聲制止。

偏偏紀寶芸不怕，反而挽著韓氏的手臂撒嬌道：「娘，咱們在祖母那裡說不得，難不成回了自個兒的院子，還要受那冤枉氣不成？本來七妹就刁蠻得很，您不記得她先前是如何刁難您的？我看啊，就該給她一些教訓，讓她也知道長幼尊卑。況且如今那個衛姨娘有孕，若是生下個兒子，我倒是要看看她還能像從前那般威風不成？」

紀寶芸心中十分得意。她一向看不慣紀清晨，同樣都是紀家的嫡女，她還是長房的嫡長女呢，怎麼到了祖母面前，反而被那麼個小丫頭片子給比下去了？

韓氏最後也只是伸手點了下她的額頭，就此作罷。

真定紀氏乃名門望族，百年傳承的耕讀世家，代代都有進士出身的子弟，而紀清晨的祖父紀茂春更是仕途亨通，一路官至正一品，又是太子太傅，有帝師之名。當年他致仕的時候，皇上可是數次挽言相勸。

後來他執意致仕回鄉，皇上便在真定賜了一座五進的宅子，裡面的花園修建得漂亮極了，比起紀家原本的祖宅都要更寬闊華麗。

紀家分家就是從紀茂春這一輩開始。伯祖父雖也中了進士，只是他是二甲四十七名，比起紀茂春來，卻是差了許多。再者，他在仕途上也沒什麼大建設，後來見弟弟的官職越做越高，便乾脆辭官回鄉，專心做個田舍翁。

初八這一天，一大清早，紀清晨就被丫鬟從被窩裡挖起來。穿衣裳的時候，她還在一個勁兒地打哈欠。

葡萄伺候她穿衣，而等在梳妝鏡前的櫻桃，則是準備給她梳頭髮。她年紀小，自然用不著那些胭脂水粉，況且小孩子的皮膚白皙水嫩，比這世上任何的脂粉都要來得好。

待櫻桃替她梳好頭，她才睜開眼睛，打量一番鏡子裡的人。只見她頭上梳著兩團可愛的花苞髻，花苞上纏著五彩線繩，上面垂著顏色各異的寶石薄片，若是站在陽光底下，便會折射出璀璨耀目的寶石光輝。

她從錦凳上跳下去，跑到正房的東梢間，給老太太請安。

今日祖母也是穿著嶄新的衣裳，絳紫色福壽三多紋袍子，夾雜著銀絲的頭髮整整齊齊地盤成髮髻束著，手上還戴著一串楠木佛珠，看著樸實低調。這身打扮除了衣裳比平時新一點，卻不比在家中隆重多少。

紀寶璟是早已經來了，她身上的衣裙乃是用天水碧綾緞所裁，繡蓮紋鑲淺碧色襴邊上裳，不論是衣裳的下襬還是裙襬下，都用銀絲線繡著水波紋，且這波紋繡法實在奇特，行走間會有種真的水波在衣裳上緩緩劃過的錯覺。

紀清晨一跑進來，屋子裡的丫鬟個個都看呆了，只因她與紀寶璟的衣裳，不論是款式還是綾緞，都十分相似。

待她跑到紀寶璟身邊，一大一小兩個姑娘，大的那個長眉入鬢、清麗絕倫；小的這個玉雪可愛、粉妝玉琢。單個看的時候就能讓人驚嘆，此時站在一處，更是讓人挪不開眼。

就連見慣了世面的老太太，這會兒瞧著這姊妹倆，也都驚訝得有些說不出話來。

「祖母，沅沅這身打扮好看嗎？」紀清晨看著老太太的表情，甚是得意，還在原地轉了一圈，裙襬飛舞起來，銀色水波紋彷彿真的在流動。

老太太立即歡喜地道：「好看、好看，沅沅好看，寶璟也好看，妳們兩個都好看。」

不一會兒，大房的母女也過來了。紀寶芸原本還打算在壽宴上別出心裁，把旁人都比下去，可這下子還沒出家門，就已經輸得徹底，所以用早膳時，她的臉上完全擠不出笑容。

待上馬車的時候，韓氏先伺候老太太上去，才偏頭對紀寶璟道：「璟姊兒，妳也帶著沅沅上去吧。」

紀寶璟朝她福了福身，低頭間，韓氏便注意到她頭上的金步搖。步搖末端是蝶戀花樣式，只是那蝴蝶的翅膀薄如蟬翼，就在她低頭的瞬間，那一對翅膀便不停地顫動，似要展翅而飛。

這可不是一般手藝能做出來的首飾，韓氏突然面色一緊，開口誇了句。「寶璟這步搖倒是精緻得很。」

「謝大伯母誇讚，那寶璟先上車了。」紀寶璟微微一笑，抬頭看著韓氏時，面色連變都沒變。

待所有人都上車後，馬車才緩緩啟動。

只是車內的韓氏卻綳著一張臉，那模樣看起來比紀寶芸還要不高興。

原本是歡喜地要去給人家祝壽，結果這一輛車裡，氣氛卻僵凝又嚴肅。

不知過了多久，韓氏才打破沈默，開口道：「我早就同妳們說過，在妳們祖母跟前要乖巧懂事，妳們怎麼就不學學人家姊妹兩個？」

紀寶芸本來就因為被搶了風頭而不高興，一聽這話，更加不悅。「憑什麼咱們就得學她們啊？不過就是會在祖母面前裝乖罷了。」說完，她便氣惱地別過頭去。

韓氏恨鐵不成鋼地看著紀寶芸。這個女兒真是被她寵壞了，嬌氣又易衝動，什麼心思都藏不住。方才不過是瞧見紀寶璟和紀清晨那般出眾的打扮，她馬上就把不高興的神情掛在臉上。她冷笑了一聲。「妳連裝都不會裝，所以老太太的好東西才輪不到妳們兩個。」

紀寶茵一直沒說話，卻還是挨了教訓，只能低垂著頭，默不作聲。

紀寶芸耳尖，一聽到好東西，馬上就問：「祖母又給大姊什麼好東西了？」

紀清晨年紀還小，能用的首飾不多，所以她第一時間就猜想，肯定是祖母又給大姊什麼珍貴的東西了。

韓氏有些嫉妒又無奈地說：「薛大家親手製作的金步搖，妳連看都沒資格看，人家就戴在頭上了。」

薛大家！

大魏的貴族女子，很少有人沒聽過這位薛大家的名號，他手藝之精湛可說是本朝之最。關鍵是，他所製作的首飾多數進了宮中，能流傳到外面的是少之又少。

紀寶芸怒道：「祖母未免也偏心得太過了吧！我還是長房嫡女呢，憑什麼祖母的好東西都給了她們？」她越想越生氣，若不是此時還坐在馬車裡，她恨不得跑到前面去質問一番。

紀寶茵皺了皺眉頭，輕聲說：「那是祖母自個兒的東西，她願意給誰，咱們做孫女的也不能過問。」

「該爭的東西，不爭就等著讓給別人。」紀寶芸冷冷地說。

第七章

紀家老宅因位於真定府的東邊，是以一貫都以東府稱之。

一行馬車到了東府大門口，便被安排進了二門。男客和女眷分別從東西兩側門進入，是以西側門邊上，都是丫鬟和婆子在等著。

韓氏領著兩個姑娘下車，最後一輛馬車上，則是紀寶茹和紀寶芙兩人。

因老太太年紀大，下了馬車後，她便坐上東府準備好的轎子，連帶著把紀清晨也帶了上去。

紀清晨原本還想推脫，不過一想到她從前一直都是能偷懶就絕不將就的性子，若是乍然改變太大，怕是容易引起懷疑，便跟著老太太坐上了轎子。其他姑娘則由韓氏領著，步行到花園。

今兒個還不是大太夫人過壽的正日子，因此都是紀家的親友故交前來拜壽。有些客人是頭一回來，於是大太夫人便乾脆在花園裡的百花閣見客，也好順便陪著客人們逛一逛紀家的花園。

不過東府的園子對紀家的女眷來說卻一點都不稀罕，她們逢年過節可是都得到東府來給大太夫人請安呢，對這園子已熟悉得很。

在眾人去百花閣的路上，就見園子裡頭花紅柳綠、姹紫嫣紅的花卉爭相開放，不少都是難得一見的極品；還有以太湖石精心堆砌而成的假山，山腳下種著凌霄花，綠葉繁茂早已將整座假山下都堆滿了。

待轉過抄手遊廊，就見兩株百年古樹林立其中，樹木雖不是極高，可樹冠卻極寬闊，特別是那粗壯的樹幹，即便是四、五個孩子合圍，都不一定能抱得住。兩棵樹因靠得近，樹冠早已長在一處，從底下看，根本分辨不出枝條是屬於哪棵樹的。

據說這兩棵樹在當年建造紀家祖宅時便存在，當真是參天古樹。

不過前世的紀清晨不大喜歡老宅，她總覺得老房子陰森又潮濕，還不如她家的新宅子好，特別是紀寶菲就住在這裡，她更是不願意來。

可如今的清晨已不會有這樣的感覺。當她初踏入這座宅子時，便能感受到百年耕讀世家的底蘊，家裡的丫鬟都穿著清一色的衣裳，往來之間輕手慢腳，說起話來也是極有規矩，就算是大太夫人身邊的一個婆子，穿著舉止也都不是一般商戶人家的老太太能比的。

一路好奇中，小轎已來到了百花閣門口。

紀清晨先下去後，便站在轎前扶著祖母下來。

旁邊的嬤嬤笑著讚了句。「七姑娘可真孝順，知道心疼老太太。」

「咱們沅沅素來都這般懂事孝順的。」老太太心頭甜的喲，摸著紀清晨的小手就是一個勁兒地誇讚。

這般讚譽讓紀清晨有些心虛，要說起懂事，那還真沒她的分兒。從前的紀清晨被老太太寵得刁蠻任性，可就算是這樣，在祖母的眼中，她仍是個什麼都不懂的乖娃娃。

沒一會兒，韓氏領著其他幾個姑娘也到了，眾人便跟在老太太身後，一同進了百花閣。方才一到門口，就能聽見裡頭言笑晏晏，好不熱鬧，等她們進去時，坐在上首的大太夫人，便準備要站起身來。

老太太笑了一聲，趕緊道：「大嫂可不要起身，這不是折煞了我。」

大太夫人徐氏聞言一笑，道：「今兒個一聽說妳要過來，何嬤嬤便親自到門口去候著了，咱們可是等了許久，才盼到妳過來呢。」

老太太笑著回道：「我可是一早就趕來了呢，倒是還讓大嫂妳久等。」

大太夫人瞧了一眼她身後的姑娘，都是家裡的孩子，不過今日個個都是隆重打扮，便笑道：「瞧瞧這些孫女們，個個都跟天上的仙女似的，真讓我羨慕啊。」

本來坐在大太夫人旁邊的長媳喬氏，此時已站了起來，扶著老太太坐下後，打趣道：「母親這話說得極是，咱們這些個堂姪女，真是一年好看過一年。不僅母親羨慕，連我都恨不得用自家的姑娘來換一換呢。」

堂中眾女眷都笑了起來，韓氏則機敏地回道：「大堂嫂這話我可不同意了，誰不知道東府的姑娘個個賢良淑德。」

「我瞧妳們兩個才是厚臉皮，這不是變著法子在誇自家姑娘嗎？」大太夫人伸出手，指了指她們兩個，堂中眾人又是一陣笑聲。

此時紀家的這幾個姑娘早就羞紅了臉蛋。為首的紀寶璟雖還是落落大方，不過臉頰上卻飛過幾朵紅暈。

女眷在一塊兒，就喜歡談論些衣裳首飾或胭脂水粉。

喬氏見孩子們聊了起來，便笑著對旁邊的女兒紀寶瑩吩咐道：「妳領著妹妹們都去攬月樓玩吧，娘讓人給妳們準備了茶點。」

大太夫人倒是極滿意她這個安排，點頭道：「讓孩子們自個兒玩去，也別整日拘束在咱們這些老古董跟前，都鬆快、鬆快。」

一聽可以玩，小姑娘們自是開心，個個都樂呵呵地告退。

紀寶瑩是東府長房的嫡次女，上頭有個姊姊，如今已經嫁人，要等明日才能回府給大太夫人慶壽，是以這幾日家中來了姑娘，都是由她出面招呼。

一出了門，紀寶菲便走到紀寶瑩身邊，要她牽著自個兒走。

紀寶菲是二房的嫡女，不過她上頭只有庶出的姊姊，她也不喜歡，就喜歡跟在紀寶瑩身邊。

這會兒紀寶璟自是要照顧紀清晨的，於是兩人便走在了一塊兒。

「沅沅，我娘準備了妳最喜歡的玫瑰酥，待會兒可別客氣。」紀寶瑩瞧著小堂妹，溫和地笑道。

在紀清晨的記憶裡，對這個堂姊的印象就是溫柔和善，不過因紀寶菲時常霸占著她，所以她跟堂姊也不是十分親近。

紀寶瑩話音剛落，一旁的紀寶菲便不滿道：「瑩姊姊，妳都不疼我了。」

「妳喜歡吃的，也有。」紀寶瑩安撫她。

紀寶璟沒說話，只是拉著紀清晨落後兩步，待前面兩人走得稍微遠了點，她才叮囑道：「今日咱們是來給伯祖母慶壽的，所以沅沅要乖乖的，不可以再和菲菲吵嘴。」

「大姊，妳放心吧，我都知道的。」紀清晨點頭，一張小包子臉十分真誠。她如今又不是真的五歲小孩，怎麼可能和那紀寶菲一般見識。

攬月樓就建在紀家的人工湖邊，是一座三層小樓，第三層樓甚至能眺望到府外，景致十分不錯。

不過攬月樓卻不輕易打開，也就是府上有喜事時，才會讓人上樓觀賞。

這會兒喬氏讓人準備了點心給姑娘們，並開了攬月樓，眾人自是十分開心。

除了紀家的姑娘外，亦有不少親友家的孩子今日也隨著家中長輩前來。等到了攬月樓裡，倒是明顯分出了界線。

因年紀有大有小，像紀寶瑩和紀寶璟這般年長的姑娘，自是端莊嫻靜，坐在一處喝茶說話；而像紀寶菲這般只有五、六歲的孩子，卻是一個個都閒不住。

剛坐下沒多久，連茶點都還沒用呢，紀寶菲便鬧著要去外頭玩。若是平時紀寶瑩也不會攔著，只是這會兒來了不少客人，又有年紀小的姑娘在，就怕丫鬟一時沒看住，出了什麼意外。

紀寶瑩拿了點心，哄道：「菲菲，妳在這裡乖乖吃點心好不好？待會兒我再帶妳出去玩。」

紀寶菲雖然不高興，卻還是聽了瑩姊姊的話。

此時一旁的紀寶芸，瞧著正在吃點心的紀清晨，笑了笑，道：「咱們沅沅如今可真是越發乖巧懂事，真像個小淑女。菲菲，妳可不能連妹妹都比不上喔。」

正低頭吃點心的紀清晨突然被點了名，有些迷茫地抬起頭。

聽到這話的紀寶菲哼了一聲，低聲道：「她有什麼了不起的，就知道裝。」

紀寶璟淡淡地看了紀寶芸一眼，伸手摸了下紀清晨肉乎乎的小手臂，指著面前的芙蓉糕。「沅沅要不要吃那個？」

紀清晨低頭看了一眼自己小胖手上拿著的桂花糖糕，搖搖頭，乖乖地說：「大姊，我吃這個就行了。」

雖然被打了個岔，可紀清晨還是敏銳地感覺到，剛才紀寶芸是故意說那句話的。她明知道自己和紀寶菲兩人不對盤，卻還故意在紀寶菲面前誇自己。

「咱們乾坐在這裡也沒意思，不如玩酒令吧。」紀寶瑩作為東道主，雖不是熱絡的性子，可今天卻少不得要主動招呼客人。

有個圓臉姑娘好奇地問：「這裡又無酒，怎麼玩得起來？」

「以茶代酒便是。」紀寶芸立即提議，她環顧了一圈，又笑著道：「既是以茶代酒，那輸了的人，便得喝下一杯茶，到時候看誰先告退去茅房吧。」

眾人一聽，臉色一紅，都嗔怪地瞧著她，原來她是存著這樣促狹的壞主意。

紀寶瑩忙道：「芸妹妹，只是玩樂罷了，何必這般……」

「瑩姊姊，我看三妹這法子提得好。」一直未說話的紀寶璟突然開口，竟是贊同紀寶芸的主意。

紀寶芸瞧了她一眼，笑著道：「難得大姊和我一樣的想法。」

紀寶璟微微含笑，一旁正在吃糕點的紀清晨，看著她這端莊又溫和的笑容，突然心中一抖。

既說定了玩法，紀寶瑩便讓人準備茶水，而紀寶璟則一手搭在紀清晨的肩膀上，附耳低聲說：「沅沅，姊姊讓妳看場好戲。」

看戲？看什麼呢？

紀清晨睜著大眼睛看著她，不大懂她的意思。不過就算心裡大有疑惑，她的手上卻還是緊緊地抓著剛拿的芙蓉糕不放。

紀寶璟看著她霧濛濛的大眼睛滿是困惑，又忍不住伸手捏了捏她的包子臉。

此時紀寶瑩已讓人上了茶盞。

雖是酒令，卻是以茶代酒，即便喝多了茶水，也不過就是多去幾次茅房而已，也不是什麼要緊的事。

在座的姑娘裡頭，紀家就有三位年長的姑娘參加，另還有三位乃是客人，也都是真定府大戶人家的女兒，個個飽讀詩書，自認不會出醜。

年長的姑娘要玩酒令，年幼的小孩子卻坐不住。紀寶菲要往三樓去看風景，紀寶瑩乾脆讓丫鬟帶著她去，不過紀清晨和紀寶茵兩個卻都沒去。

紀清晨自然是坐在紀寶璟的身邊，而紀寶茵也坐在紀寶芸的身旁。

「咱們可說好了，誰若是輸了，就得喝下一茶盞的水，不許反悔。」臨開始的時候，紀寶芸志得意滿地道。

一旁坐著的是真定府知府劉家的嫡女，名喚劉月娘，她一貫瞧不慣紀寶芸高傲的姿態，聞言立即反唇相稽道：「這話我正想說呢，到時候輸了，也不許找人代喝。」

紀寶芸被搶白了一番，臉色微紅。

「好了，既都說定，那便開始吧。」紀寶瑩作為主家，主動開口緩和氣氛。

因只是為了取樂，所以便選了最簡單的酒令——詩詞接龍。

隨後眾人一致推選紀寶瑩為令官，讓她出一句詩，按著順時針的順序，依次接下去，若是誰沒接上，便罰茶一杯。

正要開始時，紀寶璟突然抬手，緩緩道：「若只是這般，我想對在場的各位未免也太簡單了些。不如這樣吧，咱們找個小丫鬟在旁邊擊杯，若是五聲之內還沒接下，那便算輸了，如何？」

紀家大太夫人做壽，來的客人自然都是出身名門，再加上大魏女子讀書風氣盛行，是以個個都是自幼便飽讀詩書，到了這個時候，當然不會怯場。

劉月娘是第一個叫好的。「璟姊姊這個法子好，免得有些人藉故耍賴。」話一說完，她卻朝紀寶芸看過去。

紀寶芸氣得想拍桌子罵人，卻只能硬生生地忍下來。畢竟人家又沒指名道姓，她若是開口駁了，反倒會惹對方譏笑。

其實劉月娘和紀寶芸沒什麼深仇，有的也不過是姑娘之間的較勁罷了。

劉月娘的爹爹是真定府的父母官，她自恃乃真定府數一數二的大家閨秀。可偏偏真定有紀家這樣的百年大戶，紀寶芸的祖父是太子太傅，爹爹如今又在京城做官，雖然和劉月娘的爹親同樣皆是四品官，可京官和地方官那可是雲泥之別。有些人在外輾轉一輩子，都沒能等到調至京城當官的機會。

再加上紀寶芸的性格又特別高調張揚，所以劉月娘就更不喜歡她了。

相比之下，為人冷淡的紀寶璟反倒讓劉月娘欣賞。況且紀寶璟的外家可是靖王府，整個真定府沒有人不知道的。

雖然難度提升了些，但沒人反對，於是身為令官的紀寶瑩便先出了一題，不過她出的卻不難。「月落烏啼霜滿天。」

坐在她左手邊的紀寶璟，立即便接了一句。「天階夜色涼如水。」

依次接下去，倒是快得很，幾乎是在旁邊丫鬟敲了第一聲之後，每個人都迅速地應答出來。

規矩是有人接不上的時候才會罰一杯茶水，因此第一輪無人受罰。

此時大家都胸有成竹，一下子戰至第三輪，只聽紀寶璟淺笑了一聲，隨後吟了一句。

「月照花林皆似霰。」

霰？

她身邊的紀寶芸一下子頓住，瞧了紀寶璟一眼，似乎想不通她是故意刁難自己，還只是無意中隨口說了一句。

自家姊妹，會這般嗎？

第八章

紀寶芸這麼一頓，旁邊的劉月娘就得意道：「喲，看別人做什麼？若是不會的話，自罰一杯便是，不過就是杯茶而已。」

「誰說我不會？」紀寶芸被她一打岔，馬上回嘴了，卻沒注意到旁邊的小丫鬟已經敲完了五聲。

紀寶芸是頭一個被捉住的，鬆了一口氣的眾人都開始起鬨了。

她狠狠地瞪了劉月娘一眼，可眾目睽睽之下，紀寶芸也不好抵賴，只得將整整一盞茶都喝了下去。

方才丫鬟倒水的時候，劉月娘便一個個地盯著，因此每人的茶盞都是倒了滿滿一杯。

因紀寶芸被罰，是以這次從她開始。結果這一輪，紀寶璟又捉住了紀寶芸，這次她敗在了一個「缺」字上。

上一輪輪的時候，紀寶芸倒是想扳回來，可是接龍的順序是按著順時針的方向走的，她右手邊坐著的就是紀寶璟，每次都是紀寶璟說上句，她接下一句。所以，紀寶璟若是存心想捉她，總能抓住機會。

紀寶芸第一次敗的時候，便格外留意，可是就算如此，她還是被捉住了。

「三妹，又要喝了。」紀寶璟淡淡地笑了下，看著紀寶芸，既不得意也不歉疚，只是安靜地看著她，一切彷彿那般理所當然。

等玩了五輪下來，紀寶芸一個人就喝了滿滿三杯茶。

這會兒在座所有人算是都瞧出來了，紀寶璟只怕是故意的。

紀清晨坐在紀寶璟的身後，瞧著旁邊的紀寶芸喝得臉色都有點變了，卻還是不得不維持臉上的笑意，心中覺得一陣好笑。

若是說起討厭的人，只怕在小清晨的心中，衛姨娘和紀寶芙母女是前兩名，那麼紀寶芸這個堂姊絕對牢牢占據了第三。只是自己就算討厭紀寶芸，卻也拿她沒辦法。

方才紀寶芸故意挑撥自己和紀寶菲的關係，紀清晨原以為只能忍了，可沒想到，居然能看見她吃癟。

「三妹，我看妳也喝了不少，不如咱們就不玩了吧？」紀寶璟體貼地開口。

以紀寶芸高傲的性格，別人越是這麼說，她就越覺得不能丟了面子。即便肚子裡已灌飽了茶水，她卻還是死撐著說：「大姊未免也太小瞧我了。」

紀寶璟微揚嘴角，露出一個風輕雲淡的笑容，遊戲便又開始了。

只是這場遊戲卻是單方面的屠殺，隨後的三輪，紀寶璟一次又一次地捉住了紀寶芸。而紀寶芸大概是太想贏，越緊張越犯錯，到了後面，甚至隨便一個「關」字就把她給難倒了。

「好了，天色也不早了，不如咱們就玩到這裡吧。」在紀寶芸又喝下一杯茶水之後，坐在上首的紀寶瑩出言道。

劉月娘朝紀寶芸瞧了一眼，笑道：「瑩姊姊，這會兒還早著呢，不如咱們再玩兩輪吧，大家正玩得高興呢。」

紀寶芸的臉色已經發白。雖然喝茶水不礙事，可足足喝了六杯茶水，尋常人都受不住，更別說她這般嬌滴滴的大小姐，肚子早就鬧騰著不舒服了。可她先前已經放話，要看看誰是第一個告退去茅房的人，因此這會兒她死活都不願失了這個臉面。

還是紀寶茵見她臉色實在難看，便扯了扯她的手臂，哀求地說：「三姊，我肚子不舒服，妳能不能陪我出去一下？」

「喲，茵妹妹一口水也沒喝，怎麼反倒肚子不舒服了？」劉月娘哪裡聽不出來，這是紀寶茵故意給她姊姊找臺階下呢，於是馬上出言諷刺。

倒是坐在上首的紀寶瑩見狀，立即道：「既是這樣，那芸妹妹妳就陪茵妹妹去一下吧。」

紀寶瑩是東道主，自然不想讓紀寶芸出醜，也不願再讓外人看她的笑話。

「三姊，求求妳了，就陪我去一下吧。」紀寶茵又扯了一下她的袖子。

一直鐵青著臉色的紀寶芸翻了下白眼，不耐地說：「妳怎麼這麼麻煩。」嘴裡雖然這麼說，但人卻已經站起來。

對面發出一聲呵笑，自然又是劉月娘。不過她今兒個也算是看夠了紀寶芸出糗的模樣，足夠她笑話一年，也懶得再棒打落水狗。

兩姊妹便匆匆忙忙地攜手去了茅房。

上首的紀寶瑩環視了一下四周，吩咐旁邊的丫鬟道：「給幾位姑娘重新沏一杯茶吧，去把我的明前龍井拿來。」

「瑩姊姊真是太客氣了，要拿這般珍貴的茶葉招待咱們。」劉月娘禮貌地說。

紀寶瑩微微一笑，道：「要不趁著她們沏茶的工夫，咱們到二樓去坐坐，二樓的風景也還算不錯。三樓被菲菲占了，咱們就不上去了，她可是鬧騰得厲害。」

聽她這麼一說，眾人紛紛站起來。

只是上樓的時候，紀寶瑩讓丫鬟領著幾個外客上去，自己則走在後面。

等其他人都上了樓梯，她才走到紀寶璟的身邊，低聲問道：「妳啊妳，在外人面前，總該給芸妹妹一點兒面子。」

她是東府的姑娘，按理是管不著西府姊妹的事情，只是今兒個到底有外人在，不可失了分寸。不過她有些不明白，紀寶璟一向不會與紀寶芸一般見識的，怎麼會存心讓她出醜呢？

紀寶璟被教訓了也不生氣，只低頭摸了下紀清晨的小腦袋，淡淡地回道：「就是顧慮著有外人在，這才小懲大誡。若是她以後學會如何當個姊姊，我自然不會與她一般見識。」

紀清晨抬起頭，眼巴巴地看著她。

大姊，妳也太護短了吧。

待她們說完話，便也趕緊上了二樓。

此時有第一次來東府的姑娘，就站在外面的陽臺上，眺望花園的景致。

「那兩棵樹可真是枝葉繁茂啊。」那姑娘感嘆了一句。

紀清晨也來到樓上，才瞧見原來那兩棵樹竟長得那麼茂盛，真不愧有數百年的歷史啊。

結果她還沒感嘆完，就聽樓上發出咚咚咚的聲音，因地板是木質的，是以樓上有一丁點動靜，樓下便能聽得一清二楚。

「定是菲菲在胡鬧。」紀寶瑩搖搖頭，吩咐丫鬟上去。

可是丫鬟沒一會兒就下樓了，走到紀寶瑩的跟前，有些尷尬地道：「奴婢上去時，瞧見菲小姐正領著大家在踢毽子呢。」

結果丫鬟話音還沒落，樓上咚咚咚的悶響聲又起。

紀寶瑩眉頭緊鎖，卻不好在外人面前斥責自家妹妹。

此時紀寶芸和紀寶茵兩姊妹也回來了，劉月娘一回頭瞧見她們兩個，噗哧笑了一聲，又趕緊拿出手絹來沾了沾嘴角。只是她笑都笑了，又拿帕子擋著，便有些欲蓋彌彰。

紀寶芸也沒搭理她，只是抬了抬下巴，朝這邊走過來。

「算了，她也是為了招待客人，就由著她們玩吧。」紀寶瑩想起之前，也就由著紀寶菲了。

可是樓上的響動卻越來越大，就連紀寶瑩都忍不住蹙眉。她正要再派丫鬟上去時，便瞧見先前出去的紀寶芸姊妹兩個回來了。

「菲菲這是帶著人準備拆樓呢。」紀寶芸到了二樓，就聽見三樓「咚、咚、咚」的聲音，不由笑著說了句。

紀寶瑩也覺得不妥，好在此時丫鬟上來稟告，說茶點已經重新準備好了。

劉月娘一聽，立即拿帕子擦了擦嘴角，咯咯地嬌笑道：「咱們正好能下去嚐嚐瑩姊姊的好茶。」

紀寶芸聽到茶這個字，臉色又有點發白，卻撇過頭，沒有再搭理劉月娘。

紀寶茵在旁邊打岔道：「瑩姊姊，我現在還有點不舒服呢，就不和大家一塊兒下去了，正好讓三姊陪我在樓上看看風景。」

紀寶茵這是在替紀寶芸說話呢，畢竟她方才足足喝了六杯茶，這會兒就是王母娘娘親自煮的茶水，她估計也沒了品嚐的念頭。

紀寶瑩也不強求她們姊妹，又瞧出劉月娘和紀寶芸實在是不對盤，便趕緊領著其他人下去一樓。

待一行人下去之後，紀寶芸才在二樓的玫瑰椅上坐下，恨恨地瞧了一眼樓梯口，止不住地怨恨道：「紀寶璟就是存心想讓我出醜，今日之事我不會就這麼算了的。」

紀寶茵之前一直替三姊說話，此時卻忍不住蹙眉道：「若不是三姊妳故意說那樣的話，挑撥菲菲和沅沅，大姊又怎麼會這樣做？況且大姊是什麼人，三姊妳還不懂嗎？這麼多年來，妳何時在她手裡討過好？」

「好啊，連妳都瞧不起我是吧？」都這時候了，紀寶茵居然還幫著外人說話，紀寶芸更是氣不打一處來。

紀寶茵撇過頭，心底開始有些後悔方才那般幫三姊說話。

「芸姊姊、茵姊姊，怎麼就妳們兩個在這裡，其他人呢？」就在她們說話的時候，紀寶菲從樓上跑下來。她手裡拿著一顆繡球，垂著五彩絲條，每條上面還有各色圓珠，還會叮叮噹噹作響。

「瑩姊姊領著大家又去樓下了。菲菲妳方才在樓上就是玩這個，才弄得這般大動靜嗎？」紀寶芸見她來了，笑問道。

紀寶菲笑嘻嘻地將繡球又往半空中拋了一下，往前跑了兩步才接到，她一跑，踩在木板上就是那種咚咚的悶響。

紀寶芸臉上的笑容越盛，喲了一聲，仔細地打量了一番這個繡球，問道：「菲菲，妳這繡球是新得來的吧，做的可真是精緻，連沅沅都沒這樣好的玩意兒呢。」

紀寶菲本來就得意自個兒的新玩具，一聽連紀清晨都沒有，抱在手裡就更得意了，說話時連小下巴都高高地揚起。「那是自然，這可是瑩姊姊未來的婆家託人送來，瑩姊姊特地送給我的。」

紀寶瑩是在去年定下的婚事，小定早就送過來了，等今年八月就要行正禮，所以平常年節時，未來的婆家總是會送些東西過來。紀寶菲是二房的嫡女，經常纏著紀寶瑩，兩人的關係十分親近，因此只要未婚夫家中送了什麼東西過來，她也都會挑一份給紀寶菲。

紀寶芸這才點頭，笑道：「難怪呢，我聽說瑩姊姊的未婚夫乃是京城人士，可真有心，有什麼好的都想著要給瑩姊姊。」

「那是當然，而且還是大官。」紀寶瑩的親事說得好。她許配的是戶部侍郎的嫡幼子，正三品的京官，對東府來說，那算是高攀了，所以就連東府的太夫人也時常誇這門親事說得好。紀寶菲聽家裡大人念叨久了，自然也就記住。

紀寶芸暗暗嘆了一口氣，一半是羨慕，一半又是嫉妒。

東府雖有個紀家長房的名頭，可是真正論起這紀家的聲勢，卻是她祖父當年創下的。況且如今自己的爹爹和叔叔，官位可都比東府的大伯高。

可是紀寶瑩卻能嫁到正三品的清貴人家家裡，而且聽說那人讀書也是極好的。

紀寶芸瞧著她手裡的繡球，突然嬌俏一笑，道：「不過咱們家大姊也要到京城說親了，日後若是真能嫁過去，咱們也能得了未來姊夫的好東西。」剛說完，她連忙捣嘴，笑道：「瞧瞧我這張嘴，這樁婚事都還沒定下來呢。」

「哼。」紀寶菲不屑地哼了聲。她雖然年紀小，卻也知道她如今從紀寶瑩那裡得到的稀罕玩意兒，可都是京城的未來姊夫給的。

若是寶璟姊姊也定了京城的親事，那以後豈不是她有什麼，紀清晨就能有什麼了？

一想到這兒，紀寶菲就惱羞成怒地抱著繡球，往三樓跑了。

「菲菲，妳小心點啊。」紀寶芸露出一抹得逞的笑容。

一旁的紀寶茵則無語地看著紀寶芸，道：「三姊，妳又何必說這些話呢？」

「我說什麼了？本來紀寶璟就是去京城說親事的，我又沒說錯。」紀寶芸訕訕地說。

紀清晨此時卻不知道，她這位無風都能掀起三尺浪的三姊，居然又給她挖了個坑。

下午日頭漸漸毒了起來，紀清晨習慣午睡，便被抱到廂房裡睡覺，而客人們則在新搭的戲臺子那邊聽戲。

等紀清晨一覺睡醒的時候，旁邊的葡萄就問她：「姑娘，可要喝水？」她點了點頭，便安靜地坐起身來。

葡萄倒了溫水過來，餵她喝了點，紀清晨才悠悠問道：「祖母和大姊呢？」

「老太太正與東府太夫人說著話呢，聽說京城那邊來了客人。大小姐則是跟瑩姑娘在湖心亭裡，正與其他幾位小姐一塊兒作畫。」葡萄雖沒出門，不過該知道的事情皆有小丫鬟在底下奔走傳遞消息，一點也不會遺漏。

紀清晨聽說她們在湖邊玩，便立即讓葡萄重新替她編了頭髮，想去湖心亭見紀寶璟。

待她出了門，走沒一會兒，就聽到前頭有嬉鬧聲，還有幾個丫鬟拿著網子。走近一瞧，發現是紀寶菲帶著和她一般大的女童正在撲蝴蝶呢。

因她們的年紀都小，長輩們怕丫鬟看不牢，就不許這些孩子們去湖邊玩，只讓丫鬟帶著她們在花園裡撲蝴蝶。

「妳怎麼過來了？咱們可不跟妳一起玩。」紀寶菲瞧見是紀清晨，便高傲地說了句，還一路小跑步到她旁邊。

紀清晨這會兒才瞧見，旁邊居然擺著一個透明的玻璃樽，碗口那麼粗的瓶身，足有小孩手臂那般長，頂端是個帶柄的玻璃蓋子。此時裡面已經有三、四隻蝴蝶，透過玻璃便能看得清清楚楚。

如今玻璃工藝還不是很常見，可以拿出這樣大一個玻璃樽給孩子裝蝴蝶，看來這東府的底蘊她又該重新估量一番了。

不過紀清晨無意和紀寶菲鬥嘴，正要帶著葡萄離開，卻又被她擋住了去路。

「妳要去哪兒？」紀寶菲不客氣地問。

紀清晨登時笑了。方才說不帶自個兒玩的是她，現如今不讓走的又是她，這孩子究竟想幹什麼？不過紀清晨還是好聲好氣地道：「聽說姊姊們在湖心亭畫畫，我想過去看一看。」

「祖母說了，咱們都不許到湖邊去，憑什麼妳可以？」紀寶菲一聽，更加不樂意。

紀清晨愣了下，還是溫和地道：「我只是去找我大姊，她在湖邊畫畫呢。」

可誰知，這句話竟像是得罪了紀寶菲一般，她繃著臉高聲道：「妳大姊就算會畫畫又怎麼樣？還不是嫁不出去，妳祖母才會帶著她去京城說親。咱們真定可沒人敢娶妳姊姊，所以別什麼都想跟瑩姊姊比，不要臉、不害臊！」

都說小孩子最天真無邪，可往往說出來的話，也最傷人。

第九章

紀清晨被她一句話吼得愣住了，半晌都沒緩過勁。等她回過神，便絲毫不退讓地說：「妳必須向我姊姊道歉，妳憑什麼說這樣的話？誰准妳說這種話誣衊我姊姊的！」

「我才不是誣衊她，她本來就是沒娘的人，本來就是嫁不出去，妳祖母就是帶著她出去騙人的。還想跟瑩姊姊一樣嫁得好？想得美。」

紀寶菲此時可是得意得很，只覺得自己說得對極了，紀清晨的姊姊憑什麼能和她的瑩姊姊相比？

「道歉。」此時紀清晨一張粉白小臉已被憋得通紅，一雙烏溜溜的大眼睛上蒙著一層晶亮的水霧，卻緊緊地抿著嘴，硬是不讓淚水落下來，不願洩漏出一絲軟弱。

「我說的本來就……」紀寶菲一句話還沒說完，站在她對面的紀清晨已經像一個小炮彈般，猛地衝了過去。

紀清晨的動作太過突然，紀寶菲一下子來不及反應，就這樣被撞倒在地上。雖然身後都是草皮，但身上還壓著一個紀清晨呢，紀寶菲疼得一張嘴就要哭。

紀寶菲其他無禮的行為紀清晨都可以忍，唯獨無法忍受她對大姊的任何一句侮辱。

紀清晨騎在紀寶菲身上，指著紀寶菲的鼻子怒道：「道歉！給我道歉！」

她實在是太凶了，以至於紀寶菲連哭都忘了，只是睜著一雙眼睛愣愣地看著她。

這時回過神的丫鬟們，嚇得趕緊上前拉開兩位小祖宗。

可是因為紀清晨騎在紀寶菲身上，所以幾個丫鬟便先上前去把她抱下來，但是剛去拉她的手臂，被壓著的紀寶菲一下得了自由，猛地伸手去推她。

於是兩人一下子又糾纏在一塊兒。

她們兩個雖然都還小，到底是女孩子，因此打起架來都是朝對方的頭髮和臉招呼。

紀寶菲比紀清晨大了幾個月，又生得胖實，一開始的時候反而占了上風。

紀清晨也是活了一輩子的人，雖說上輩子沒打過架，好歹還會用腦子，動作十分敏捷，很快就扳回一城。

待兩個發狂的小祖宗被丫鬟分開時，臉上和身上都已掛了彩。

紀清晨比雞蛋還白嫩的小臉，脹得通紅，連嘴角都破了，衣裳也被撕壞。她對面的紀寶菲也好不到哪裡去，衣裳上沾染了泥土和草屑，頭髮全被扯亂，臉上更有著明晃晃的兩道血痕。

葡萄這會兒嚇得雙腿直打哆嗦，特別是看見紀清晨嘴角的傷，眼淚險些要掉下來。

可紀清晨卻一點也不在意，反而特別霸道地指著紀寶菲，狠狠地說：「妳以後要是再敢說我姊姊的壞話，我見妳一次，就打妳一次。」

旁邊的小姑娘們本來就因為她們姊妹打架而嚇住，現在又聽到她女流氓般的口吻，有個小姑娘立即就哭了。

葡萄正忙著給紀清晨檢查身上可有其他傷著的地方，一聽到她這話，差點沒給她跪下來。「我的小祖宗啊，妳就少說兩句吧。」

此時早已有丫鬟去請長輩們過來了，且因為湖心亭離這裡近，也有人去請紀寶瑩和紀寶璟。

紀寶菲是家裡最小的孩子，平時也是千嬌萬寵的，何曾受過這等委屈。她聽到紀清晨的話，登時淚如雨下，一邊哭還一邊念叨。「我要去告訴祖母，妳這個沒娘養的……」

紀清晨見她都這樣了，還敢亂說話，當即又是上前，連拳頭都舉了起來。

「沅沅！」遠處傳來一聲把她給喊住，她回頭一看，是紀寶璟等人趕了過來。她心底覺得有些可惜，沒能再教訓紀寶菲一回。

紀寶璟一直走到紀清晨跟前，原本是滿肚子火，可是一瞧見她臉上的血痕，怒氣全成了心疼，直接跪在她面前，一個勁兒地上下檢查著。「妳可有哪兒傷著了？快告訴姊姊，哪裡疼？」

這會兒大姊都來了，再不裝可憐，那就是她笨。

「好疼，全身都疼，姊姊，疼死我了！」紀清晨撲過去趴在紀寶璟的肩膀上，號哭得那叫一個驚天地、泣鬼神。

而一旁原本正在哭的紀寶菲，這會兒倒是忘了哭，光顧著看她了。

紀寶瑩見到眼前的狼藉，立即皺著眉頭吩咐道：「趕緊去稟告大太太。」

紀寶璟心裡難受，抱著紀清晨就起身，也不顧衣裳會不會被弄皺。她正要往回走，恰巧此時東府的大太太喬氏和二太太楚氏都趕了過來。原本丫鬟是去稟告喬氏，只是楚氏一聽說是寶菲打架了，就也急急忙忙地跟來。

此時見自家姑娘衣裳破了，頭髮也亂了，臉上還掛了彩，楚氏一下子尖叫出聲，抱著紀寶菲大哭道：「我的菲菲，這是怎麼了啊？到底是誰下這麼重的手？這可是要弄花妳的臉啊！若是落下疤痕可怎麼辦……妳要是有事，娘也不活了……」

楚氏的模樣也算不錯，柳眉杏眼，可偏偏紀寶菲卻像極了東府的二老爺，那狹長的眼睛更是一模一樣，模樣反倒還比不上自個兒的親娘，這會兒一張小臉又被抓花了，楚氏心裡能不難受嗎？

旁邊的喬氏聽著她這陣哭嚎，頓時一陣尷尬。她們在來的路上就知道兩個孩子打架了，如今這楚氏指桑罵槐的，可真夠丟人。

喬氏再看紀清晨，那麼好看的一張小臉上，也是被抓得掛彩，一雙大眼睛濕漉漉的，她瞧著心都軟了。

「沅沅，大堂伯母那裡有上好的傷藥，妳和菲菲都先回去上藥吧。」兩個孩子打架，她這個做堂伯母的也不能偏袒誰，只能先處理好兩個孩子的傷，等家裡的兩位老太太都醒了，再來定奪吧。

此時旁邊的楚氏，這會兒轉頭盯著紀清晨，那眼神就像刀刃似的。

紀清晨佯裝嚇到，趕緊靠在紀寶璟懷裡。

紀寶璟摸了摸她的頭髮，柔聲安慰道：「沅沅，別怕，大姊在這兒呢。」

喬氏一瞧見紀清晨這害怕的動作，便心生憐惜，楚氏這般嚇唬孩子，真是有些過分了。

她立即寬慰道：「沅沅不是喜歡吃玫瑰糕嗎？等妳上了藥，大堂伯母再讓人給妳做。」

「謝謝大堂伯母。」紀清晨這才小心地從紀寶璟的肩膀處抬起頭。

「大嫂。」楚氏一聽喬氏不僅沒教訓紀清晨，居然還要給她吃糕點，頓時便氣不打一處來。

喬氏淡淡地掃了楚氏一眼，提醒道：「弟妹，還是讓兩個孩子早點兒回去上藥，畢竟臉上都有傷呢。」

楚氏這才回過神，又著急起來，也顧不得再教訓紀清晨，趕緊領著紀寶菲回去，只是邊走還邊道：「早就和妳說過了，別跟什麼人都在一塊兒玩，妳看看妳……」

那聲音不高不低，正好傳了過來，弄得喬氏又是一陣臉紅。

東府如今只有大老爺出仕，紀寶菲的父親當年不過考了個秀才而已，最後娶的也只是商賈出身的楚氏，所以這楚氏的行事作風，喬氏是看不上眼的。

「寶璟，妳先把沅沅帶回廂房，大堂伯母讓人給妳們送藥過去。沅沅這麼漂亮的小臉蛋可不能留疤。」喬氏叮囑她們，又趕緊讓丫鬟回她的院子裡去拿藥。

待回了廂房，葡萄打了熱水過來，紀寶璟親自擰了帕子給紀清晨擦臉，生怕碰到傷處，每一下都是小心翼翼的。

紀清晨坐在榻上，兩條小短腿在半空中晃蕩，看著紀寶璟繃著一張臉給自己搽藥，剛咧嘴想要笑，結果一動就扯到臉上的傷口，疼得「嘶」了一聲。

「別動。」紀寶璟一聽到她的喊聲，立即抬頭輕瞪了她一眼。可是瞧見她的小包子臉都皺成了一團，便覺得又是心疼又是好笑，含著眼淚笑著說：「讓妳淘氣，要是留了疤，日後變成一個小醜八怪，我看妳該如何是好？」

紀清晨雖然知道姊姊是嚇唬自己的，可還是小嘴一癟，胖乎乎的藕臂伸出來，摸了摸紀寶璟的臉頰，聲音軟軟地撒嬌道：「姊姊別生氣，都是沅沅不好。」

紀寶璟是心疼她，結果卻聽到她安慰自己，一直強忍著的眼淚險些落了下來。

「沅沅別怕，姊姊不會讓人欺負妳的。」紀寶璟低頭，在她的額頭上抵了一下。

此時喬氏的丫鬟正好送藥膏過來，說是能祛疤的上好藥膏。

紀寶璟謝過後，又讓葡萄將人送出去。

好在今兒個來之前葡萄就帶了一套備用衣裳，這會兒居然還真用上了。

不久後，喬氏剛讓人送玫瑰糕過來，老太太身邊的牡丹也來了，一瞧見紀清晨臉上抹著的藥膏，立即心疼地說：「老太太這才剛醒，一聽說打架的事，便派奴婢先來瞧一瞧。這寶菲姑娘下手也太狠了吧，怎麼能朝七姑娘的臉上抓呢？」

紀清晨這張小臉是真好看，她剛出生的時候，長得就比別的孩子好看，到了四、五歲，簡直就像粉團一般，皮膚白嫩得能掐出水，眼睛又大又亮；還有那菱形的小嘴，就沒一處是不好看的。

紀寶璟已經是明媚至極的大美人兒，可絲毫沒人懷疑，紀清晨長大後，必會比她大姊還要出色。

大概是因為長得太討人喜歡，所以她每次一犯錯，只要在老太太跟前撒撒嬌，就能免受處罰。

「牡丹姊姊，祖母生氣了嗎？」紀清晨還挺擔心的，畢竟今天來東府是作客，結果她卻打了主人家，而且還是她先動手……

牡丹瞧著她傷痕累累的小臉，立即安慰道：「若是讓老太太瞧見七姑娘的傷，心疼都來不及了，哪裡會生七姑娘的氣呢。」

紀寶璟剛剛問了半天她們打架的原因，紀清晨就是不說，此刻她不禁叮囑道：「若是祖母問起緣由，妳不許不說。」

她雖然不知道事情的經過，可總覺得如今妹妹已經懂事，不會無緣無故打架，便偏心地覺得肯定是寶菲先動手的。

紀清晨低頭「嗯」了一聲。她不想說，是因為不想讓紀寶璟傷心。

之前她一直覺得像清晨和寶璟這樣的孩子肯定什麼都不缺，日後舅舅又是垂拱天下之人，殊不知，她們其實也有許多不為人知的酸楚。

喪母便是她們心底最大的傷痛。已失去了母親的疼愛，還要忍受外人的非議，就連婚事都比別人還要艱難。

等紀寶璟和紀清晨兩人隨著牡丹來到了老太太跟前，紀清晨突然就跪了下去。

老太太瞧著她，問道：「誰讓妳跪下的？」

紀清晨眨著大眼睛看向祖母。她都把人打了，還能不跪下嗎？

「妳覺得自個兒錯了？」老太太瞧著她一臉迷惑的小模樣，柔聲問。

她當然不覺得自己有錯，要不然也不會動手，可打人終歸是不對的。

老太太見她不說話，知道她定是受了委屈，便道：「起來吧，跟祖母一起過去說清楚。若是妳錯了，祖母不會護著妳，可若是妳沒錯，祖母也不會讓人欺負了妳。」

紀清晨原本還準備硬著脖子獨自撐到底，可一聽這話，眼眶一下子就濕了。

第十章

此時楚氏正帶著紀寶菲在大太夫人面前哭訴。「哪有這樣的妹妹？您瞧瞧，把菲菲這臉撓的，要是日後留了疤，媳婦也不活了。」

楚氏哭得真情實意，旁邊的紀寶菲也跟著要一塊兒哭，還是喬氏忙給她擦了擦眼角，道：「菲菲可不能哭，這淚水要是沖散了藥膏可就不好了。」

誰知聽喬氏這麼一說，楚氏的哭聲就更大了。

大太夫人皺眉瞧了一眼孫女的臉蛋，雖然搽了藥，可是臉上兩道血痕確實明顯。不過事情涉及紀清晨，大太夫人只能先問緣由。「菲菲，妳和沅沅到底為什麼打架？」

「娘，這哪裡是打架，分明是咱們菲菲被打了啊！您瞧瞧這臉撓的。哪有女孩兒打架會下這樣的狠手，這心真是太狠了。」楚氏一邊抹眼淚，一邊拉著紀寶菲的手，讓她靠過來一些，好讓太夫人看清她臉上的傷痕。

「弟妹，小孩子打架本就沒輕沒重的，妳又何必這麼說。」喬氏皺了下眉，輕聲道。

總不能為了兩個孩子的事情鬧得兩府生了嫌隙吧？

喬氏剛說完，就聽丫鬟進來稟告，說是西府老太太領著紀清晨來了。

「人來了正好，也好當面對質，她騎在咱們菲菲身上打，那可是所有人都瞧見的。」楚氏心頭怨恨著喬氏幫著紀清晨說話。那小丫頭不過是有個好外家，所有人就該都捧著她不成？這都打到自家頭上了，大嫂還幫著外人，卻不幫自己的親姪女。

待老太太領著紀寶璟和紀清晨進來，所有人的眼睛都朝紀清晨瞧過去，只見她臉頰上也塗了厚厚的膏藥，而且連脖子上都塗了，瞧著那傷勢竟是比紀寶菲還要嚴重。

老太太瞧見滿屋子的人，輕笑了一聲，道：「大家都來了啊。」

大太夫人趕緊請老太太過去坐著，待她坐下後，才笑著道：「就是孩子們之間的小矛盾，倒是把咱們兩個老東西都給驚動了。」

此時太夫人朝紀清晨招招手，喊道：「沅沅，到伯祖母跟前來，讓伯祖母瞧瞧，這都傷著哪兒了？」

待紀清晨走到她身邊，大太夫人心底一顫。這麼玉雪可愛的一張小臉，這會兒竟東一塊、西一塊的抹著綠色膏藥，連她瞧了都覺得心疼。

「說來這件事也不小，畢竟兩人當著那麼多外客面前打架，這要是傳出去，只怕咱們紀家姑娘的名聲都得受損。」老太太板著臉，淡淡地說。

楚氏原先還呼天搶地呢，可是老太太來了，她反倒什麼話都不敢說了。

跟著老太太一塊兒來的韓氏輕聲道：「不過是兩個孩子在玩鬧，倒也不至於。我看不如讓她們兩個都向對方道個歉，日後還是自家姊妹。」

紀清晨低垂著眼瞼，對韓氏的話卻嗤之以鼻。合著這位大伯母連問都不問一句，就讓她同紀寶菲道歉，還真是慷他人之慨，博自個兒的名聲啊。

老太太朝韓氏看了一眼，才開口道：「這般強按頭讓她們道歉，只怕她們兩個心裡都不服氣，倒不如讓她們自己說清楚。這打架總有打架的理由，都說出來讓咱們聽聽。」

楚氏之前問過丫鬟了，那可是紀清晨先動的手，而且還騎在她的菲菲身上打，真是太沒教養了。所以她也不怕被問，拉了拉紀寶菲的手臂道：「菲菲，既然叔祖母願意為妳作主，妳便告訴大家，是誰先動手的？」

「是她先打我的。」紀寶菲指著紀清晨，滿心憤恨。她可從來沒吃過這樣大的虧。

紀寶璟皺眉。轉頭見妹妹安安靜靜地也不反駁，剛要開口說話，就見紀清晨已抬起頭，回看著紀寶菲，問道：「那菲姊姊妳告訴伯祖母和我祖母，妳都說了些什麼話？」

紀清晨說完，又垂下頭，還帶著輕輕的抽泣聲。

紀寶菲雖然很會告狀，這會兒卻被紀清晨簡簡單單的一句反問，給堵得啞口無言了。

「菲菲，妳是姊姊，妳來說說妳和沅沅究竟因何打架？」大太夫人見紀寶菲不說話，臉色便沈了下來，有些生氣地問道。

紀寶菲此刻倒是說不出話來了，畢竟她說的那些話要是讓祖母知道，肯定會被責罵。此時才知道事情的嚴重性，只能垂著頭不說話。

可偏楚氏還嫌不夠一般，伸手抵了抵她的後背，著急道：「菲菲，祖母問妳話呢，妳別害怕，如實說了，祖母定會為妳作主的。」

「菲菲若是不記得了，那就讓伺候她的丫鬟來說，我想丫鬟們總該記得兩個姑娘究竟為什麼吵架。」老太太蹙眉道。

此時一直站在楚氏身後的丫鬟，身子明顯顫抖了起來，整個人一下子變得異常緊張。可怕什麼來什麼，就聽楚氏喊道：「環兒。」

這個叫環兒的丫鬟被叫了名字，立即站出來，跪在房中的地毯上，雖然竭力克制，卻看得出來整個人都在發抖。

大太夫人在心底嘆了一口氣，罵了一句「蠢貨」，卻還是輕聲問道：「妳來說說，兩位姑娘當時究竟為何打架？」

環兒是紀寶菲的貼身丫鬟，兩人打架那會兒，她就站在旁邊，誰說的哪句話，誰先動了手，她可是瞧得一清二楚。

只是她若是如實說了，只怕回了二房，二太太不會放過她；可她若是說了謊話，還有那麼多人當時也都在場呢，謊言可能馬上就會被戳破。

於是她在顫顫巍巍間，開口道：「當時小姐正在花園裡，領著一幫姑娘捉蝴蝶，後來碰到七姑娘過來了，兩人剛說了幾句話，卻不想七姑娘突然動手打人，她一下子就把姑娘推倒在地上，還騎在姑娘的身上。奴婢見狀，趕緊和其他人一塊兒上前去把兩位小姐拉開。」

待環兒說完，就見一旁站著的葡萄，立即忿忿不平地道：「不是這樣的，根本不是七姑娘的錯，是菲姑娘先侮辱大小姐，說大小姐嫁不出去，七姑娘沒忍住，才動手打人的。」

「住嘴，伯祖母和祖母在這裡，還有妳一個丫鬟說話的分兒嗎？」待葡萄把話都說完了，紀寶璟才出聲呵斥。

其實到了這會兒，就連最蠢笨的楚氏都明白了。這兩姊妹之所以打架，肯定是紀寶菲先說了什麼不得體的話，紀清晨才會動手。

葡萄此時跪下來，伏低身子給上首的兩位老太太磕頭，道：「奴婢句句屬實，還請兩位老太太明察。」

「喲，這倒是個忠心的丫鬟。」楚氏在一旁陰陽怪氣地說了一聲。

大太夫人此時的臉色越發陰沈，見楚氏還是這般張狂，便開口問道：「妳可還記得兩個姑娘都說了什麼話？」

葡萄立即抬頭，仔仔細細地將兩人的話複述了一遍，待她說完，不僅紀寶菲的臉色變了，就連環兒的臉色也變了。

大太夫人手中的枴杖，狠狠地在地上跺了下，怒道：「孽障！妳這般大逆不道，怎麼還有臉惡人先告狀？今日我若是不懲處妳，妳便不知什麼叫做手足之情。」

紀寶菲被嚇得整張臉都白了，身子不停地抖，嘴角也在顫抖，眼眶裡淚水直打轉。

「娘，菲菲不過是一時頑劣，還請娘息怒，待媳婦回去，定會好好管教她。」楚氏立即站起來請罪，也算她沒有蠢笨到底。

只是此時兩府的人都在，紀寶菲又是說了這般過分的話，大太夫人豈能輕饒？況且她也頗氣楚氏，這都把紀家的嫡小姐給教成什麼模樣了！

「管教？這就是妳教出來的好閨女，才多大的年紀便這般目中無人，我看妳再教下去，指不定又會出什麼事！」大太夫人這是真生氣了。她和老太太做了一輩子的妯娌，丈夫雖繼承了祖產，但官位上卻遠遠比不上小叔。沒想到爭了一輩子，最後居然連孫女都給她丟人。

喬氏見狀，也立即開口求情。「母親，菲菲年紀還小，慢慢教便是。今日是菲菲有錯在先，她是姊姊，讓她給沅沅賠個禮、道個歉，以後還是親親熱熱的自家姊妹。」

大太夫人臉色依舊陰沈，不過卻轉頭看著老太太，語氣沈重道：「都是我理家無方，讓菲菲這般沒規矩。」

隨後她便立即轉頭看著紀寶菲，怒道：「孽障，妳還不給我跪下認錯！」

紀寶菲哭哭啼啼地跪下來，倒是老太太瞧了她一眼，淡淡地嘆了口氣，道：「我一直喜歡菲菲這孩子，機靈又活潑，只是姑娘家最忌諱的便是生口舌是非。菲菲年幼無知，這有些話，也不是她一個孩子能說得出來的。」

特別是關於喪家長女會嫁不出去的說法……這可不是一個五歲孩子能想得到的。

老太太話未說完，卻看了對面的楚氏一眼。從她進來開始，就聽到楚氏那陰陽怪氣的說話方式，沒想到竟把自家姑娘教成這般刁蠻無理。

大太夫人本來要嚴懲紀寶菲的，不過在眾人的求情之下，決定讓她在自己大壽之後，就只能待在她的小院子裡頭，好好地閉門思過。

老太太也累了，便帶著西府的人回去，準備等大太夫人生辰的正日子再過來祝壽。

回到西府後，韓氏見老太太的臉色還是不大好，便勸道：「娘，菲菲就是個孩子，不懂事亂說話，您可千萬別把她的話放在心上。」

「這件事誰都不許再提，都回去歇息吧。」老太太皺眉，瞧了紀寶璟一眼。她這個孫女什麼都好，就是年少喪母，耽誤了婚事。

等旁人都回去了，老太太又瞧著紀清晨這小臉，心裡還難受著。雖是她先動手的，可是她也是為了護著自己的姊姊，要真論起來，老太太也覺得她打得好。

老太太對著站在一旁的牡丹道：「牡丹，去把庫房裡頭御賜的祛疤膏藥拿出來，七姑娘的臉蛋是最要緊的，可得日日仔細地幫她上藥。」

待吩咐完，老太太又心疼地瞪紀清晨。「妳啊，若是這臉上留了疤，看妳以後還敢打架不？」

「誰要是敢欺負大姊，我還是會揍她。」紀清晨抬了抬下巴，這蠻橫的小模樣，一下子把老太太和紀寶璟給逗樂了。

紀延生回來的時候，天都矇矇黑了，剛到了二門上，就被衛姨娘派過去的人給拉住，說是衛姨娘今日有些受涼。

一聽這話，紀延生趕緊去了她的小院。等進了屋子，就見衛姨娘正靠在榻上，只是那面色紅潤，看起來倒不像是病了。

待聽說是院裡有人去請紀延生的，她立即起身請罪道：「是妾身管教不嚴，讓她們打擾到老爺了。」

「妳的事情自然重要。」紀延生扶住她的手。

紀寶芙早已跟著站起來，卻道：「爹爹，您別怪姨娘，是我自作主張讓人去請您的。姨娘這兩天胃口一直不好，吃什麼吐什麼。」

紀延生立即皺眉，趕緊問道：「怎麼也不請大夫？」

「不礙事的，您別聽芙姊兒亂說，妾身哪是那般嬌氣的人。」衛姨娘柔柔一笑，清婉如水中蓮的臉頰，在幽幽的燭光下越發柔美，惹人憐愛。

此時紀寶芙身邊的丫鬟匆匆進來，還被紀寶芙斥責了一句。「怎麼這般沒規矩？」

「姑娘讓奴婢找的藥找到了，奴婢急著送過來。」丫鬟小聲道。

紀延生看那丫鬟手上拿著的是跌打損傷的藥膏，微微皺眉問道：「怎麼了？芙姊兒怎麼突然把跌打損傷的藥膏找出來了？可是哪裡受傷了？」

「不，這不是我要用的。」紀寶芙有些猶豫地說。

紀延生見她吞吞吐吐，便問道：「那是給誰用的？」

紀寶芙又猶豫地看了衛姨娘一眼，並未回話。

紀延生心中疑惑更甚，立即又問了句：「怎麼，連爹爹也不能說？」

「爹爹，這……這是給七妹用的。」

「沅沅她怎麼了？」紀延生站起來，神情有些緊張。今日他也在東府，只是一直在前院，因此沒聽說紀清晨受傷了。

紀寶芙為難了半晌，這才輕聲道：「爹爹，祖母不讓提，我、我不敢說。」

一聽這話，紀延生豈有不明白的道理，他怒道：「可是沅沅又闖禍了？」

「不是的……」紀寶芙立即搖手，似是竭力想要維護紀清晨。只見紀延生的眉宇間已是怒氣沖天，她只得低聲說了句。「七妹只是在東府，和人打架了。」

第十一章

「這孽障！我以為她這幾天的乖巧是改了秉性，沒想到一出門就惹出如此丟臉的事情。」紀延生氣得太陽穴直跳。要是紀清晨此時在他面前，肯定不是一頓臭罵就能解決了的。

紀寶芙一張小臉煞白，立即求情道：「爹爹，七妹並非有意的，況且她也被打傷了，祖母心疼得厲害，您就別再教訓她了。」

「我就是平日裡太縱容她了，如今倒好，去別人家作客，竟和主人家打了起來。」紀延生越想越生氣，他就是再離經叛道，都未曾與人打過架。

他一說完，便怒氣沖沖地往外走。

衛姨娘趕緊上前攔住他，哭訴道：「老爺，您若是現在去老太太房中，老太太定會以為是芙姊兒故意在您跟前挑撥的。」

紀延生看她梨花帶雨的模樣，總算生出一絲清明，他握著衛氏的手臂，柔聲安慰道：「妳放心吧，我定不會說是芙姊兒說的。我也知道母親的性子，平日裡護沅沅護得緊，只是這次沅沅實在是太過分了，我非得去教訓、教訓她不可。」

說罷，他便鬆開衛姨娘的手，逕自走了出去。

待紀延生走後，紀寶芙趕緊上前扶著衛姨娘，讓她在榻上坐下。

老太太的院子裡頭，這會兒正上了晚膳。

牡丹到內室瞧了一眼紀清晨，出來後才低聲回道：「七姑娘還在睡呢，奴婢瞧她睡得香，便沒敢打擾。」

「不用叫她，讓她繼續睡，今兒個一天也是把她給累壞了。」老太太擺擺手，心疼地道。

可是她一抬頭瞧見面前坐著的紀寶璟，心裡更是不好受。她伸手拉住紀寶璟的手，緊緊地握在手心裡，柔聲道：「大囡，妳放心，只要有祖母在的一天，定不會叫妳們姊妹兩個受一丁點委屈。妳的婚事，祖母一定替妳好好地挑、細細地選。我的大囡啊，以後可是要嫁得如意郎君的。」

祖孫兩人正低聲說著話，就見紀延生氣勢洶洶地進來，向老太太匆匆行禮後，便問道：「清晨人呢？她在哪兒？」

「你這是做什麼？」老太太聽他這不善的口吻，立即蹙眉。

「母親，今日您就算罵兒子忤逆，兒子有些話也不得不說。清晨這孩子真的是被寵壞了，若再不及時嚴加管教，只怕日後就是個禍害。」

聽到「禍害」兩字，老太太的手掌抖得險些連一直拽著的佛珠都捏不住。

一旁的紀寶璟瞬間抬起頭，不敢相信地看著自己的爹爹。

老太太失望地看著他，半晌才道：「你可是聽說了什麼，才會到我這兒喊打喊殺的。」

這句話不可謂不重，紀延生的怒氣也被壓了下去，他馬上回道：「母親，兒子實在沒這個意思，只是心中實在擔憂清晨。她都已經這般大，再不好好調教，只怕日後性子就要歪了。」

「沅沅的性子？」老太太冷笑。幸虧手裡拽著的是佛珠，不是龍頭枴杖，要不然就要朝紀延生的身上打了過去。「我這輩子見過的人多了去，什麼樣的人沒見過，可是我敢說沅沅秉性純良，比起那些個愛惹是生非、挑撥離間的，不知道好了多少去。」

紀延生正要再說，旁邊的紀寶璟突然喊道：「爹爹，沅沅就在祖母的內室裡歇著，你若是要教訓，只管去便是。」

老太太一臉心疼地看著紀寶璟，只見她含淚輕搖了下頭。

說著，紀寶璟便領著紀延生往內室走去。

等走到床邊，紀延生就看見床上躺著的小姑娘，原本玉雪可愛的一張小臉，如今卻塗著厚厚的綠色膏藥，就連脖子上都是，看上去有點滑稽，卻又讓人覺得心酸。

屋子裡的丫鬟見他們進來，正要起身行禮，卻被紀寶璟叫了出去。

「爹爹心裡肯定在想，沅沅臉上塗了這麼些膏藥，也是她自個兒打架活該是吧？」紀寶璟的聲音中有著說不出的清冷。她雖然一直告訴自己要理智，告訴自己……爹爹其實還是喜歡她和沅沅的。

可是，得到的卻是一次又一次的失望。就連她都對爹爹如此失望了，那麼喜歡爹爹的沅沅要是知道了爹爹此時的想法，該有多難過啊！

她含著眼淚，竭力不讓自己哭出來，一字一句地問：「可是您知道她為什麼打架嗎？您問過緣由嗎？」

紀延生心中一頓。

「沅沅都是為了我，是為了護著我。菲菲當著她的面，說我們是沒娘的孩子，說祖母之所以帶我去京城相親，是因為在真定沒人要我。試問爹爹，這樣傷人的話，沅沅還這麼小，如何能忍受得了呢？」

紀延生此刻的心中，就像是有好幾盆冰冷的水兜頭澆了下來。竟是因為這個原因，沅沅才會和人打架的。

她不是調皮，也不是蠻橫，不過是為了維護親姊姊才會和人動手。

紀延生說不出此刻心裡的感受是什麼？難受、自責和失望同時湧現在他的心頭。

方才他居然還不明所以地要過來責罵她……

他作為親爹，怎麼能夠……

大概是聽到紀寶璟說話的聲音，紀清晨迷迷糊糊地睜了睜眼睛，含糊地喊了句。「大姊？」

「沅沅醒了？」紀寶璟趕緊在床榻邊坐下，摸了摸她額頭的髮絲，柔聲問。

紀清晨伸出藕節似的小胳膊，伸手擋在眼睛上，大概是內室裡掌著的燈有些刺眼，她迷糊地問：「是爹爹嗎？」

「爹爹聽說沅沅受傷，心裡可擔心了，就馬上過來看妳呢。」紀寶璟臉上帶著溫柔的笑，可是嗓音裡卻有著隱忍的哭腔。
紀清晨嘴角噙著一點笑意，卻難受地說：「可是我好睏啊。」
「那沅沅繼續睡，姊姊和爹爹就在旁邊陪著沅沅，好不好？」紀寶璟一邊說著話，一邊給她掖了掖被角。
「嗯。」紀清晨模模糊糊地應了一聲，又睡了過去。在睡夢中，她可真是威風極了，把紀寶菲打得滿地找牙。
紀延生低頭看著睡著的小女兒，胖嘟嘟的小臉上抹著膏藥，看上去異常刺眼；一旁的大女兒則是安靜地坐著，沒再說話。
他低低嘆了口氣，道：「寶璟，咱們出去吧，讓沅沅好生休息。」
紀寶璟聞言，順從地站起來，跟著走到了門口。
只是在關上房門後，她轉頭看著紀延生，低聲道：「爹爹應該知道，沅沅有多喜歡您吧？」
紀延生沒說話，卻是在回憶平日裡的清晨，粉粉嫩嫩的玉人兒，之前老聽說她與姊妹吵架。每次犯錯了，總是拿那一雙紫葡萄般的眼睛盯著他看，有點兒倔強，卻也讓他不忍心多加責備。
「您上次從京城回來，送了她東西，她不知道有多開心。特別是那個靶鏡，不管是我還是祖母，都只有看看的分兒，她甚至連睡覺都想握在手心裡。
「您知道嗎？今天的事情，我最生氣的不是在您面前挑撥的人，而是您。您是我們的父親，是最應該相信沅沅的人，她雖平日裡有些頑皮，卻不是個是非不分的孩子。可是您呢？連原因都未問清楚，就過來要教訓她，甚至還把她喊作是禍害。」

紀延生聽著長女這一口一個「您」，心底也是難過。

「我自幼便得您喜愛，您對我更是悉心教育，從未對不起我，您忽視的，只有沅沅。」紀寶璟低著頭，眼淚卻是再也忍不住。

她是長女，又是紀延生很多年裡唯一的一個孩子，她得到了紀延生所有的喜歡和照顧。只是等紀寶芙和沅沅出生之後，這份喜歡就開始被切割開來，而沅沅，她作為最小的孩子，又能得到多少？

今日看來，她只怕是得到最少的那個孩子。

東府太夫人的壽辰辦得十分熱鬧，到了正日子這天，紀家的米鋪甚至在門口貼了告示，要給窮苦百姓發米。

城東的紀家祖宅，賓客更是絡繹不絕，車馬盈門，這般熱鬧的景象，可真是讓人羨慕至極。

這次老太太也不敢再讓紀清晨亂跑，到哪兒都帶著她，所以倒是沒出什麼事情。

東府的大老爺還特地從保定府請了戲班子來，這雲家班也算是遠近聞名的戲班子，裡面有個唱旦角的戲子，據說連在京城都赫赫有名。這次能請到這個戲班子，還是紀延生出面周旋的呢。

雲家班在東府的園子裡連唱三天，熱鬧極了。

紀家在真定府是大家族，未出五服的親戚不說，就是有出了五服的，也都趁著這次機會上門給太夫人祝壽。

來者都是客人，自然得好生招待著。

大太夫人這才想起來，笑著對眾多姑娘道：「今兒個特地給妳們準備了不一樣的雜耍表演，妳們也別陪著我們這些老人家，都過去看看。」

一聽說是雜耍，不少人的眼睛都亮了，那確實是比看戲要有意思多。

紀清晨也有興趣，可一看見紀寶菲那興奮勁，便有點不想去了。

「沅沅也和姊姊一塊兒去吧。」一旁的紀寶璟察覺出她的心思，伸手摸了摸她的小腦袋，柔聲說。

於是，喬氏便讓人領著她們過去看雜耍。

表演雜耍的地方是個單獨的院子，搭著簡單的小戲臺子，前面擺了桌子和凳子，連茶水瓜果都替她們準備好了。

只是這邊卻不像戲班子那麼熱鬧，連笙簫聲都沒有。

待小姑娘們坐下後，就見那大紅簾子後面突然傳來幾聲清脆的鑼鼓聲，登時將所有人的視線都吸引過去。

此時簾子往兩邊拉起，一個挺拔的青色身影緩緩而出。

待他走到臺子中間，所有人才瞧清楚，他臉上戴著一張白色面具，穿著一件青色長袍，腰間束著同色繡青竹紋路的腰帶，身姿清瘦又挺拔，雖看不見臉，卻有種少年氣息。

他一言未發，只是朝著眾多小姐們淺淺鞠躬，舉手投足間卻又讓人感覺到他身上有種傲然的氣勢。

突然間，他緩緩地抬起雙手，白皙如玉的手掌在陽光下有種熠熠生輝的潔白感。

就在眾人不明白他為何要這樣做時，他倏地手掌微動，就有一束鮮花憑空出現在他的掌心。

白皙的玉手中，鮮豔的花朵在其中綻放，那一瞬間，幾乎所有人都屏住了呼吸。

「這是幻戲？」紀寶璟有些呆愣地道。

她是頭一個開口說話的，其他小姑娘這會兒還完全沈浸在戲法中呢。

而一旁的紀清晨，此時卻已驚呆，她霍地站了起來。

這、這種幻戲，是……

臺上的人此時手捧鮮花，朝著臺下輕聲道：「助興節目，希望各位喜歡。」他的聲音並不像紀清晨想的那般清澈，反倒有點沙啞，因此讓人分辨不出他的年紀。

如此精采的演出，居然只是助興節目而已？

所有人都興奮地拍起手掌，紀清晨卻還是牢牢地盯著臺上的面具人，只是除了隱約能看見的一雙眸子，也沒任何發現。

她在心底安慰自己，那個人遠在京城，怎麼可能出現在這裡？況且現在離他得勢還早著呢！

紀清晨挺了挺胸脯。她如今的身分可是未來皇上的親外甥女，雖然她這會兒連親舅舅的面都還沒見著，可到底有這層關係在呢。即便他日後權傾朝野，可是再遇到她，還不得對她客客氣氣的。

再說了，這種幻戲雖稀罕得很，可表演者都是被視作低賤的伶人，那人定不會做出這般有失身分的事。

此時旁邊的掌聲響起，只見臺子上一直拉著的布幕落下來，就見有一個巨大的箱子出現。

隨後旁邊又走出來一個十三、四歲的少年，一張圓臉笑咪咪地看著臺下，朗聲道：「現在要表演的節目，叫做大、變、活、人。」

他故作神秘地一字一頓道，臺下所有人的注意力都被徹底吸引。他得意一笑，伸手打開箱子。「諸位現在都看見了吧？這箱子可是空空的喔。」

有些個子矮小的姑娘，這會兒也顧不得矜持，趕緊站起來看。

紀清晨卻不看那說話之人，只是緊緊盯著穿青衫的少年。他負手站在臺上，任臺下如何期待，總有種巍然不動之勢。

就在眾人的目光之下，後臺又出來一個年歲極小的女孩，看起來只有七、八歲，只見她上臺後便朝臺下行禮，接著靈活地鑽進箱子中。

隨後圓臉少年將箱子蓋上，又在上面鋪上紅綢，最後用麻繩牢牢綁住。待他綁完之後，便退至一邊，青衫少年則是微微一抬手，木箱便緩緩升起。

眾人隨著木箱的移動往上看，只是陽光正盛，抬眼看了一會兒，眾人便覺刺眼而低下了頭。

青衫少年再次開口。「有想要親自打開木箱檢查的人嗎？」

臺下的姑娘們相互對視了一眼，眼中都露出想上去的想法，只是礙於平日裡所受的禮教，不敢出聲。

可年紀小的姑娘卻沒什麼束縛，紀寶菲是第一個站起來的，大喊道：「我要去，我要開箱子！」

紀清晨也想上去，只是她不是想開箱子，而是想看看那少年究竟是不是她所想之人？

但紀寶菲已經跑上去，箱子也在半空中懸停了。

少年的雙手再次伸出，做出向下的手勢，木箱又緩緩向下降。

「請姑娘檢查。」等箱子徹底停下後，青衫少年才開口道。

此時所有人都滿心期待。圓臉少年先解開了麻繩，又掀開紅綢，紀寶菲伸手去推開蓋子，結果第一下沒推動，還是旁邊的圓臉少年幫忙一起推開的。

她驚叫了一聲，抬頭就衝著青衫少年問：「你怎麼把她變沒了？」

圓臉少年又叫了一個人上來，兩人將箱子推倒，讓臺下所有人都看清楚，木箱裡空空如也。

「好厲害啊，這人究竟是怎麼把人變沒的？」

「難道他真會幻術不成？」

木箱是在眾目睽睽之下被關上的，而且上面還綁著麻繩，但裡頭的人就這麼憑空消失了，能不讓人覺得驚奇嗎？

「你把她藏哪兒去了？」紀寶菲還在不停地問。

此時就見臺下眾人的身後，傳來一陣清脆的聲音。「我在這裡。」

眾人回頭，就瞧見先前那個鑽進箱子裡的女童，居然出現在院子裡的太湖石後，大家都發出不小的驚疑聲。

就見那小姑娘已然跑上舞臺。「不知咱們帶來的表演，可讓大家滿意啊？」

臺下登時掌聲雷動，所有人都還沈浸在這個女孩子到底什麼時候被變走的疑問中。

「大姊，妳看出來他是怎麼變的嗎？」紀清晨笑嘻嘻地問著紀寶璟。

紀寶璟雖然知道這是幻戲，卻也是頭一次親眼所見，她有些為難地搖頭道：「姊姊也不知道呢。要不待會兒結束了，姊姊派人問問他們？」

紀寶璟還以為紀清晨想知道，不忍讓她失望，便這般安慰道。

紀清晨衝著她甜甜地笑了下，道：「沅沅只是有點好奇而已，姊姊不要去為難他們，這可是他們賺錢的手藝呢。」

這樣的戲法肯定是有機關在，若是說白了，反倒失去了那份驚喜的心情。

況且這其中的原理，紀清晨可是知道得一清二楚。

只因當初她死後，魂魄未散，附在一個人的玉珮上。

誰知那人身為堂堂國公府的少爺，喜歡什麼不好，偏偏喜歡這些江湖戲法，還整日沈迷其中。

當然很久之後，事實證明，這些不過都是他的障眼法罷了。

第十二章

接著，又出來了一個少年，當他變出數十隻白鴿的時候，一個個端莊規矩的少女們險些把掌心給拍爛了。

圓臉少年最後出現，表示今日表演到此為止時，別說小孩子不願意，就連紀寶瑩這樣的大姑娘都露出不捨的表情。

「不行，我還要看、還要看。」紀寶菲在一旁鬧騰起來。

可是臺上的人卻不為所動，已然全部退到了後臺去。

紀寶菲立即不願意了，扯著紀寶瑩的袖子大喊道：「瑩姊姊，我還要看，妳再讓他們出來表演，我還沒看夠。」

紀寶瑩有些為難。「菲菲，這些表演幻戲的人，是西府的二堂叔派人特地從京城請回來的，表演的時間也都是定好的。」所以她也沒法子讓人留下來繼續表演。

紀寶芸聽見這話，有些驚訝地說：「是我二叔請的？」

就連紀清晨和紀寶璟兩人都吃驚不已，她們也不知道竟是紀延生請來的。

「那就請二堂叔來，二堂叔肯定能讓他們繼續表演吧？」紀寶菲整個人都要扭成麻花樣了。

前幾天她因為打架的事情被拘束得厲害，好不容易到了最後一天，又有這樣好看的戲法，她的性子又完全釋放出來了。

「菲菲，不許胡鬧。」紀寶瑩皺眉。

可是紀寶菲一看到幻戲班子已有人開始收拾東西，都要哭了。「瑩姊姊，求求妳了，我還想看。」

紀寶瑩為難地看了紀寶璟一眼，好在紀寶璟主動開口道：「我讓丫鬟去請一下爹爹身邊的高全，想必這個幻戲班子就是爹爹讓他去請來的，所以他的話，這些人應該會聽。」

聽到這話，旁邊的姑娘都高興極了。

紀寶菲在紀寶瑩的眼神示意下，扭扭捏捏地說了句。「謝謝寶璟姊姊。」

只是當紀延生過來時，紀家的女孩兒都有些驚住，紛紛起來向他行禮。

他身邊的高全則是立即去了後臺，似乎要找班主交涉。

紀延生瞧了一眼這些姑娘，笑問道：「都還沒看夠？」

「二堂叔，你讓他們再表演一會兒吧，我們都還沒看夠呢。」紀寶菲一見到紀延生，立即撒嬌道。

紀延生微微一笑。「菲菲既然說沒看夠，那二堂叔就讓他們再表演一下吧，畢竟這可是特地為妳和沅沅請的。」

「為我們請的？」紀寶菲驚呆了，轉頭看了紀清晨一眼。

一直沒說話的紀清晨，心中自然也疑惑。這不是為了大太夫人請的嗎？

「二堂叔知道妳和沅沅之前有些爭執，所以就想讓妳們一起看看戲法，開開心心的，最後能化干戈為玉帛。」紀延生微微含笑地看著紀寶菲。

此時紀寶菲一張小臉脹得通紅。她這幾天早就被家裡長輩教訓了一遍，也知道她罵紀寶璟和紀清晨的那些話很過分，可是二堂叔卻絲毫不怪罪她，反而請她看戲，所以她心裡一時歉疚了起來。

紀清晨則完全沒想到，紀延生請人為她們表演幻戲，竟是這樣的目的。

「有些道理，想必不用二堂叔講，菲菲也是知道的。菲菲現在肯定知道錯了，二堂叔只希望妳以後能和沅沅好好相處，妳能答應二堂叔嗎？」

紀寶菲此時不停地扭著自己的手指，最後小身子搖了兩下，衝著對面的紀清晨道：「沅沅，我那天不該當著妳的面罵璟姊姊，也不該說那樣的話。我知道錯了，妳能原諒我嗎？」

思及那日氣勢洶洶闖到祖母院中的紀延生，如今卻費盡心機，就為了讓紀寶菲同她道歉。紀清晨低著頭，眼眶又酸又澀。

「沅沅。」紀延生輕聲喚了她的小名。

紀清晨這才抬起頭看著紀寶菲。「我也不該動手打妳，以後咱們好好相處吧。」不過剛說完，她又強調。「妳以後可不許再說我大姊的壞話了。」

一旁的紀寶璟別過頭，眼眶卻已經濕潤。

紀延生欣慰地看著旁邊的小娃娃，終於忍不住伸手摸上她的小腦袋。「爹爹就知道，爹爹的小沅沅最是大度不過了。」

紀延生親自出面，自是馬到成功，幻戲班的人又答應繼續表演幾個節目。

又有人上臺表演，只是之前的青衫少年卻未再出來。

紀清晨心中雖不相信青衫少年就是那人，可心底還是有些忐忑。畢竟他那樣的人，心思縝密，心裡又是個九曲十八彎，根本無法猜透他會做些什麼。

「大姊，我能到後臺去看看嗎？」紀清晨抬起頭，一張粉嫩的小臉上，滿滿都是期待。

紀寶璟瞧著她大眼裡的期盼，好像若是拒絕的話，都覺得是罪過。只是那些伶人都是走江湖的，底細不甚明瞭，她又怎麼敢讓沅沅隨便去接觸？

「大姊，我就是想看看嘛，他們都好厲害喔，居然可以把人變不見呢。」紀清晨撒嬌地說，還伸出一雙小胖手不停地扯著紀寶璟的衣袖。

平常紀寶璟就對紀清晨有求必應，更別說這會兒她還一個勁兒地撒嬌。伸手拽著紀寶璟衣袖的時候，胖乎乎的小身子還扭來扭去的，紀寶璟看著她這可愛的模樣，就更不忍心拒絕她了。

只是紀寶璟已經是大姑娘，不適合跟著過去，便安排自己身邊的丫鬟玉濃一起去。

紀清晨一路過去，小短腿邁得起勁，跟在後面的葡萄和玉濃瞧著她著急的模樣都忍不住想笑。

還是葡萄輕聲道：「姑娘，別走這麼快，這些人還不會走的。」

可紀清晨卻充耳不聞，自顧自地往前走。好在他們休息地方就在後臺，是一個臨時搭起來的棚子。

門口站著個中年男子，看起來像是班主，正衝著裡面吆喝道：「再演半個時辰，主家就給咱們加二十兩銀子，都給我打起精神來。」

中年男人一轉頭，就瞧見了紀清晨。他們這些人已跑慣了江湖，一眼就看出這肯定是哪家富貴人家的小姑娘，後頭還跟著兩個丫鬟呢。

紀清晨瞧見他，也不客氣，直接道：「我想進去瞧瞧。」

班主忙上前，恭敬地拱手道：「小姐，這後臺是骯髒地方，可不適合您這樣的小姐進來。」

「我說適合就適合。」紀清晨繃著小臉，拿出氣勢。

中年男子瞧著粉嫩嫩的小人兒，卻故作嚴肅地說話，心底苦笑不已，不過也不打算攔著了，這般年紀的孩子還能鬧出什麼事呢。

「小姐既然堅持，小的也不敢攔著。」中年男子趕緊讓開了道。

紀清晨心中滿意，她抬著小下巴，帶著兩個丫鬟進去。

其實這後臺也沒什麼可看的，只有幾口大箱子和幾張板凳。此時除了臺上表演的，其他人都待在後臺。

她環視了一圈，並沒找到青衫少年，便蹙著眉頭，回頭問那中年男子。「先前表演大變活人的那個哥哥呢？」

「小姐想見他？」班主的神情有點為難。

紀清晨立即警覺地問：「難道他不在這裡？」

「在、在，咱們這個班子連在國公府也表演過的，底下的人可不會在府上胡亂走動。」

班主以為小姑娘是介意這一點，開口解釋道。

班主回頭瞧了一眼，找了找，才在一處角落發現少年，喊道：「哎，你過來，有小姐要打賞你。」

這個幻戲班子還挺有名的，也經常在大戶人家表演，時常會有太太、小姐點名打賞，像這樣來後臺打賞的，也不在少數，只不過大多是丫鬟前來。

紀清晨順著他喊的方向看過去，還真是那人，只是他下臺之後已換了一身衣裳，淡藍交領長袍，那料子瞧著十分普通，也沒有任何花紋，就像是直接拿料子裁剪的一套衣裳。不過，他的臉上卻仍戴著白色面具。

他緩緩走了過來，待站定後，低頭看向紀清晨。

不知為何，雖然看不見他的臉，可紀清晨卻覺得他此時的臉上，定是一副漫不經心的表情。

裴世澤低頭，看著面前的小姑娘，粉嫩圓潤，十分可愛。穿著一身天水碧的衣裳，頭上紮著俏皮可愛的花苞，那一雙霧濛濛的大眼睛如陳墨般烏黑，卻又透著說不出的水亮，就像被清水洗過的紫葡萄。

他還未說話，小姑娘便已經上前一步，踮起腳尖，伸出小胖手拉住他的衣袖，有些嬌嫩地喊道：「大哥哥。」

這一聲大哥哥又軟又甜，特別是她身上還散發著淡淡的香甜味道，卻不是那種胭脂水粉的膩香，而是小孩子身上特有的淡香。小姑娘烏溜溜的大眼睛裡，滿是天真無邪，全然不見尋常那些貴人高高在上的傲慢。

葡萄聽著自家姑娘居然叫一個走江湖的「大哥哥」，心裡有些著急，可是又礙於在外人面前，不好開口制止。

她見面具少年沒有回話，又繼續扯他的衣袖。「大哥哥，你好高啊，能彎一下腰嗎？我有話想和你說。」

裴世澤雖戴著面具，臉色卻有些僵硬。按他一貫的性子，是不會搭理這樣的小孩子，只是如今他喬裝至此，卻不能乍然拒絕。

就在他慢慢彎下腰，想要聽聽這孩子究竟要說什麼，就見說時遲那時快，紀清晨趁著他彎腰的空隙，伸出肉乎乎的小手，打算去拽他臉上的面具。

只可惜，她的手剛抓到面具的邊緣，就被對方察覺了她的企圖。他立即抬起頭，紀清晨收手不及，卻轉而抓住了他衣袍的領口，原本的交領長袍居然被她硬生生地扯開了，露出一截修長的脖頸。

此時空氣彷彿凝結般，葡萄和玉濃怎麼都沒想到，七姑娘居然這般大膽……

才第一次見面就扯人家衣裳的姑娘家，傳出去還怎麼得了？幸虧七姑娘的年紀還小。

可紀清晨一點都沒覺得不好意思，反而笑嘻嘻地鬆開手，歪著小腦袋，白嫩精緻的小肉臉上掛著天真無邪的笑容，還伸手指了下，道：「大哥哥，你臉上有蟲子喔。」

所以我是想幫你捉蟲子而已。

紀清晨說完，笑咪咪地把小手背在身後。

此時戴著面具的少年低著頭，發出一聲低不可聞的笑。這小姑娘小小年紀，倒是個睜眼說瞎話的。

很好，不錯。

紀清晨不知道此時面具少年心裡的想法，只在心底暗暗遺憾。剛才怎麼就沒再加把勁把他的面具給掀了呢。

其實她也不知道，自己為何會這般在意那個人？

不過只要一想到，上輩子她和他也算是作伴了那麼多年，她看著他如何飛黃騰達，從一個國公府裡誰都不在意的小少年，一躍成為全天下最有權勢的人。

一開始她成為魂魄的時候，還在心底怨怪，生前想盡法子鑽營，卻屢屢不得法子，別說高門了，就連一般官宦人家的門都沒鑽進去。反倒是死後，竟成了一縷魂魄，附在了定國公世子嫡長子裴世澤的玉珮上。

說來這個定國公府，那可是大魏王朝赫赫有名的勳貴世家。

自大魏建朝起，太祖封裴家先祖為定國公，更納裴氏女進宮；而繼任的皇帝，也是裴氏所生，可以說如今皇族中的血液裡，也流著裴家的血脈。

定國公府更是不負所望，代代能人輩出，便是如今的定國公，當年都有勇退塞外強敵之威名。

當年她剛附在裴世澤的玉珮上，得見這世上竟有如此絕色之人，不言語時清冷矜貴，猶如雪山之巔那遙不可及的皚皚白雪。

只可惜，那時候外人只道這定國公一脈百年來，可算出了一個敗家子。

他身為定國公府世子爺的嫡長子，長房嫡孫，卻最是喜歡江湖上的幻戲，甚至還不練槍法，卻苦練這些變戲法的招數。

初時她也和世人一般，只當他是個不求上進的。可後來他露出了真面目，嚇得所有人倒寧願他是真的不求上進。

原以為她得當一世的旁觀者，卻不想竟還有重活一次的機會。

她在前世時，也曾嘗試著離開玉珮。可是她的魂魄雖然能短暫地離開那枚玉珮，卻不能長時間不回去。

她曾有一日獨自出去遊蕩，卻不想裴世澤那日未回府中，待第二日他回來後，她的魂魄已衰弱至極，差點落得個魂飛魄散的下場。

所以當她看見這臺上變戲法的少年時，第一個就想起了裴世澤。也不知為何，她總覺得上一世時，裴世澤是感覺得到她的。只是這個想法太過荒誕，就連她自個兒都覺得可笑。

不過在她身上發生的事情都已經這般奇怪，即便是有更讓人難以理解的事，她也不覺得有什麼好驚訝的。

此時這少年如此俐落地躲開她，又讓她心底有幾分認定。難道這個人真的就是裴世澤嗎？

不過他怎麼會躲著不見人？

不對啊，按年齡來說，他今年也不過才十四歲，離他呼風喚雨的年紀還有一段時間，他這會兒應該在京城啊！以他這樣的身分，定國公府怎可能讓他隨便離京，還跟著這樣一個小幻戲班子四處表演賺錢？

「大哥哥，你的表演都好厲害喔。」紀清晨甜甜地看著他。

裴世澤嘴角撩起一抹笑，也不言語，只是靜靜地等著小姑娘下面的話。

果然，紀清晨又不緊不慢地道：「我叫我爹爹把你買下來吧。」

第十三章

一旁的班主和葡萄等人皆是大驚。

葡萄驚訝，是因為自家的七姑娘是何等眼光啊，尋常長得不好看的丫鬟在她跟前都走不過第二回，這次居然對一個走江湖的伶人這般另眼相看？

至於那班主則是滿頭大汗。他這幻戲班子確實是在京城十分有名，可是之前班裡的臺柱，在來真定之前把腿摔斷了，才臨時找了這麼個人，說是自個兒的師弟。班主看他變的戲法不比之前的臺柱差，便帶來了。

可是他也知道，帶臨時頂替的人進府，那是大忌，所以進府之前便讓所有人都把嘴閉得牢牢的。誰承想，這人居然被這家的小姐看中了。

「姑娘，這話可說不得，被老爺知道的話，只怕會不高興的。」葡萄生怕她真的這麼做，趕緊勸說。

紀家家風剛正，別說是養變戲法的伶人了，便是唱戲的府裡都沒養一個。

紀清晨只抬頭瞧著面前的少年，似乎在等待他的回應。只是她巴巴地看著人家，人家卻藏在面具後，她連個表情都瞧不見。

「你願意嗎？」紀清晨歪著個小腦袋，頭髮上纏著的五色絲線垂下來，上面綴著的寶石薄片閃閃發光，映襯著她白嫩的小臉如珠玉般瑩潤。

葡萄是真不敢再聽下去了，她怎麼覺得自家小姐，像極了那戲文裡調戲貌美小姐的無賴呢？

「我已習慣四海為家，只怕難如小姐美意。」面具少年終於開口。

聽見這話，在場除了紀清晨之外的人，心底都霍然鬆了一口氣。

紀清晨將小手背在身後，也不惱火，依舊笑盈盈地看著他，道：「那大哥哥，你把你的名字告訴我吧，等我以後去了京城，一定還去看你的戲法。」

班主此時頭上已經冷汗涔涔，他怎麼聽，都覺得這位小姐是在懷疑這人的身分呢？這要是被主人家知道，他臨時讓一個生面孔進來表演，只怕他們整個戲班子都得受到牽累。

一想到這裡，班主心裡那個後悔啊……他就不該圖那點方便。

「在下梅信遠。」裴世澤淡淡開口。雖然這是他第一次來真定，自認這裡沒有能識得他的人，卻還是刻意變了聲音說話。

梅信遠，這名字對紀清晨來說，也是不陌生。

幻戲雖神秘，卻一直被當作閒暇時消遣的玩意兒，是登不上大雅之堂的。而這位梅先生，可是被稱為梅大家的大師，就連宮裡的貴人都喜歡看他表演的幻戲。

前世她雖生前無緣得見，倒是死後看了不少回這位大師的表演，每次都能刷新她對幻戲的認知。

方才那齣大變活人看起來精采，卻不是什麼頂難的戲法，只要想通其中的環節，也是再容易不過的。跟梅大家的幻戲比起來，還差得遠了。

若是這個面具少年提別人的名字倒還好，可他說出梅信遠的名字，紀清晨已有八分的確定，這人就是裴世澤。

或許別人不知道他和梅信遠的關係，她卻是一清二楚的。

堂堂定國公嫡少爺，居然扮作伶人，跑到真定這樣的鄉下來，可真是有意思啊！想到這裡，紀清晨一張粉嫩的小臉更是眉開眼笑。

「大哥哥，你能把面具摘下來嗎？我想見見你，這樣等下次咱們再見面，我就能第一時間認出你了。」紀清晨奶聲奶氣地道。

裴世澤低頭看著眼前的小奶娃，生得極是精緻可愛，特別是那雙烏黑晶潤的大眼睛，靈氣十足，可真是個漂亮極的孩子。而她說話的聲調和語氣，聽起來軟萌又可愛，更是讓人有股想要立即答應她的衝動。

就連一向被人覺得性情冷清的裴世澤，此時嘴角都是輕輕翹起的。

「我臉上有疤痕，怕傷了小姐的眼睛，不敢隨意摘下。」面具少年輕聲回道。

紀清晨能明顯感覺到，他說話的聲音比先前柔和，可還是無情地拒絕了自己。只是他越是這樣，紀清晨心底就越肯定，他心中有鬼！

「七小姐，咱們回去吧，要不然大小姐該著急了。」玉濃見紀清晨居然和一個伶人越說越起勁，心中既驚訝又擔心，生怕這伶人會使些什麼手段，把自家小姐給迷惑住了。

可紀清晨不但像是沒聽到，反而揚起滿是笑容的小臉，衝著面前的少年道：「那大哥哥你要好好看一看我，等咱們以後見面，你也要第一眼就認出我喔。」

雖說以她往後的身分，只需抱緊自己皇帝舅舅的大腿即可。可裴世澤以後有那般的地位，還是萬萬不能得罪的。

裴世澤看著她粉妝玉琢的小臉，烏黑的大眼睛裡更是滿滿的期待，那般誠摯又天真，讓人無法忽視她這個請求。

即便是他這樣硬心腸的人，此時心頭居然都生出了幾分不忍。

「我會記得……」

少年的聲音再不復方才的沙啞，而是清冽悅耳，猶如泉水劃過人心頭。

他這句話說得極短，紀清晨卻聽出了其中的意味。

我以真音示妳，我會記得。

「七姑娘。」玉濃又輕喚了一聲。

紀清晨也知道適可而止的道理，便揮揮胖乎乎的小手，甜甜地說：「大哥哥再見。」

不過她也沒忘記讓葡萄打賞班主，因為心情極好，她便賞了更多一些。

班主顫顫巍巍地伸手去接賞銀，又恭恭敬敬地把這位小祖宗送走，心底還在慶幸，好在這位小祖宗沒瞧出什麼。

待紀清晨回去之後，那滿面春風的模樣，連紀寶璟瞧了，都不由得開口問道：「沅沅怎麼這般高興？」

「看了我想看的，自然高興啊。」紀清晨攀著她的手臂撒嬌。

紀寶璟見她這般開心，也沒再細問下去。

可是跟著去的兩個丫鬟心裡，卻是有苦說不出啊。

要不是七姑娘如今才五歲，她們都得懷疑，七姑娘是看上那個變戲法的少年了。況且紀清晨平日裡多高傲啊，能入她眼的也就只有老太太、紀寶璟，勉強再算上一個紀延生吧。

今日她卻對一個伶人這般熱忱，嚇得葡萄差點以為自家姑娘轉性了。

待幻戲班子表演結束，喬氏那邊也派人過來，讓紀寶瑩帶著大家回去用膳。紀寶菲雖仍不捨，倒也沒鬧騰，乖乖地跟著離開。

等眾位小姐一一離開園子，紀清晨也被紀寶璟牽著，準備回去。

紀清晨回頭望了一眼，似乎瞧見一片淡藍的衣角。

「怎麼樣，找到了嗎？」梅信遠進門後，瞧了一眼坐在扶椅前，正在獨自下棋的人。他倒是好，這般安定淡然，卻是自己這個外人在乾著急。

只見裴世澤眉心微蹙，修長的手指間捏著一枚黑玉棋子，眼睛瞧著面前的棋盤。

這盤棋乃是他從古棋譜得來的，從第一次擺下至今，已兩月有餘，他雖只有十四歲，可棋力卻是那些下了幾十年棋的都未能趕上的。

偏偏這盤殘棋，連他都束手無策。

梅信遠見他只一心盯著棋盤，又是悠悠嘆了一口氣，道：「今兒個無論如何，你也該回京了，要是定國公府那邊發現你不見了，只怕你父親又要責罰你。」

「師兄，當年你為何要選上這條路呢？」身為國師的徒弟，卻醉心於幻戲，還想要一心發揚這門根本不被人瞧得起的技藝。

梅信遠輕笑一聲，道：「師父雖貴為國師，可素來不拘束於世俗，也從未約束咱們師兄弟所學。我選了就是選了，又何來為什麼。」

「啪」的一聲，清脆的落子聲響起，梅信遠抬眸看過去，就見裴世澤竟走出了一步自絕的招數。可又看了兩眼，他眼中的惋惜就變成了愕然。

待裴世澤收回棋子，又行了一步後，棋局居然有了豁然開朗之勢。

「走吧。」半個時辰後，裴世澤起身，外面忽然響起雷電之聲，原本還清明的天空，陡然被一片漆黑覆蓋。

梅信遠跟著他起身，突然又開口道：「師弟，師父一直在教導我們，執念太深，未必是好事。」

裴世澤回頭看他，漆黑深邃的眼眸覆著淡淡的冷漠。「執念?師兄，你言重了，我不過是厭惡被人蒙蔽。」

說罷，他便步出房中，走到室外。只是剛到迴廊下，傾盆大雨便瞬間落下，視野之內皆是灰濛濛一片，大雨讓天際間都成了模糊一片。

待他走到門外，只見一個身穿黑色交領勁裝的少年從廊下走過來，見到他立即行禮，輕聲說：「主子，姓溫的已經被找到。屬下已將他帶來，您要親自審問嗎？」

梅信遠站在門內，自然聽到了他們之間的對話。

黑衣少年名喚裴游，雖年紀輕輕，可眼眸間卻透著森森殺氣，猶如出鞘的寶劍，讓人不敢小覷。

「自然是由我親自去會一會，畢竟他可算是當年之事的唯一活口了。」裴世澤輕聲開口道。

說罷，他便抬腳離開了屋子，沿著抄手遊廊往內院而去。

梅信遠透過敞開的窗子，看著他的身影，只見他腳步輕盈，身姿從容不迫，尋常人瞧了，只會覺得他是個溫潤雅致的貴公子。

可梅信遠卻在心底嘆氣。他這個師弟的功力，竟是又精進了。

他們的師父，也就是當朝的國師曾說過，師弟的性子堅韌，心性堅定，若是能內斂自持倒好，可要是染上殺伐之氣，只怕會一發不可收拾。

當年師父本不該收他，卻又驚覺他是世間難得之璞玉，生怕他被人隨意雕琢，從而釀成大禍。

沒想到定國公世子夫人，也就是他母親身死一事，卻猶如一根針般，一直扎在他的心頭。梅信遠眼看著這成為他的執念，卻無法勸說，不由深覺對不起已仙逝的恩師。

裴世澤走到門口，不知是因為下雨之故，還是這房間本就昏暗，緊閉著的房門猶如黑洞般，有著說不出的陰森。

他還小的時候，便一直在想，為何娘親是家中的禁忌，誰都不許提？就連他只不過提了一句，都要被關在屋子裡不許出去。

為何他是爹唯一的嫡子，卻不受他的喜歡？
可這些疑問，他們不許他問，也從不告訴他。
那麼現在，就讓他自己找出一切的答案。

第十四章

東府太夫人的壽宴過後，老太太便開始張羅紀延生續弦一事。她讓韓氏先上京去甘家相看那曾姑娘，再寫信回來告訴她情況。

韓氏這次能上京，心中頗為高興，更決定帶著女兒紀寶芸一同去，也為女兒的將來好好地看一看有沒有什麼好的對象？

過了兩日，韓氏和甘家的信都送來了。

韓氏信裡是把曾家姑娘誇了個遍，什麼性子端莊柔和，為人知書達禮，是個宜家宜室的好姑娘。

甘家的信則是甘家的老太君，也就是老太太的親嫂子親自寫的。信中寫到這位曾姑娘自上京後就住在甘府，姑娘的模樣自是不必說，玲瓏美人一個，就是這性子雖溫柔可也是個有主見的，日後定能撐得起一家子。

素來相看媳婦就是個大學問，雖說溫柔的媳婦誰都喜歡，可如果太過綿軟，也怕撐不起門戶，到時候連家務都理不清，也是個大難。

老太太看了這兩封信，這才放了心。

早在韓氏動身去京城之前，她便讓紀延生修書一封，送到了靖王府上，說的便是他續弦一事。畢竟靖王府乃是紀延生的岳家，又是兩個女孩的外家，於情於理都應該要經過他們的同意。

沒想到信是送了過去，卻遲遲沒有回信，老太太心裡也著急。

殷琳琅乃是靖王庶女，她是側妃楊氏所生，只是楊氏早亡，留下一兒一女，是以殷廷謹對這個妹妹著實關愛。

當初琳琅去世，殷廷謹打人的那狠勁，老太太可是歷歷在目，若不是有人攔著，只怕他連殺了紀延生的心都有。

若他只是個王府庶出，那紀家倒也不至於這般忌憚。可如今靖王府的關係，卻十分複雜。

靖王世子爺打娘胎裡便身子骨不好，能活到現在，那是金山、銀山堆出來的。偏偏世子只生了一個女兒，這未來靖王府要由誰繼承王位，還真是難說啊。

老太太正想著事，紀清晨便從外頭進來，手裡還拿著桃花枝。

「咱們家裡那幾株桃花樹啊，遲早要被妳禍害乾淨了。」老太太見她撲過來，笑著伸手攬住她。

紀清晨得意地笑著，把花枝遞到老太太跟前，甜甜地問：「祖母，香嗎？」

「香，只是妳把這枝剪下來，以後是不想吃桃子了？」老太太伸手點她的額頭，卻是一點都沒有責怪的意思。

沒幾日後，讓老太太安心的是，靖王府那邊終於回信了。

老王爺親自寫了信，表示同意。

既然靖王府都同意了，老太太便趕緊派人去京城，想儘早把曾姑娘的庚帖拿回來，到時候還要拿去合一合，看兩人的八字是不是良配？

於是這會兒，紀延生續弦的事情可就不是傳言，而是板上釘釘的事實。

此刻，桃華居上下愁容滿面。

原先衛姨娘懷孕時，個個都是喜氣洋洋，只覺得衛姨娘一統後院的時代終於要來了。雖然紀延生的後院也就小貓兩、三隻。

可今兒個卻傳來消息，說是靖王府同意老爺續弦，這就意味著新太太很快就要進門，衛姨娘的好日子就要到頭了。

紀寶芙下午得了消息，心急如焚，聽年先生講課時，竟是連連出神。

年先生叫她起來回答問題，她支支吾吾了半天，就是答不出來，惹得年先生有些不滿地教訓道：「讀書最要緊的便是專注，若六姑娘覺得老夫講的內容枯燥無味，那以後便是不來也可。」

「學生不敢。」紀寶芙險些哭出來。

待下學後，她收拾了東西，匆匆和旁邊的紀寶茵打了招呼，就回去了。

衛姨娘正在羅漢床上坐著，手上正繡著小孩兒的衣裳，一瞧便是男孩用的顏色和花紋。

紀寶芙眼淚汪汪地走進來，衛姨娘見狀，立即站起來，著急地問：「芙姊兒，這是怎麼了？」

「姨娘。」紀寶芙委屈地叫了一聲，便撲在衛姨娘懷裡哭。

衛姨娘心疼地拿帕子替她擦著淚，又哄了好久，才引得她把事情說出來。

紀寶芙哭得一抽一抽地道：「如今就連先生都這般見風使舵，當眾不給我臉面，五姊心底不知該怎麼笑話我呢？」

原來紀寶芙這般委屈，是覺得先生也得知了紀延生要續弦的消息，才會對她這般落井下石，卻不知是她自個兒鑽了牛角尖，便覺得全世界的人都對自己有了成見。

衛姨娘見她哭得可憐，也沒法子，只安慰道：「待妳爹爹來了，娘會好好和他說一說的。妳可是紀家正正經經的姑娘，豈是她一個教書先生能隨便折辱？」

一說到爹爹，紀寶芙哭得更厲害了。爹爹都有十來日沒來桃華居了，她就是在祖母那裡見著爹爹，也總找不到機會和爹爹單獨說話。先前姨娘懷孕時，桃華居那烈火烹油的熱鬧還歷歷在目呢，怎麼轉眼間就成了冷灶頭呢？

紀寶芙咬著唇，只覺得不甘心，畢竟她心底可是存著衛姨娘有可能會轉正的希望。現如今不僅連那點想望都被戳破，更要落到比從前更不堪的境地。

她不甘心！

於是第二日下學的時候，她特地去了花園。她早就打聽清楚，這幾日紀清晨都會在花園裡折花枝。

「七妹。」紀寶芙親熱地喊了一聲。

紀清晨正坐在亭子裡，旁邊就是紀家挖的湖，連著外頭的活水，上回紀清晨就是在這湖裡落水的。本來老太太是不許她來，倒是紀延生覺得不該因噎廢食，只要丫鬟跟緊了，也不礙事。

紀清晨手裡依舊拿著桃花枝。這幾日紀家的桃花樹可是被她禍害了不少，她年紀還小，不喜歡熏香的味道，便剪了桃花枝回去放在房裡，也有些淡淡的桃花香。

「六姊下學了？」紀清晨並未起身，只淡淡地問了句。

倒是紀寶芙不請自來，還自顧自地坐下來，旁邊的葡萄可不敢像自家小姐這般冷淡以對，趕緊柔聲道：「奴婢給六姑娘倒杯熱茶吧。」

紀清晨每回來剪桃花枝，都要在這亭子裡坐上一刻鐘，所以葡萄每次都讓小廚房做些點心帶過來，這會兒旁邊擺著的小爐子上還正燒著水呢。

紀寶芙忙笑了下。「不用了，我陪著七妹坐一會兒就要回去了。」

「六姊有事？」紀清晨撇頭看她，神色淡然，讓紀寶芙心裡一驚。

自從紀清晨落水後，紀寶芙一直都覺得，似乎有什麼不對勁的地方，可是她卻一直想不出來。還是她身邊的丫鬟有一次脫口說，七姑娘現如今似乎都不欺負咱們姑娘了，她才發現，七妹似乎一下子就長大了不少，再也不是從前那個驕橫任性還蠻不講理的七妹了。

隨後紀清晨突然揚起手裡的桃花枝，噘起小嘴，似乎有點不耐煩地問：「六姊，妳到底有什麼事啊？妳要是不說，我得先去忙了。」

紀寶芙看她衝著自己翻了下白眼，心裡鬆了一口氣。是她想多了，七妹還是原來的那個七妹。於是她眨了眨眼睛，問道：「七妹，我聽說外祖給祖母寫信了。」

這聲外祖倒是叫得親熱啊！紀清晨心底得意一笑。都這麼幾天了，只怕是把衛姨娘母女給憋壞了吧，她總算是把人等來了呢。

先前紀清晨讓雀兒去傳謠言，就是打開了籠子，只等著看這對母女會不會撞上來？結果，還真沒讓她失望啊。

「六姊消息倒是靈通啊。」紀清晨微微揚起頭，把傲慢和驕縱都表現得恰到好處。

紀寶芙早就習慣了紀清晨這樣的態度，一點兒也不在意，反而討好地說：「這些日子聽著家裡的風言風語，一直想和七妹說一說悄悄話。」

一旁的葡萄連連皺眉，只覺得這個六姑娘不懷好意。可是紀清晨卻給她使了眼色，讓她安靜聽著，葡萄也只能在一邊乾著急。

紀清晨放下手裡的桃花枝，故意露出更加不耐的表情。「六姊，妳到底想說什麼啊？」

紀寶芙怕她一個不耐煩就要離開，忙裝柔弱地說：「七妹，我只是心底有些害怕而已，我告訴妳，妳不要告訴別人好嗎？」

「害怕？」紀清晨心底暗笑，卻又故作不知地問。

紀寶芙也覺得這個詞用得不好，趕緊又換了說法，道：「倒也不是害怕，只是有些忐忑罷了，畢竟眼看著新太太就要進門了。」

紀清晨在心底搖頭。喲，這麼快就要露出狐狸尾巴了。

可是紀寶芙卻沒有察覺出不對勁，她低著頭，露出楚楚可憐的表情。這是她一貫在紀延生跟前才使出的絕招，今兒個倒是拿出來對付紀清晨了。

「七妹，妳可別誤會，我不是說新太太不好。只是妳也知道，我素來愚笨，不討長輩們的歡心，我是怕日後新太太進門，我這樣蠢笨的性子會惹惱了新太太。」說著說著，紀寶芙眼眶就濕了。

紀清晨瞧著她這變臉的模樣，心中暗暗感慨，就算她是重活了一世的人，可依舊對這位六小姐的演技嘆為觀止啊。

「六姊也太過杞人憂天了吧，何必要擔心這些尚未發生的事情？」紀清晨依舊表現出滿不在乎的態度。

紀寶芙越瞧見她這副模樣，心底就越難受。她因爹爹續弦一事日日焦心憂慮，可是紀清晨卻能一點兒都不受影響，畢竟就算新太太進門了，她也是矜貴的原配嫡女，比起她這個庶出的，自然不必擔驚受怕。

紀寶芙咬咬牙，道：「那倒也是，再怎麼說七妹妳也是嫡出，別說我比不上妳，就是日後別人，也別想越過妳。」

別人？紀清晨聽著她的意有所指，登時就笑了。她拐彎抹角的不就是想提醒自己，新太太進門，日後定是會生孩子，會威脅到自己的位置。

若是先前的小清晨，只怕還真的就被她的話給挑撥了，會打從心底開始抵觸未進門的新太太。

紀寶芙大抵覺得今兒個說得差不多了，又坐了一會兒後，便起身告退。她也未曾想著一日就成功，只當是與紀清晨說閒話，反正來日方長。

可是她不知道的是，紀清晨轉眼間就將她給賣了。

晚上紀延生過來上房，還未到用膳的時候，便與寶璟還有清晨一起說說話。

只見紀清晨瞧見他，就歪著頭，小臉上滿是天真地問：「爹爹，你是不是真要給我娶新太太了？」

老太太登時笑道：「妳這孩子，妳爹爹可不是給妳娶新太太，是給他自個兒娶。」

紀寶璟在一旁開口問道：「沅沅怎麼會問這個？」

「還不是六姊今日同我說的。」紀清晨說完，就低頭擺弄手裡的布偶娃娃，這可是紀延生讓人從京城給她帶回來的，她寶貝得很。

老太太面色一沈，不過口氣卻沒變，她淡淡地問：「沅沅，妳六姊都說了什麼啊？」

紀清晨看起來一臉為難，她歪著頭，粉嫩的小臉蛋都皺成了包子，就差沒扳著手指頭一點一點地想了。「六姊說了好多，我都沒記住。她說有點兒害怕，喔，不對，是忐忑，說是怕自個兒太笨，日後惹新太太生氣。」

這話倒不是什麼壞話，老太太面色稍霽。

可是紀清晨接著又說：「對了，她還說，反正我是嫡出的，以後就算有人，也別想越過我去。」她一臉迷茫地問：「祖母，我沒懂這話的意思，以後有人？有誰啊？」

老太太差點氣了個仰倒。她說那桃華居最近怎麼就安分了，竟是在沅沅身上打主意。該死的東西，就是太過縱著她們了！

第十五章

「沅沅，妳六姊就只說了這些？」老太太不放心，生怕又漏了什麼。

紀清晨頂著一張天真無邪的小臉，此時被老太太追問了兩句，神色更顯得迷茫。待她歪了下小腦袋，手指戳著自己的臉頰，想了半天才說：「就這些了啊，六姊說了好多，我哪裡能都記住啊。」

老太太看著她這迷糊的小模樣，可是一點兒也沒生氣，反而在心底暗暗慶幸。幸虧我的小乖乖沒記住，要不然可就被那丫頭給帶壞了。

「沅沅真乖。」老太太伸手憐愛地摸著她的小腦袋。

紀清晨臉上露出可憐的表情問：「祖母，我是不是特別笨啊？六姊說了這麼多，我都沒記住。」

「沒記住就算了，這些又不是……」老太太忍了又忍，才沒將接下來的話說出口。

倒是紀寶璟在一旁沈著臉，輕聲問：「沅沅，六姊是第一次與妳說這樣的話嗎？」

「是啊。」紀清晨伸出胖乎乎的小手，摸了下自己的小腦袋，臉上掛著奇怪的表情。

「我在花園裡玩，六姊來找我。」

「原來是這樣啊，其實妳六姊只是隨便說說的，妳不用放在心上。」紀寶璟恨不得把紀寶芙撕碎了。小孩子都喜歡大人只疼自己，紀寶芙故意說那種話，就是想讓清晨對未過門的太太產生牴觸的情緒。

紀清晨一雙水靈靈的大眼睛盯著紀寶璟，乖巧地點頭。「原來是這樣啊，那我不記得也可以嘍？」

「當然可以啦，這些又不是要緊的事，忘了便忘了。」紀寶璟摸了摸她肉嘟嘟的小臉，便起身帶她出去。

紀寶璟和紀清晨一出去，老太太的臉色登時沈了下來，胸口仍氣得起伏不停。

一旁的紀延生雖沈默著，可臉色也不好看。紀寶芙說的這些話聽起來，怎麼都像是有意而為之，可紀延生又覺得她才六歲，不至於會有這般深的心機。

一旁的老太太再也忍不住，她一巴掌拍在桌上，恨道：「我早就說過，衛蓁蓁她就不是個省心的，當初你爹是冒著何等危險將她救出來的？可是她倒好，自甘下賤，做出那等為人所不齒之事。若不是你非要納她進門，她便是跪死在我家門口，我都不願意多看她一眼。」

衛姨娘出身官家，只是她父親被牽扯到了科舉舞弊案中，皇上震怒，便叫人抄了好幾人的家，連家眷也一併沒入教坊司，衛家就名列其中。

衛姨娘的生母帶著姊妹投了井，因衛蓁蓁當時在外家，這才留了一條命。可是命雖留下了，卻要進入教坊司。

紀家老太爺與她父親是同窗好友，見衛家只剩下一個女兒，又因她父親臨終哀求，便千辛萬苦地把她贖了出來。

可誰都沒想到，她居然勾引了紀延生，兩人私相授受，鬧出了這等難堪之事。

紀家是她的救命恩人，她卻壞了自己兒子的姻緣，就因為這一點，老太太這一世都不會原諒她。

紀延生低垂著頭，臉上說不出是什麼表情。

「你別以為我不知道她打的是什麼主意。是不是以為琳琅走了這麼些年，她便有機會取而代之了？呵呵。」老太太發出嘲諷的笑聲。「她也不照著鏡子瞧瞧，自己是何等身分，一個罪臣之女，也敢妄想紀家媳婦的位置？」

前幾日衛姨娘派人送湯給紀延生之事，老太太也不是不知道的。

紀老太爺在世的時候，連老太太都極少去他的書房，他自己也是個端正的性子，覺得書房是辦公之地，裡頭就是連個丫鬟都沒有。

後來，老太太聽說紀延生把人給趕了出來，也就沒有多說什麼。

可今天這件事，卻是她所不能忍受的，衛姨娘母女竟把主意打到了沅沅的身上！

「紀寶芙說的話，你難道聽不出是什麼意思？」老太太逼問。

紀延生心中雖懷疑，可到底還是說不出口。

老太太卻不想簡單地放過她，直接道：「我知道你心裡在想什麼，無非就是覺得紀寶芙不過才六歲，斷然做不出挑撥離間的事。可是你別忘了，她才六歲沒錯，可她那個姨娘卻是有心機的。況且上回沅沅與菲菲打架的事情，你到我這裡來要教訓沅沅，難道當時就不是聽了誰的話才這麼生氣的？」

不說這件事倒還好，一說起這件事，紀延生心中的怒氣漸起。

他之所以冷落衛姨娘，也是因為這件事。先前他就懷疑，紀寶芙會說出那樣的話，是有人在背後指使，如今再有今天的事情，他心中的懷疑就更加被肯定了。

「你若是要護著她們母女，那我無話可說，但我先把話說在前頭，她們要是再敢打沅沅的主意，可別怪我手下無情了。」老太太眉目一冷。她可是在後宅打滾了幾十年，當年老太爺的後院，也不是沒有風浪的。

紀延生立即道：「母親，您別生氣，今天之事我一定會弄清楚。沅沅是我的孩子，我如何會任由別人害她？若是誰要動她，也得從我身上踩過去。」

一想到那麼玉雪可愛的孩子，之前曾塗著滿身膏藥躺在床上，他心裡就難受得跟什麼似的。寶璟說得對，沅沅自幼便連母親都沒有，她有的只是自己這個爹爹，若是連他都不護住她，對她就太不公平了。

況且沅沅自從落水之後，性子變了不少，從前還有點像是炸毛的小刺蝟，可現在卻甜甜糯糯的，紀延生又怎麼會不喜歡她、不在意她呢？

待吃過飯後，紀延生還特地與紀清晨玩了一會兒才離開，更是一不小心就心軟地答應，待下個月端午要帶她到街上去逛逛。

等他離開老太太的院子後，原本想回自個兒院子的，走到一半卻突然轉了方向，往桃華居過去了。

桃華居這邊也剛用過晚膳，紀寶芙正扶著衛姨娘在屋子裡遛達，就聽見院子裡傳來丫鬟的行禮聲，母女兩人對視了一眼，心中俱是一喜。

待衛姨娘剛準備往門口走，就見珠簾被撩起，紀延生穿著一身墨綠色寶相花刻絲錦袍走了進來。

衛姨娘喜上眉梢，正要開口，卻一眼瞧見他陰沈的臉色。她心底猛地一沈，卻依舊溫柔地笑道：「老爺這是怎麼了？可用過晚膳了？若是……」

「寶芙。」紀延生在她們母女面前站定，沈聲叫了一句。「妳今日與妳妹妹都說了些什麼？」

衛姨娘轉頭看著紀寶芙，滿臉疑惑，而紀寶芙則是臉色蒼白，求救般地也看了她一眼。

衛姨娘只得又溫柔道：「老爺，有什麼事你慢慢與孩子說，你瞧，寶芙她……」

「妳給我閉嘴！別以為我什麼都不知道，寶芙只是個孩子，又怎麼懂得在沅沅面前挑撥？如今曾氏還未進門，妳就按捺不住，我看是我寵妳太過，讓妳的心大得離譜了。」紀延生認定這背後全是衛姨娘所指使的。

衛姨娘是真覺得委屈了，一雙美眸盈盈泛淚，一手撫在小腹上，哀切道：「老爺若是要責罵咱們母女，也該讓我知道由頭，這般進門就指責，我連為何被罵都不知啊。」

「妳不必在我跟前這般惺惺作態。」紀延生眼中閃過一絲厭惡，卻又想到上次他來桃華居，紀寶芙藉著拿藥之名，故意告訴他沅沅與人打架的事情，是以他乾脆道：「那我問妳，上回為何我一來，那丫鬟就拿著藥闖進來？妳是讓寶芙趁著我開口問話的時候，故意告訴我沅沅和別人打架了是吧？」

要是別的事，衛姨娘倒還能哭一哭冤屈，可紀延生說的每一句都是真的，她竟一時梗住，忘記反駁。

紀延生冷笑一聲，繼續道：「只可惜，妳只知沅沅打架，卻不知她打架的原因，是有人詆毀寶璟，她才會忍不住反抗的。只可恨我卻被妳蒙蔽，差點去教訓了沅沅。先前若不是看在妳有孕的分上，我早就責罰妳了，沒想到，妳竟是一點教訓都不記取，居然還敢繼續教唆寶芙。」

「爹爹、爹爹。」紀寶芙嚇得上前抓住他的手。

紀延生低頭看著她，卻是忍了又忍，才勉強沒推開她。

紀寶芙立即喊冤道：「我和七妹說那些話，是因為女兒真的心裡害怕，我怕新太太進門之後會不喜歡我。在家裡只有七妹和我年齡相仿，我便找她說說話，卻不想惹得爹爹這麼不高興。」紀寶芙一邊說一邊哭，竟是有些上氣不接下氣了。

紀延生瞧著她這模樣，心中一軟，只是他抬頭看見對面的衛姨娘，便又強硬著心腸道：「妳若只是害怕，又為何說什麼別人會越過妳，妳說的這個別人又是誰？往日年先生在我跟前誇妳聰慧，我素來歡喜，可是沒想到，妳竟是把自個兒的聰慧用在妳妹妹的身上了？」

衛姨娘在一旁越聽心裡越怕，臉色慘白得沒有一絲血色，連身子都開始微微顫抖。紀延生從未對她發過這樣大的火，她也是第一次知道，原來先前七姑娘是因為那樣的原因才打架的，難怪他會這麼久不來自己的院子，想必是心中已惱了她們。

她立即跪在地上，哭訴道：「老爺這般說，未免也太冤枉我們了。七姑娘與人打架，寶芙一回來就想找藥膏給她，只是那藥她尋常用不著，讓丫鬟放著，所以找了許久才找到，這是芙姊兒對七姑娘的一片心意啊，如今卻被……」

衛姨娘跪著，卻是一口氣沒喘上來，整個人一下子癱軟在地。

紀寶芙在一旁驚恐地尖叫，趕緊撲過去，旁邊的丫鬟也是又急又怕，都圍了過來。

「爹爹，姨娘她還懷著身孕啊。」紀寶芙見紀延生竟站在原地未動，便轉過頭衝著他哭喊道。

紀延生這才上前，將地上的衛姨娘打橫抱起來，放到床上，又派人去請了大夫。

桃華居一下子變得鬧哄哄的，連老太太那邊都得了消息。不過她也沒在意，只是哄著紀清晨換了中衣，趕緊去睡覺。

到了第二天的時候，紀寶茵過來給老太太請安，瞧見紀清晨便道：「沅沅，妳可聽說了？」

紀清晨知道她要說什麼，只是卻故作不懂，胖嘟嘟的小臉上掛著迷惑，問道：「發生什麼事了嗎？」

「昨日桃華居大晚上的派人去找大夫了。」紀寶茵低聲在她耳畔道。

紀清晨心底登時笑了，原來她這個五姊也有這麼八卦的一面。她有點驚訝地問：「五姊，妳怎麼知道的啊？」

「我奶娘與婆子說話時，被我聽到的。」紀寶茵微微一笑。

兩人說悄悄話的時候，正巧紀寶璟走過來，見紀寶茵笑得這般開心，便問道：「兩個小丫頭說什麼，這般開心？」

紀寶茵立即緊緊抿起嘴。她有點怕大姊，當然不是因為紀寶璟對她發過火，只是連她三姊都在大姊跟前討不著好，她自然而然地也有點畏懼大姊。

倒是紀清晨可一點兒也不怕，伸出肉乎乎的小手，對姊姊招了招。

待紀寶璟傾身過來，她便把方才紀寶茵說的話告訴了她，聽罷，紀寶璟伸出手指，在她的腦門上敲了一下，溫柔地笑道：「小淘氣。」

紀寶茵瞧著大姊這般溫柔似水的神情，看得有些呆了。

沒一會兒，紀寶芙竟跟著紀延生一塊兒來了。

紀清晨瞧著紀寶芙身上有些濕漉漉的，今兒個外頭的霧氣不小，想來是在外面站了許久。

紀延生心情有些不好，他昨天訓斥了衛姨娘一頓，不想卻讓她動了胎氣。

誰知今日他剛出門，準備過來給老太太請安，就見紀寶芙竟在自己的院門口等了好久，身上的衣裳都濕了大半。

待老太太出來後，瞧見眾人都來齊了，似是沒看見紀延生與紀寶芙一般，只對紀寶璟說：「帶著妹妹們過來用膳吧，應該都餓壞了。」

「娘，寶芙來給沅沅認錯了。」紀延生終究有點不忍心，畢竟這孩子一大清早就等在他院子門口，總該給她一個認錯的機會。

老太太回頭，上下打量了紀寶芙一番，淡淡道：「六姑娘，何錯之有？」

雖然老太太一向不喜歡她，可是從未用過這樣的口吻對她說話。

紀寶芙的身子抖了抖，原本粉嫩的小嘴都凍成紫紅色的，卻還是顫抖著唇瓣說：「祖母，我昨日不該找七妹胡亂說話。對不起，沅沅。」

她一邊說，身子一邊抖。老太太別過頭，硬著心腸不去看她。

最後還是紀延生開口說：「沅沅，妳六姊與妳認錯了，妳能原諒她嗎？」

紀清晨瞧著紀寶芙如霜打的茄子般，這還是這麼久以來，頭一次見到紀寶芙如此狼狽呢。可她卻一點也不同情，若不是心腸太壞，又怎麼會落得今天的地步。

防人之心不可無，害人之心不可有，若她還是從前的清晨，只怕還真的要被她蠱惑了，激烈地反對紀延生續弦，最後又是落得一個刁蠻、任性、無理的評價。

所以這世上的事都是有因果的。既是種下了那樣的因，就別怪會得出這樣的果。

紀清晨輕輕地笑起來，一雙如星辰般璀璨晶亮的眸子，卻綻放著別樣的光芒。

她往前走了兩步，走到紀寶芙的面前，伸出肉乎乎的小手，拉起她的手，聲音軟軟糯糯地說：「我當然沒有生六姊的氣，以後咱們還是好姊妹。」

紀延生瞧著小女兒竟這般懂事，心頭不知多熨貼，於是伸手摸了摸她的頭髮，欣慰地說：「沅沅真乖。」

紀清晨雪白的小臉一下子笑得更加開心了，又說：「爹爹，六姊身上都濕了，我帶她進去打理一下吧。」

紀延生心中頓時更加激動，不由想著，沅沅不愧是嫡女，雖小小年紀，卻格外懂事又識大體。他在心中幽幽一嘆，衛姨娘教養出來的孩子，到底是比不上的。

紀清晨主動牽著紀寶芙的手，往內室走去，葡萄和櫻桃跟上來，卻被她指使一個去端水盆，一個去拿毛巾。

就只有她們兩個孩子進了內室，紀清晨瞧著紀寶芙濕漉漉的頭髮，幽幽一笑。「六姊，妳頭髮都濕了啊。」

「不礙事的。」紀寶芙低著頭，不敢說話。

紀清晨卻又是一笑，突然靠近她。「被人告狀的滋味不好受吧。」

第十六章

「七妹？」紀寶芙一臉迷茫地看著紀清晨，眼中漸漸漫起害怕的神色。

紀清晨輕輕一笑，伸出小手摸了摸紀寶芙搭在肩膀的小辮子，都濕透了呢。看來為了讓爹爹心疼，這位六姊沒少想法子，不過這估計又是衛姨娘的主意，畢竟她在爭寵這件事上，總是能推陳出新。

紀寶芙看著紀清晨臉上甜甜的笑，又思及她方才的那句話，忍不住往後退，可是她的小辮子被紀清晨抓在手裡，動作間扯了一下，讓她疼得叫了出來。

紀清晨玉雪粉嫩的小臉上滿是驚訝，忙鬆開手。「六姊，妳突然往後退做什麼，拉疼妳了吧？」

她的聲音雖甜美可愛，卻聽得紀寶芙心裡越發害怕。

「七妹，妳剛才那句話是什麼意思？」紀寶芙心跳得厲害，卻還是問出了口。

紀清晨粉嘟嘟的小嘴微微一噘，甜笑道：「沒什麼意思啊，只是想告訴六姊，以後別做損人不利己的事情。」

「妳！」紀寶芙沒想到她會這麼說，當即變了臉色。

此時葡萄和櫻桃正好打了熱水回來，葡萄瞧著兩位姑娘都站著，便道：「六姑娘，奴婢已與妳的丫鬟說了，讓她回去替妳拿一套乾淨的衣裳過來。」

櫻桃已經將帕子放進盆裡擰了擰，走過來，笑道：「六姑娘，奴婢先替妳擦擦臉吧。」

紀清晨往後退了一步，讓櫻桃和葡萄方便替紀寶芙打理頭髮和衣裳。

她在旁邊的圓凳上坐下，兩條肉嘟嘟的小短腿在半空中悠悠地晃蕩著，軟嫩的小臉上掛著笑容，還特別叮囑道：「櫻桃，妳幫六姊重新綁一下辮子吧，她的頭髮都亂了。」

「知道了，姑娘。」櫻桃應了一聲，手上已麻利地拆了紀寶芙的辮子，開始重新編起來。

此時的紀寶芙卻不敢抬頭看紀清晨，身子一直顫抖。葡萄瞧見了，以為她會冷，便道：「六姑娘，奴婢再給妳擦擦手吧。」

不過紀寶芙卻是被嚇得發抖。她一直把紀清晨當作是個什麼都不懂的刁蠻小丫頭，還自覺聰慧無比，能把別人玩弄於股掌中，可今天才發現，真正傻的卻是她自己。

方才紀清晨言笑晏晏地說出那番話，卻比她生氣時還要讓紀寶芙害怕。

沒一會兒，紀寶芙的丫鬟進來了，手裡拿著一套乾淨的衣裳。

紀清晨見到那丫鬟，便說：「葡萄、櫻桃，既然六姊的丫鬟來了，咱們便先出去，讓六姊先換衣裳吧。」

葡萄應了一聲，此時櫻桃也正好幫紀寶芙綁好了頭髮，兩人都收了手，準備離開。

紀清晨從圓凳上跳下來，卻沒有轉身往門口，而是走了兩步到紀寶芙面前，兩隻小胖手背在身後，身子慢慢往前傾，看著紀寶芙，柔聲說：「六姊，我說的話，妳可千萬要放在心上喔。」

要不然下次，可不會這麼簡單就放過妳的。

紀寶芙猛地睜大眼睛。到底只是六歲的小女孩，見自己的妹妹猶如轉了性子般，說出來的話又帶著威脅，她的心底又驚又怕。

紀清晨說完，小身子一轉，便領著兩個丫鬟出去了。

此時老太太還沒去用早膳，看來是準備等紀清晨出來後，大家一起吃。

只是她先到梢間裡，紀寶茵往後瞧了一眼，問道：「沅沅，怎麼就妳一個人啊？」

「六姊還在換衣裳呢，我怕我在裡面，她不好意思。」紀清晨歪著小腦袋，俏皮地道。

老太太這會兒神色已經恢復，笑著輕斥了句。「小東西，調皮。」

待用過早膳之後，紀寶茵和紀寶芙去上課，紀寶璟則領著紀清晨去了自己的院子。

老太太將紀延生留下，直截了當地說：「這件事，你打算就這麼了結？」

「娘，兒子以後一定好生教導寶芙。」紀延生保證道。

畢竟是自己的女兒，雖然小小年紀是有點走歪了，但總還有教的機會。

老太太嘆了一口氣，道：「如今這後宅沒有個女主人的滋味，你是知道了吧？哪有大老爺們整天陷在後宅裡的，這些教養女孩的事情，那都是太太的責任。」

紀延生也笑了，不由道：「母親，兒子早已答應了續弦，您就不要再教訓兒子了。」

「寶芙年紀還小，我暫且相信她是被人教歪了，只是這衛氏卻不可不罰。」老太太這次可是下定了決心。衛氏已經壞了紀延生一次姻緣，這次她要在新媳婦進門之前，就除了這個禍根。

紀延生面色一僵，露出為難的表情。

倒不是他捨不得懲罰衛氏，只是她現在正懷有身孕，於是他道：「那不如兒子讓她在院子禁足，並罰抄寫《女則》、《女誡》？」

「她一個做姨娘的，抄什麼《女則》。」老太太不屑地嗤笑一聲，轉了轉手中佛珠，淡淡道：「正好我這有本經書，就讓抄抄經、靜靜心，別成天想些不該想的事。」

紀延生對老太太的吩咐，自然是沒有意見的。

靖王府既然寫信同意了續弦一事，老太太便立即請了京城的媒人，向曾家提親。待兩家互換了庚帖，第二天韓氏就讓人把庚帖送了回來。

大慈寺的慧濟大師乃是遠近聞名的大師，這次老太太為了慎重起見，特地派人去大慈寺詢問，想請他幫忙合算、合算。

待慧濟大師同意之後，老太太便準備親自將庚帖送過去。

一聽說老太太要去大慈寺，可把紀清晨給樂壞了。

這幾個月她一直待在家中，雖然也有出門，那也只是從西府到了東府而已，壓根兒不能算是出去。所以待適應了這五歲小姑娘的生活之後，她的一顆心就漸漸不安分起來，總是想出去瞧瞧。

說來上一世，她是一縷魂魄的時候，反倒還挺自在的。

「祖母，我聽說大慈寺可遠了，您把我和大姊帶上吧，這樣路上還能陪著您說說話，給您解解悶。」紀清晨說著，還伸出小胖手，不停地上下捏著老太太的手臂。

老太太一邊享受著孫女的伺候，一邊聽著她的小嘴吧嗒吧嗒地說個不停，頓時就笑了。

「聽沅沅這麼一說，祖母是一定要帶上妳的嘍。」

「那是當然啦，沅沅還能給祖母捏捏肩呢。」她站到老太太的身後，小手可使勁地在太太的肩膀上捏個不停。

隔天，紀清晨醒得格外早。昨天興奮了一個晚上，守夜的葡萄可是好不容易才把她給哄睡了。

因為昨晚她就選好了衣裳，所以一起身，丫鬟便把衣服拿過來替她穿上。淡粉色團簇薔薇襦裙，腰間繫著銀白色飄帶，再綁成漂亮的蝴蝶結。

待她在鏡前坐定，便在首飾盒裡找來找去。

一旁的櫻桃替她選了同色髮帶，梳了可愛的花苞髻之後，便用髮帶纏在上面，本來就白嫩的團子，一下子就變成了粉團子了。

櫻桃又把她的金鑲玉瓔珞項圈替她戴上，這才算是打扮妥當。

待她出去的時候，紀寶璟也正好領著丫鬟過來，她的院子就在旁邊不遠的地方。紀清晨雖跟著老太太住，不過有時候也會溜到她的院子去住。

紀寶璟伸手拉住她，上下打量了一番，瞧見妹妹打扮得這般漂亮可愛，不禁點點頭。

「大慈寺是遠近聞名的佛寺，去拜佛的人很多，所以今兒個可要乖乖的。」紀寶璟柔聲叮囑了一句。

紀清晨表示明白，畢竟她也不是真的五歲小孩。

前世的時候，她就曾聽說過不少孩子在佛寺裡走丟，後來大理寺嚴查之後，才發現竟是有人販子集團專門在寺廟裡蹲守，瞧見好看的孩子，便誘拐他們。

這天下之大，一旦被拐賣了，想要再找回，可就難了。

寺廟一日行結束後，不管是老太太還是姊妹兩人，臉上都洋溢著愉悅的神情。當然老太太那股高興的勁頭，可是比她們兩個小輩還足。可見這次批八字，必定是如意又吉祥。

紀清晨瞧著祖母這般神情，只覺得連婚期估計都能定下了。

待回到紀府時，太陽已西下，半邊天際都被火燒雲映成火紅一片，煞是好看。

只是當馬車要進府時，卻突然停住了，因為是急停，車內的幾個人都往前衝撞了下。幸虧紀寶璟及時扶住老太太，就是紀清晨差點掉下去。

「怎麼回事？」紀寶璟有些不悅，心想車夫怎會這般輕率？

「大姑娘，有人突然從旁邊衝出來。」車夫也是委屈。他的車速並不快，只是那人衝出來得太突然了，他只能勒住轠繩。

此時車外突然傳來喊聲。「紀老太太，老奴李氏，是定國公府的嬤嬤，奉國公夫人之命，前來求見。」那聲音雖有些蒼老，卻異常堅決。

定國公？

紀清晨一時愣住。她怎麼不知道，祖母竟還和定國公夫人相識？待她轉頭看向祖母，就見老太太臉上也是一片愕然。

「妳這人怎麼回事，居然還敢攔馬車。來人啊，把她趕走。」紀家門房上的人，見有人居然在自家門口攔了老太太的馬車，當即就衝了過來。

「紀老太太，老奴有國公夫人親筆書信一封。」李氏又喊了一聲，只是嘈雜聲漸大，可見是有人想強拉著她離開。

此時一直未說話的老太太，這才喊了一聲。「住手。」

門外的人聽到車裡的聲音，自然不敢再拉人。

李氏急奔到車旁，站在車窗下，連忙又說：「紀老太太，老奴有國公夫人的親筆信，實在是有萬不得已之事，才會上門來求救的。」

紀老太太輕聲一笑。「定國公夫人竟也有求我的一日？」

老太太的語氣有些嘲諷，李氏聽見，一臉迷茫，險些當場落下淚來。本以為沒希望了，誰知老太太卻又轉頭道：「既然是這樣，妳就將信拿給我瞧瞧，看完後我自有定奪。」

李氏臉上立即露出歡喜的表情，從懷中取出珍藏的信。

紀寶璟伸手打開窗子，接過李氏手裡的信，交給了老太太。

待老太太打開信看完後，卻是皺著眉頭，問道：「妳今日前來，所為何事？」

「我家少爺急病，已昏迷了兩日，大夫說要百年人參入藥，可是城中藥鋪都無這樣年分的人參。老奴已派人回定國公府取人參，只是來回也需要時間，因此只得厚著臉皮來求老太太。」李氏顯然也知道百年人參是何等珍貴，因此補充道：「待國公府送了人參過來，必當第一時間奉還。」

「昏迷了兩日？」老太太輕言一聲，又提高聲音問了句。「妳家少爺是定國公哪一房的？」

「我家少爹是定國公嫡長孫，世子爺的嫡長子。」李氏急急道。

老太太略思索了下，便對身邊的紀寶璟說：「璟姊兒，妳去我的院子，讓牡丹打開庫房，把家裡的那株百年老參拿過來，送到梧桐巷那裡，我要親自去瞧一瞧。」

紀清晨也聽出婦人所說之人，正是裴世澤。

難怪上回他偷偷去東府時會以面具示人，原來祖母與定國公夫人乃是舊識，那說不定也認識他，所以他才會怕被人認出來而戴了面具。

「祖母，我與您一起去吧。」紀清晨立即說。

老太太不贊同道：「妳和姊姊先回家，祖母去去便回來了。」

「祖母，我想去，我要去嘛！」紀清晨拉著老太太的手，就是不放開。

紀寶璟正要勸說，卻見老太太已說：「妳要去也可以，只是不許淘氣。」

紀清晨還以為自己要一哭二鬧呢，沒想到祖母這麼輕易便同意了。

於是紀寶璟趕緊下了車去吩咐牡丹拿人參，而李氏是坐著定國公府的馬車來的，便也上了自家的馬車。

梧桐巷只與紀府隔了一條街，不一會兒就到了。

紀清晨下車後，才看見方才在外面說話的李氏。瞧她穿著暗紅色綢衫，頭上戴著銀髮簪，面相一瞧便是寬厚平和的，只是此時臉上掛著急切之色。

「老太太。」李氏也是這會兒才正式見到老太太，馬上端端正正地行了大禮。

李氏是裴世澤的奶娘，從他小時候就在跟前伺候。只是她的命有些不好，生的兒子早夭，男人又是個靠不住的，李氏本已被放出府，後來又只得回來。

好在裴世澤這人雖冷情，可對真心待自己好的人，卻是從不曾虧欠。

紀清晨看著李氏臉上的焦急，心中有些詫異，暗想他的病情到底該有多重，這才把李氏急成這般模樣？

老太太要李氏起身後，便讓她帶路去了前院。

只是這一路走來，紀清晨才察覺出不對勁。這屋子可真是陳舊。等到了院子，她心裡的疑惑就更甚。怎麼感覺這屋子已經不是舊，而是有些破呢？

裴家請的大夫還沒離開，老太太進去的時候，他正與管家說話，似乎是在談人參入藥之事。

「我也知道百年人參實在難得，可公子這病實在是來勢洶洶，不得不……」大夫的語氣有些無奈，見簾子掀開後，大夫便朝門口看過去，卻是立即拱手，驚道：「紀老太太。」

原來這位便是紀家常請回家看病的周大夫，瞧見老太太過來，急忙行禮。

老太太頷首後，輕聲問道：「周大夫不必多禮，不知道裡面那位公子的病，如今怎麼樣了？」

周大夫雖不知道紀老太太與這位公子的關係，可是卻不敢耽誤，詳細地把病情又說了一遍。

老太太鄭重地點了下頭，道：「方才我已命人回去取百年人參了，還請周大夫稍等片刻。」

一聽說有百年人參了，周大夫和管家的精神俱是一振。

管家就要上前感謝，老太太卻已往內室走過去，顯然是想瞧瞧人怎麼樣了？

紀清晨亦步亦趨地跟著，內室裡很安靜，卻有很重的草藥味。

床頭的小廝聽見有動靜，剛轉頭，就見是一個未曾見過的老夫人。他正欲詢問，卻被身後的李氏用眼神攔住了。

老太太走到床邊，瞧著躺著的少年，雖然他緊閉著眼睛，臉色蒼白，可那容貌之俊美，還是讓老太太一驚。

竟生得這般好看。

一旁的紀清晨看著面前躺著的人，雖然她前世見過裴世澤無數次，可是十四歲的裴世澤她卻是第一次看見。相較於將來的清冷、俊美無儔，此時的裴世澤有著少年獨特的柔軟，她可從沒見過這麼柔和的他。

一時間，紀清晨看得有些呆住了。

「他已昏迷了兩日？」老太太轉過頭，問身邊的李氏。

紀清晨又往前走了一小步，想要更近一點地看看裴世澤。上次見面，他可是戴著面具的，這次卻能瞧得清清楚楚，若不是他正生著病，面色有些蒼白，還真是個唇紅齒白的少年郎。

前世她魂魄在他身邊的時候，可是屢屢被他的冷面給嚇住。沒想到，重來一世，卻能遇見這麼年輕的裴世澤。

也不知那些年裡究竟是發生了什麼事，竟把這軟萌少年，逼成了那般冷硬的模樣。她在心底哀哀一嘆。竟全然忘記了他前世那些狠辣冷酷的手段，倒是心疼起面前的人。可見美色誤人還真是不分男女老少。

只見昏睡之中，他的睫羽輕顫，胸口微微起伏，可真是讓人心疼啊。

紀清晨冷不防地伸出手。她可不是想乘機乘機占人家的便宜，她只是想摸摸他的額頭，看看他這會兒可還發燙？

只是她的小胖手剛伸出去，還沒到額前呢，卻被他的手給一把抓住了。

與此同時，一直緊閉著雙眸的人也霍然睜開了眼睛。

那雙幽深如墨的眸子中，如同漾著水光，流光溢彩瞬間撞進她的眼底，只是他的眼神無比銳利，已完全沒了軟萌少年的樣子。

紀清晨被抓個正著，嚇得連尖叫都忘了，只是呆呆地看著他。

可下一刻，他卻又閉上了眼睛，速度之快，讓她以為方才是自己看錯了。

老太太一轉頭，就瞧見自個兒的小孫女正站在床榻邊，一隻小肥手被人握住了手腕。她有些驚訝地低聲喚道：「沅沅。」

紀清晨欲哭無淚地回頭看祖母。

我也不想的，可是他不放開我的手啊。

第十七章

最後連李氏都過來幫忙，可裴世澤卻牢牢地抓著紀清晨的手腕不鬆開，眾人又不敢喚醒他，只得無奈地看著老太太。

老太太看了看小孫女，又瞧一瞧床上的人，心中翻騰又翻騰。

「老太太，這個……」李氏低聲喊了一句，心中頗為不好意思。可是公子正昏睡著，他怎麼會抓住人家小姑娘的手腕呢？

紀清晨都懷疑裴世澤是假裝昏迷的了。她明明有看到他張開眼睛呢。

方才小廝過來想掰開他的手，卻不想小廝越是用力，他抓得就越緊，疼得她都忍不住叫了出來。

「沅沅，妳也太調皮了。」老太太忍了半天，才說出這麼一句話。「算了，先不用動。雖然他現在昏迷著，可是你們越掰他的手，他就會抓得越緊。」老太太開口道。這昏迷中的人，潛意識裡抓著一樣東西，是不會鬆開手的。

況且紀清晨的手腕都被抓得通紅，白嫩的肌膚上，那紅色特別明顯。老太太心疼孫女，怕兩邊拉扯，拽傷了紀清晨。

「沅沅，妳先在這裡坐一會兒，待會兒哥哥醒了，自是會放開妳的。」老太太只得這般安慰小孫女。

紀清晨噘著嘴，一臉的不願意，可是又能有什麼法子？

最後裴世澤的小廝還怕她站累了，便搬了張凳子讓她坐在床邊。

此時大概是感覺到沒人和他爭搶手裡這個軟軟的東西，裴世澤一直緊緊握著的手掌，也漸漸抓得沒那麼緊了。

或許是因為紀清晨坐得近了，小孩身上帶著的淡淡奶香味，悄然縈繞在他的周圍，讓在昏睡中都無法安睡的人，總算鬆開了眉頭。

紀清晨因為坐在床邊，所以這會兒完全可以認真地打量他的相貌。方才他突然睜開眼睛，眼底的冷肅還真是嚇了她一跳。

可此時他閉著眼睛，沒了那麼清冷的眼神，只單單看他的五官，還真是俊美。她自認見多識廣，畢竟當魂魄時，她跟著眼前之人，可是京城各處都去過的。但所見之人能與他比肩的，卻未找出一人。

那時他可是權傾朝野，與他的容貌幾乎是相得益彰。二十多歲的男子，正處於容顏最盛之時，又身處高位，簡直就是活在別人心中的神話，以至於他的一舉一動都成為別人茶餘飯後的話題。

只是後來卻傳出他手段狠辣的風聲，慢慢的，也沒人敢再當眾談論他。

只是有些流言，還是擋都擋不住。比如他為何遲遲不娶親，當初關於他不娶親的原因，流傳最廣的就是，他那方面……

紀清晨的臉一下子羞紅了。她都在亂七八糟想些什麼呢？

不過她作為一縷魂魄，又只能在他周圍待著，所以就算小心再小心，總是還會撞上某些不該看的……

忽然，外面傳來動靜，紀清晨總算阻止了腦海裡越發離譜的想像，轉頭瞧了過去。是紀家派人送來人參了。

待周大夫打開盒子，看到那株足有嬰兒手臂粗的人參，登時喜上眉梢，連連道：「如今有了這株人參入藥，必能壓下公子體內的大凶之症。」

聽到大夫這麼說，周圍的人都不由得鬆了一口氣。

周大夫要親自熬藥，管家便領著他去了外面。

李氏見老太太臉上露出疲倦之色，心中也有些愧疚，畢竟方才她是在門口等到老太太的車馬，這出去一天下來本就疲累，她還把老人家給請到這裡來。所以她一邊請老太太在外間的羅漢床上略歇息一會兒，一邊又讓丫鬟去燉燕窩。

紀清晨在床邊坐了一會兒，眼皮就開始直打架。

她好累啊。本來今天去大慈寺就有點兒累，她還放了好久的風箏，瘋跑了一陣，這會兒看著近在眼前的床榻，她好想睡覺。

畢竟身體還是小孩子，一個五歲的奶團子，本來就容易走到哪裡就睡到哪裡。她是想竭力忍耐的，可是眼皮好重。她好想睡。

床好軟，她好累。

還是裴世澤的小廝莫問先發現紀清晨已然熟睡，他一眼為難地看著那粉嫩的小姑娘就這麼躺在自家少爺的床榻上，兩隻小腳還伸在床外。

自家少爺可是最不喜旁人碰他的東西，連堂少爺用了他一個杯子，他都能把一整套丟掉。萬一待會兒他要是醒了，瞧見這位小姑娘躺在他床上，莫問都不敢想像，少爺究竟會把這位小姑娘丟掉，還是把整張床給扔了？

櫻桃一進來，瞧見自家姑娘居然躺在人家裴公子的床上睡著了，嚇得大驚失色，急忙上前。

「七姑娘。」櫻桃是怕她渴了，出去請人幫忙倒了一杯茶，誰知就一會兒的工夫，自家姑娘就在人家床上躺下了。

她伸手輕拍了一下，卻被紀清晨揮手打了過去，緊接著她整個人就趴在了床上。因為她的右手被裴世澤抓著，所以她趴著後，反而睡得更自在了。

床好軟，她要睡覺。

櫻桃急得都要哭了。雖然自家姑娘才五歲，可也不能在陌生少爺的床上睡覺啊。

「這可怎麼辦啊？」櫻桃著急地直問旁邊的莫問。

可莫問心裡頭的著急也不比她少啊。萬一自家少爺要是醒了，看見這麼一個胖團子睡在自己床上，哎喲喂，那可是要出大事的。

「要不我再去試試。」莫問低聲道。他走到床邊，就想試試看能不能讓裴世澤放開人家小姑娘的手？

可是他的手剛伸過去，正要把小七姑娘胖乎乎的手解救出來，裴世澤的手卻猛地握緊，又緊緊抓住了。

莫問整個慌了。「這可怎麼辦……」

櫻桃不敢再等下去，她把端來的茶盞放在旁邊的圓桌上，趕緊出去向老太太稟報。

老太太一聽，臉上也是有些無奈，只問道：「有可能把她抱出來？」

「裴少爺抓著姑娘的手，方才試了下，卻是不能。」櫻桃有些委屈地說。這都叫什麼事嘛，哪有昏迷的人還能把別人的手抓這麼牢的？

外頭的這些丫鬟、小廝這般著急，可內室床榻上的兩人卻是格外和諧。

裴世澤安靜地躺在床上，若不是過於蒼白的臉色，還真讓人覺得他只是睡著了而已。而他的肩膀處則靠著一個白玉團子，小嘴一呼一吸，恨不得睡到天長地久的架勢。

少年修長白皙的手掌，仍抓著小團子胖白的小手不放。

這兩人睡得無比安穩。

空氣中似乎縈繞著一股淡淡的香味，不是食物的香味，也不是熏香，是奶香，而且是甜甜的香，一點兒都不膩，同他小時候喝過的羊奶也是不同的。

裴世澤的手指動了動，指間的觸感是滑膩綿軟的，可真舒服，他又忍不住握了握。

他的頭還是昏昏沈沈的，不過既已有了意識，他便試著動了幾下眼皮，這才慢慢地睜開眼睛。只是周圍一片漆黑，他睜著眼睛盯著頭頂看了許久，才慢慢適應這樣的黑暗。

他只覺得喉中乾渴，剛要喊小廝，突然感覺自己手掌中似乎抓著什麼東西。他又摸了摸，心頭一驚。這似乎是人的手掌。待他又往上摸了下，圓滾滾的、肉乎乎的，跟藕節一樣，卻比藕節軟多了。

這是什麼？

難得一向沈著冷靜的裴少爺也驚嚇了一番，立即啞著嗓子喊道：「莫問。」

這會兒莫問正支著個胳膊，坐在圓桌前打盹，聽到有喊聲，立即就站起來。「奴才在。」

「點燈。」裴世澤毫不猶豫地吩咐。雖然他嗓子還沙啞著，可語氣卻是不容置疑。

莫問揉了揉眼睛，這才聽出來是自家少爺的聲音，他又驚又喜地問：「少爺，您醒了？」

「點燈。」黑暗中的聲音又重複了一次。

這可把莫問嚇壞了，他家少爺可是最不喜歡吩咐好幾遍的。他立即拿出身上的火摺子，把燈罩拿下來，點亮裡面的油燈。

瞬間光亮驅逐了屋中的黑暗，裴世澤正要起身，眼角餘光卻瞄見了自己肩膀處似乎有一團東西。

待他定睛一看，那竟是一個胖娃娃。

莫問又將屋子裡的其他燈都點起來，登時整個房間亮如白晝。只是他點完燈後再回過頭，就見自家少爺正一臉深沈地看著睡在他床上的小七姑娘。

嚇得莫問趕緊走過去，低聲道：「少爺，這位姑娘不是故意要躺在您床上的。」

裴世澤抬頭看著他，眸中滿是清冷。

莫問不敢耽誤，立即解釋道：「你先前病急，大夫說要百年人參入藥，家裡庫房沒有這樣年分的，整個真定府的藥房也沒買到。奶娘沒法子，只得求到紀太傅家中。紀老太太因著與老夫人有舊交，不放心您的身子，便帶著她的孫女一塊兒過來探望您。」

一口氣說到這裡，莫問就有點不敢往下說了。

見裴世澤蹙起眉心，莫問立即哭喪著臉繼續說：「是您非要抓著小七姑娘的手，奶娘和奴才都拽了好幾次，就是沒拉開。後來小七姑娘實在是睏了，便在您床上睡著了。」

裴世澤聽完，又轉頭看著面前的小包子。方才她的臉埋在被子裡，他只瞧見是圓滾滾的一團，這會兒才看見她的小臉蛋，大概是睡得太過香甜了，小嘴還微微張開。

大哥哥你要好好看一看我喔，等咱們以後見面，你也要第一眼就認出我喔。

他認得的。

此時裴世澤嘴角輕輕撩起一抹笑。誰能想到，他們的下次見面，竟是在這樣的情況下，她躺在他的床上，睡得四仰八叉。

「少爺，您可餓了？」莫言見自家公子居然沒有發火，更沒有把小七姑娘扔出去，心裡那叫一個驚訝。

裴世澤勉強撐著胳膊起身，莫言趕緊上前想要扶他，卻被他揮開。只見他一根手指搭在嘴上，做了個噤聲的動作。

這把莫言嚇得更厲害了，只得待在一旁，看著他自己從床尾挪下來。

「少爺，您身子還沒恢復，大夫說要臥床靜養。」莫言心裡著急上火，恨不得現在就去把李奶娘請過來，好生勸勸。

可是裴世澤素來性子果決，又豈是下人隨便一勸會改變主意的？

他坐在床邊，又低頭瞧了一眼趴在床上睡得正熟透的小傢伙，吩咐道：「把外頭的臥榻收拾出來，我今晚就睡在那裡。」

「少爺，您這身子還沒恢復呢。」莫言立即勸道：「況且紀家的人也還沒走，就在外面等著呢，奴才這就去請他們過來。」

「不必，就讓她睡在這裡吧。」裴世澤淡淡道。他的鼻尖又有那股甜甜的奶香味縈繞，原來是她身上的味道，難怪這般甜。

隨後他突然捂了下胸口。這次他受傷實在嚴重，此時就算醒過來，卻還是有種渾身無力的感覺。

他四歲就拜在國師門下，只是國師素來高深神秘，是以世人皆不知師兄與他乃是國師門下之徒。

這次有人故意將他與師兄交情甚密之事告訴了他父親，還說了一些骯髒話。本來他們父子關係便疏遠，這次他父親更是親自教訓了他，若不是祖母出門中途回來，只怕他就要被活活地打死了。

他身體素來強壯，又有功力護體，是以躺了半個月便恢復了。

為了防止他們父子關係更惡化，祖母便讓他來祖宅暫住一段時日，待祖父回來之後，他再回府。

裴世澤自幼便不怕他父親，可是他越是表現出不畏懼，他父親便越想馴服他，一來二去，父子兩人間便與仇人一般。

他不願讓祖母為了自己憂心，便是連傷都未養好，就來了祖宅。也不知是路途太過辛苦，還是他體內的傷勢積重爆發，他竟一下昏迷過去，還昏睡了兩日。

「去弄些吃食來。」裴世澤吩咐道，又讓莫言把自己的外袍拿過來。

雖然這小肉包只有五歲，連個女子都算不上，可他們到底也不是兄妹，這般躺在床上也不好。當他正要站起來，就聽到外面一陣吵嚷，隨後聲音越來越靠近，直到有人「砰」地一下推開內室的門。

莫問轉頭看過去，就見一個丰神俊朗的男子站在門口，沈著臉打量著屋內。

莫問剛想問話，就見男子已邁著步子走進來，等走到屋內，看見床榻上坐著的裴世澤後，面色卻是更冷。

直到他走到床邊，彎腰要去抱床上的小胖團子，一邊的裴世澤才不緊不慢地說：「世姪見過紀二爺。」

紀延生身上有著淡淡的酒味。今日下衙之後，他被朋友叫出去喝酒，到了很晚才回來，誰知回來之後，才聽說沅沅居然被人強留下來。

他不管這小子是昏迷也好，受傷也罷，他要是還敢抓著自個兒女兒的手不放，他紀延生可是連刀都替他準備好了。

沒想到他來了之後，這小子居然已經在床邊坐下了，也沒有再抓著女兒的手。

紀延生低頭看了一眼睡得正沈的寶貝閨女，心底一哼。算他好運。

他招呼也不打，只彎腰抱起床上的小姑娘，這沈甸甸的感覺，還真是個小胖團子。

莫問這才知道，原來是小七姑娘的親爹找來了，他心裡可是鬆了一口氣。幸虧自家少爺早醒了過來，要是人家親爹尋來，還瞧著少爺緊抓著人家小姑娘的手腕，只怕得氣死吧。不過瞧著現在這架勢，彷彿也是氣得不輕。

「世叔慢走。」誰知裴世澤居然還十分客氣且恭敬地恭送他離開。

紀延生抱著他的傻閨女，回頭瞧了他一眼，最後鼻子發出一聲又重又不屑的哼聲後，才揚長而去。

待人走後，莫問這才摸了下胸口，輕聲道：「少爺，紀二爺的脾氣也太不好了吧。」

裴世澤沒說話，莫問自然也不指望他能回應自個兒。

可他剛要轉身讓人去備晚膳時，裴世澤卻開口道：「世叔的性子還是頗為和善的。」

這樣還和善？莫問驚訝得嘴都合不攏了。

一個父親發現女兒睡在陌生男子的房中，只怕會恨不得殺了那男子，所以裴世澤覺得，紀延生沒提著刀過來已是十分寬和了。

第十八章

紀延生把小肉包子一路抱到馬車上，又用帶來的披風將人裹得緊緊的，這才命人駕車回家。

等他把人抱回老太太院子裡時，老太太已經坐在外間的羅漢床上，等著他們父女了。

「抱回來了？」老太太倒是老神在在，一點都瞧不出來，就是她老人家把小團子扔在別人家裡，自個兒就回來了。

紀延生低頭瞧了一眼懷中的女兒。那鬈翹濃密的長睫毛安靜地覆蓋著，挺翹的小鼻子一呼一吸，鼻翼都在微微顫動，還伴隨著輕輕的呼吸聲。

這丫頭把別人愁死了，自個兒卻睡得這般香甜。

待把人交給丫鬟，讓丫鬟帶她回去睡覺後，紀延生這才有機會和老太太說話。

「母親，您怎麼能把沅沅留在那裡呢？」紀延生的本意雖然不是要怪罪母親，可還是覺得母親把他的小閨女留在別人家有些太草率了。

老太太哼了一聲，道：「我不過與人家奶娘說了幾句話，你這個寶貝女兒就摸到床邊，被人一把抓住了手腕，再想抽出來卻是難了，難不成我還要和一個生病的人計較？」

紀延生頓時噎住，立即賠笑道：「母親您不願與小輩計較，那也該遣人去尋兒子，讓我去接沅沅回來才是啊。」

「我原也想著等他們兩個醒了再回來的，只是我這把老骨頭卻是吃不消啊。」老太太倒也不是故意將紀清晨留在那裡，但這兩人左等也是不醒，右等還是不醒，她這才沒法子先回來。

不過她也留了櫻桃在那裡，等著裴世澤若是醒了，便把沅沅帶回來。

「我去的時候，正巧那小子醒了，我看他就是裝腔作勢罷了。」雖然裴世澤是子姪輩，但紀延生還是忍不住遷怒。

老太太倒是被他這話氣笑了。「我看你還是多教訓一下你這個寶貝女兒，到哪兒都是個坦蕩的，說睡著就睡著了。」

當時老太太臨走的時候，還去瞧了紀清晨一眼，她睡在人家小哥哥的身邊，那叫一個香甜呢。

這件事老太太沒替紀清晨瞞著，因此第二天連紀寶茵都過來問她說：「七妹，聽說妳昨兒個在別人家睡著了？差點回不來。」

紀清晨羞愧地垂下了頭。她真的是太睏了嘛。

就連紀寶璟都忍不住捏了捏她的小肉臉，教訓道：「下回可不能在陌生的地方睡覺，妳這樣的話，姊姊可不敢再帶妳出門了。」

雖然她一再保證自己不會再犯這種錯誤，卻還是免不了被嘲笑一番。

於是心情不甚好的小七姑娘，把自己悶在院子兩天都沒出門。好在大家都知道她在生悶氣，便也不再笑她了。只是卻不知，紀清晨自個兒心裡也憋氣。

其實她也不是什麼都不懂，只是她前世是被裴世澤的玉珮溫養著，時間久了，即便知道他是個冷情殘酷之人，卻依舊對他心生親近。畢竟那時候她已不是塵世之人，就算這紅塵再翻轉，對她來說，也不過是一縷塵煙罷了。

可是沒想到，轉過一世，那股對裴世澤的親近，竟是跟著帶來了。

所以在他身邊，她才會肆無忌憚地睡著，也不知這究竟是好，還是不好呢？

過沒幾日，一直在京城的大伯母韓氏，終於帶著三姊紀寶芸回來了，母女兩個人可謂是滿載而歸，光是跟著回來的馬車就有五輛，據說是給她們都帶了禮物。

待收完禮物後，紀清晨跟著姊姊謝過了大伯母，就在旁邊坐下。

此時有丫鬟進來，說是房門上有人求見，是定國公府的長公子，來謝過老太太的賜參之恩。

老太太一驚，趕緊叫人去請他進來。

韓氏聽到定國公府，不由一愣。難道是京城的那個定國公府？

只是她不好詢問，倒是紀寶茵是知道事情經過的，便將定國公府上的奶娘到家裡求百年人參的事情說了一遍。

韓氏心中登時一喜。那可是赫赫有名的定國公府啊，沒想到自家居然還有這樣的機緣。

當裴世澤走到正堂時，所有人都有種眼睛一亮、滿室生輝的感覺。

這少年長得可真是太好看了，就連老太太都有些愣住。那日她雖見了一回，可那時他是在病中，而此時痊癒的少年郎卻是芝蘭玉樹之姿，簡直讓人挪不開眼睛。

「見過老太太。」裴世澤雖為人冷漠了些，卻並非無禮之人。

老太太瞧著他這般模樣，問道：「裴公子可是身子都好了？」

「老太太客氣了，世澤受貴府大恩，沒齒難忘。老太太若是不嫌棄，直喚世澤的名字便可。」裴世澤微微頷首，淡淡表示道。

老太太點點頭，倒是給他介紹起了家裡的女孩來。在座的除了紀寶璟是到了說親的年紀，其他都還小。

裴世澤雖與眾人見禮，卻是一見之後，便微垂目光，並不多看人家姑娘一眼。這般有禮有節，讓在場的兩個長輩心中更是滿意不已。

在介紹到最後時，他的眼睛才看向在場最小的姑娘。

只見他嘴角微微揚起。「沅沅，妳好。」

被點名的小姑娘抬起肉乎乎的小臉，看著面前挺拔清俊的少年。

他居然真的記得她了！還真是有點不好意思呢。若不是有這麼多人，她真想要捧著小肉臉，得意地笑一會兒了。

「沅沅，哥哥與妳打招呼呢。」老太太見小孫女不說話，還以為她是不高興，便開口提醒道。

紀清晨哪裡是不開心，她是害羞啊。

於是小姑娘垂著頭，兩隻小胖手捏了又捏，軟軟嫩嫩地喊了一句。「世澤哥哥，你好。」

誰知她剛叫完，一旁拿著團扇的紀寶芸「噗哧」一聲笑了出來，待所有人轉頭看向她，她又故作羞澀道：「我不是故意笑七妹的，只是人家明明是世澤哥哥，偏偏七妹喚作柿子哥哥。」

其實紀清晨也並非故意的，只是她聲音小，喊得又快，聽著還真就是「柿子哥哥」。紀清晨在心底哼了下。她這個三姊還真是無時無刻都想著要表現自個兒，別以為她沒瞧見，自裴世澤進來之後，她那雙眼睛就恨不得一直盯在人家身上。

即便她真的喊錯了，一個做姊姊的當眾這般嘲笑妹妹，是應該的嗎？

紀清晨只是在心底嘀咕了下，可一旁的老太太卻已微沈下臉。

「沅沅。」裴世澤又叫了一聲她的名字，待小姑娘抬頭看著他時，就見他清冷的眸子裡蘊著淺淺笑意。「沅沅喜歡怎麼叫，就怎麼叫。」

紀清晨的小臉登時洋溢起甜甜的笑容。原來他年少時真的比較溫柔呢。

一旁的紀寶芸卻是面色一僵，要不是有團扇擋著臉，她差點就當眾失態。

裴世澤雖在與紀清晨說話，可卻是打了紀寶芸的臉。這話讓人聽起來，就像是暗指紀寶芸多管閒事。

紀寶芸素來就是被人捧著的，乍然聽到這樣的話，又是從如此芝蘭玉樹的人口中說出來的，那打擊可想而知。

可待她將團扇擋在臉上，眼睛又重新瞧著這人時，只見他俊朗清冷的側臉，沐浴在從窗外投進來的陽光中，薄薄的絨光似乎把他稍顯冷淡的面孔都暖化了些。

瞧著這樣一副面孔和那通身的貴氣，紀寶芸心中的那點鬱悶，驟然消散。

不過此時在一旁的韓氏，卻毫不客氣地狠狠瞪了長女一眼。她這話說得太蠢，簡直是一點也沒經過腦子。

「裴公子，如今身體可已大好了？」韓氏是紀家的長房長媳，待人接物上倒是一點兒不差。見自家女兒被人落了臉面，卻也沒表現出不悅來，反而是一派寬和的長輩模樣。

裴世澤頷首，淡淡道：「承蒙老夫人贈藥，世澤的身子已大好。前幾日家中已派人將人參送回，只是大夫叮囑我必須臥床休息幾日，這才未在第一時間上門致謝。」

「我與你祖母乃是舊交，這些都是應該的，說致謝這樣的話，倒顯得生疏了。」老太太點頭，淡淡道。

裴世澤卻是面色認真。「先前世澤一直在昏迷中，也是聽奶娘所說，才知老夫人還曾親自到家裡來看望。今日特地帶了些小禮物給幾位長輩，還有幾位紀家姑娘。」

定國公府可是百年世家，又都是掌過兵權的。老定國公當年函谷關一戰，名震天下，回朝後，皇上便是各種嘉獎，京城外上千畝的莊子，包含了一整個山頭，都是定國公府的，所以定國公府不至於連一株百年人參都拿不出手。只是裴世澤突然來到祖宅，那裡素來沒人住，只有幾個年老榮養的僕人，在祖宅看管房屋。

所以這才求到了紀家。

只是既然承了紀家的情，裴世澤當然得親自上門道謝，更何況，那日他還把人家小姑娘的手腕給拽到青紫了。

「裴公子也太客氣了。」韓氏立即笑了，這越看裴世澤就越覺得實在出色。

這次她去京城，瞧著京城那些貴夫人的排場，心裡說不羨慕那是不可能的。自家老爺雖調任進了京城，可是卻官運平平，若不是有老太爺的威名在，只怕她也和那些貴婦人搭不上關係。可就算勉強搭上了關係，想要結親，也是難上加難。

韓氏生有兩子兩女，如今長子紀榮堂已十六歲了，再過兩年也是說親的時候，而長女紀寶芸今年才十二歲，但也差不多該慢慢相看對象了。

如今瞧見面前這俊美少年，還真是剛瞌睡，便有人送了枕頭上來。

「正巧榮堂今日並未去書院，不如讓他過來，陪裴公子說說話。」韓氏提議道。

老太太點頭同意。畢竟這一屋子都是女孩兒，見一面倒也無妨，可要是坐在一處說話，卻不大適合。

於是韓氏便趕緊讓人去請紀榮堂過來。紀榮堂今日是因為要到城外去迎接母親和妹妹，才沒去書院，卻不想正巧趕上裴世澤來拜訪。

等紀榮堂過來後，韓氏又介紹他與裴世澤認識，還強調道：「裴公子是頭一次來咱們家中，不如你就領著裴公子四處逛逛。當然咱們府上比起定國公府，那是要差得遠了。」

「紀家乃是真定名門，這座宅子更是聖上親賜，大夫人實在是過謙了。」裴世澤起身，微微點頭。

待裴世澤與紀榮堂離開後，房中的女孩都或多或少都鬆了一口氣。

紀寶茵方才一直沒找到機會，這才偏過了頭，靠在紀清晨的耳邊道：「沅沅，這位裴公子長得可真俊啊。」

紀榮堂雖然是紀寶茵的親哥哥，而且在今天之前，紀寶茵也一直覺得自家哥哥長得最好看，可方才瞧見裴世澤和紀榮堂站在一處，她不得不承認，她哥哥真是哪一處都不如人家呢。

光是裴世澤安靜地站在那裡，通身貴冑氣度，便是紀榮堂所比不上的，更別說他容貌之盛，就連大姊都難比得上呢。

這也是紀寶茵一直藏在心底沒敢說的，她其實一直覺得三姊遠遠不如寶璟姊姊。

紀清晨聽到有人誇裴世澤好看，肉乎乎的小身板忍不住挺直，連胸膛似乎都比平時挺了幾分，那一分驕傲完全溢於言表。

「好了，妳們都先回去歇息吧，一路上也累了。」老太太吩咐道，倒是把韓氏滿肚子的話都給堵了回去。

韓氏看著二房的三個姪女，也知道現在不是談話的時機，便乾脆帶著紀寶芸姊妹兩人先回自己的院子。

紀寶芙也告辭離開，只餘下寶璟和清晨兩姊妹還在。

沒一會兒，裴世澤帶來的禮物也都送到了各院。

紀清晨坐在羅漢床上，打開面前的盒子，結果一打開才發現，這哪裡是一件禮物啊，這簡直就是一個百寶箱。

西。

棗紅色小箱子一打開，就瞧見箱蓋背面鑲嵌著一面水銀鏡，而箱子裡則擺著好幾樣東西。

她伸手將一個乳白色的瓷瓶拿起來，待打開蓋子，一股清新的味道便迎面而來。

她還瞧見旁邊有一張紙條，上面寫著「玉容膏」，看來這是消除瘀痕的膏藥。

又見箱子中還放著一支銀質雕花萬花筒，她好奇地拿出來一瞧，待轉動的時候，可真是新奇，眼前不斷變換著各種圖案，稀罕得讓她都捨不得放下。

一旁的紀寶璟瞧著這個萬花筒，柳眉微蹙，與老太太道：「祖母，這個萬花筒我瞧著倒是像舶來品，只怕得好幾百兩銀子。」

老太太還沒說話，就見紀清晨「嗖」地一下，用小胖手把萬花筒藏在背後，大聲道：「這可是柿子哥哥送給我的。」

這可把老太太和紀寶璟驚得目瞪口呆，還是老太太忍不住用手去戳她的腦門，哭笑不得道：「知道是送妳的，難道咱們還會搶了妳的好東西不成？」

紀清晨不是怕她們搶了自己的東西，她是怕祖母覺得這東西太貴重，給人家退了回去。她現在的身子只有五歲，所以身邊的禮物都是什麼布娃娃、撥浪鼓，沒意思透了，她一點兒都不想要。

這個萬花筒可比那些玩意兒都有趣多了，她想留下來。

「既是人家的一番心意，便留下吧，咱們紀家也不是收不起這樣的禮物。」不過就是幾百兩銀子而已，能哄得這個小丫頭開心，倒也挺好的。

老太太剛說完，又似笑非笑地看著紀寶璟，輕聲問：「大囡，妳今天瞧著，覺得這位裴公子如何？」

正低頭把玩著手裡萬花筒的紀清晨，霍地抬起頭看向祖母。她老人家這是什麼意思啊？

「冷傲驕矜，卻又進退有度，不愧是名門貴胄。」紀寶璟點頭讚了一句，紀清晨心裡也咯噔了一下，卻又聽她繼續道：「不過他今日雖表現得頗為和氣，卻不是個好相與之人。若為夫君，實非良配。」

厲害了啊，我的大姊。

紀清晨沒想到，紀家居然還有能忽略裴世澤那張好皮囊，透過外貌看到本質的人，尤其還是紀寶璟這個年紀的小姑娘。她自認都是活過兩世的人了，可每每瞧見裴世澤的臉，還是有種驚心動魄的感覺。

老太太瞧著紀寶璟這沈穩冷靜的模樣，心底又是心疼又是安慰。

雖然紀寶芸只比寶璟小兩歲，可兩人的心智卻相差甚遠，方才紀寶芸瞧著裴世澤的那眼神，實在太赤裸裸了。

「妳能看得如此通透，祖母心裡甚是安慰，只盼著妳大伯母和堂妹，也能有妳這份明白才好啊。」老太太邊說邊轉著手中的佛珠。

第十九章

中午的時候，老太太在綠柳居設宴，這是紀家臨水的一棟兩層小樓，四面通風，在這個季節最是涼爽不過。

這一次不僅有紀榮堂，大房二少爺紀行堂也一塊兒過來作陪。他一向沈默，不如哥哥那般得母親看重，只跟在哥哥身邊陪著說話而已。

此次午膳是擺在花廳裡，兩張桌子比鄰而放，只是中間擺著一張黃花梨木雕花海棠刺繡屏風，女眷坐在北面，男丁則坐在南面。

只是紀家男丁不算多，兩位長輩不在家，也只剩下長房的兩位少爺，是以八仙桌就只坐了三個人。

反倒是女眷這桌坐了七個人。今日韓氏剛回來，老太太便沒讓她多操勞，這頓宴席是由紀寶璟作主定下的。

她們進來的時候，桌上已經擺著八道冷盤，葷素搭配，洪字雞絲黃瓜、萬字麻辣肚絲、五香熟芥、甜合錦，顏色搭配都極好看。

韓氏打眼一瞧，就知道這些菜品是下了功夫的。她不知道紀寶璟是尋常都這般妥貼，還是今日格外地貼心？她笑道：「今日這宴席上的菜色可真好，璟姊兒如今管家是越發嫻熟了。」

「是大伯母平日指點得好，我也只學了大伯母的皮毛而已。」紀寶璟含笑，她正扶著老太太坐下。

待老太太在席面上坐下後，便叫女眷都坐下了，沒一會兒紀榮堂便領著裴世澤進來。

紀清晨坐在老太太的身邊，從她的角度偏著頭看出去，恰好能看見進來的裴世澤，只見他面容沈靜，身姿卓立。

「今日在府上打擾了。」裴世澤隔著屏風，給老太太見禮。

「裴公子這般說，實在是太客氣了。」老太太含笑道，便請裴世澤坐下。

待雙方落坐後，熱菜便上來了。那邊桌子慢慢便有說話的聲音，不過也都是紀榮堂在說，紀行堂附和，偶爾有裴世澤開口的聲音。

再瞧這邊的姑娘，每次裴世澤的聲音一響起來，紀寶芸的眼睛就一個勁兒地往旁邊瞟。

「沅沅，這個太辣了，妳不能吃。」紀清晨正盯著紀寶芸手腕上那個俗氣的金手鐲看呢，想來那便是裴世澤今日送來的禮，就見紀寶璟開口提醒她。

原來紀寶璟以為她是盯著紀寶芸面前的那盤麻辣肚絲，她偷笑一下，低聲道：「我知道了，大姊。」

紀寶璟又給她挾了別的菜餚。

這一頓飯吃的，可真是千迴百轉。

紀寶芸摸了好幾次她手腕上的那只鐲子，紀清晨看在眼底，輕笑不已。

用過午膳後，紀榮堂又請裴世澤到前院喝茶，女眷則是各自回了自己的院子。

紀清晨本該睡午覺的，可她卻怎麼都睡不著，便鬧著要到院子裡遛彎兒。

櫻桃她們不敢攔著，便任由她跑到院子裡。

「我想去坐鞦韆。」誰知她遛彎兒回來後還嫌不過癮，又想去盪鞦韆。

櫻桃正欲說話，就見門口出現一個挺拔的身影，一時有些怔住。

紀清晨見櫻桃看著門口，也跟著看過去，居然是裴世澤來了。

「柿子哥哥，你怎麼會在這裡？」他不是跟大堂哥到前院去說話的嗎？

此時裴世澤身後站著的是紀榮堂的小廝，他立即笑道：「七姑娘，裴公子是專門來找您的。」

找她？

紀清晨圓嘟嘟的小臉上，登時露出不好意思的表情，兩隻小胖手背在身後，不停地來回拽著，小腳扭捏地踢了下地面，還是忍不住好奇地問：「柿子哥哥，你是來找我的嗎？」

「是啊，我有話想與沅沅說。」裴世澤如寒冰般的面容，早在看見她的一瞬間冰消雪融，嘴角掛著尋常見不到的溫和笑容，連聲音都柔軟得像是在溫泉中浸潤過。

其實他還挺溫和的嘛！紀清晨聽出了他聲音中的溫柔，於是大著膽子道：「我正想要去花園裡轉轉呢，柿子哥哥，你逛過我家園子了嗎？」

櫻桃在一旁都沒來得及阻止，就眼睜睜地看著自家七姑娘邀請人家裴少爺到花園去玩。要不是礙於規矩，她真恨不得扶著額頭，吶喊出聲。

我的姑娘，妳以為裴公子跟妳一樣啊，一天到晚就知道玩。

「早上逛了一下。」裴世澤淡淡道。

他剛說完，就見對面小姑娘白嫩的小臉，以肉眼可見的速度垮了下來。

裴世澤性子冷漠，就連家中的弟弟妹妹，都沒有親近的。他素來也不會像別的哥哥那般去抱著妹妹，所以極少有和這樣小的孩子接觸的經驗。

當他看見紀清晨垮下來的小臉後，便又開口說：「不過再逛一會兒，也未嘗不可。」

那就是可以嘍？紀清晨毫不猶豫地上前，牽著他的手臂，道：「那咱們快走吧。」

裴世澤被她拉著，溫熱軟乎的小手，是那日夢中的觸感，那麼柔嫩、那麼暖和，讓他捨不得放手。

他素來不喜別人用自己的東西，至於觸碰他，那更是厭惡至極。可是此時這個白胖的小丫頭拽著自己一路向前，他心底卻連一點反感都沒有。

紀清晨一邊拽著他，一邊抬頭問道：「柿子哥哥，你方才說有話同我說？」

裴世澤訝然一笑。他竟被這小丫頭打亂了思緒，連此趟來的目的都忘了。他低頭看著連他腰間都沒到的胖娃娃，輕聲問：「妳的手腕現在還青紫嗎？」

此時紀清晨的左手拉著他，一聽他問起這個，立即笑道：「原來你送的百寶箱裡，那個東西是給我搽手的啊。」

她舉起右手，一抬起來，袖口往下滑動，就見一截白嫩的藕臂，她笑嘻嘻地說：「都已經好了，你不用擔心。」

「那就好。」裴世澤點頭，眉目又恢復了往昔的清冷。

等到了鞦韆旁邊，紀清晨手腳並用地爬上去，待坐穩之後，回頭看著裴世澤，喊道：「柿子哥哥，你現在可以推我了。」

裴世澤瞧了她半晌。「所以，這就是妳說的逛園子？」

紀清晨睜著烏溜溜的大眼睛，一臉無辜。不然咧？

微風徐徐，綠蔭遮蔽，不遠處是太湖石建造的假山，山腳下種著凌霄，綠藤爬滿假山，好一幅迎風愜意的詩畫之景。當然如果旁邊這個肉團子的鼾聲能小一點，那就更好了。

裴世澤低頭看著靠在自己身上的人。方才他給她推鞦韆，小丫頭又喊又叫，不知道多開心。玩累了，又鬧著要來湖邊的涼亭吹風、吃點心。

他看著她手心裡抓著的藕粉桂花糕，這才咬了兩口，結果她就靠在自己肩膀上睡著了。

裴世澤伸手，將她手心裡吃了一半的糕點拿下來。

清風從水面上拂過，掀起陣陣漣漪，周圍十分安靜，涼亭中的少年郎端坐在石椅上，肩膀上靠著一個正睡得香甜的粉團子。

結果粉團子往前傾了一下，險些要掉下去，幸虧裴世澤眼疾手快地扶住她。

櫻桃站在旁邊，看著裴公子一臉淡然地把自家姑娘扶平，讓她躺在他的腿上。小姑娘臉對著他，也不知是不是有柳絮飄過，她還伸出白嫩的小胖手在鼻子上摸了摸。

哎喲，我的姑娘啊，您這走到哪裡、睡到哪裡的習慣，能不能稍微改改呢？

最後櫻桃還是鼓足勇氣道：「裴公子，要不還是奴婢把姑娘抱回去睡吧？」

「沒事。」裴世澤低頭瞧了一眼睡得正香甜的小丫頭，那粉嫩的小嘴一張一張的。

紀寶璟找過來時，就看見俊美挺拔的少年在涼亭的石椅上，安靜地坐著，腿上則是一團小小的人兒，她只覺得那畫面和諧又美好。

不過待紀寶璟走近，瞧見紀清晨睡得香甜的模樣，心底真是無奈極了。

沅沅的性子一向喜惡分明，在家中除了她和祖母，還有爹爹之外，與其他人都只是尋常情感。可是她居然會一而再、再而三地在裴世澤身邊睡著，想必她一定很喜歡和信任他吧。

這份信任，讓紀寶璟覺得既驚訝又意外。

「裴公子。」紀寶璟進來涼亭後，與他見禮。

裴世澤微微頷首，聲音輕得像羽毛拂過般。「紀姑娘，請恕我無法回禮。」

「沅沅也玩累了，還是我把她抱回去休息吧。」紀寶璟瞧了眼睡得正迷糊的小東西，前幾天還因為在人家家裡睡著而覺得羞愧，可怎麼一碰上這個裴世澤，就隨便哪兒都敢睡了？

裴世澤聽罷，倒也沒拒絕，只道：「還是讓我來抱吧。」

說完，他已經把腿上的小胖團子打橫抱了起來，大概是乍然換了個姿勢，小傢伙覺得不舒服了，便一個勁兒地往人家懷裡靠。

這會兒連紀寶璟都沒臉看了。這丫頭，下次一定要好生教一教了，哪有這般靠在陌生男子懷中睡覺的？

可不管怎麼說，現在妹妹是在人家的手上，紀寶璟只得頷首謝過。

倒是裴世澤把胖團子抱起來之後，才發現她還真是有點沈甸甸的。幸虧他自小便習武，就算抱個百八十斤的東西也是可以的。於是他一路抱著小丫頭，從花園走回了老太太的院子。

紀清晨如今雖然跟著老太太住，不過卻有自個兒單獨的房間。

這也是裴世澤第一回來小姑娘的房間，一進門就瞧見四處都是粉粉嫩嫩的裝潢，連門口懸掛的珠簾都是粉色的。

他不便進入臥室，到了門口，便將人交給櫻桃。

紀寶璟站在身後，一臉複雜地看著他小心翼翼的模樣。她雖與這位裴公子只是一面之緣，可她自幼便有識人之能，能看出這位裴公子，絕對是心思深沈又深藏不露之人。

可是看他待沅沅，似乎又格外親近。

「裴公子，今天沅沅又給您添麻煩了。」紀寶璟到底是紀家的嫡長女，行事沈穩，就連說話都端莊大方，此時面對裴世澤也是不卑不亢。

「此次前來，本就是想向沅沅道歉。上次我在病中不小心抓傷了她的手腕，還希望紀姑娘不要怪罪。」裴世澤臉上表情雖淡，不過語氣還算真摯。

若是莫問和李奶娘在這裡，該感動得痛哭流涕了。因為他們在裴世澤身邊，只怕一個月都聽不到這麼長的一句話。

紀寶璟沒想到，這件事情他還記得，心中對他的評價又高了點。先前他還當面維護沅沅，可見他這個人對自己喜歡的人，倒是保護得很。

裴世澤不便在這裡多待，便告辭離開。

而紀清晨一覺睡醒後，先是在床上滾了一圈，又伸出小手在眼眶上用力地揉了揉，才喊了一句。「柿子哥哥？」

旁邊守著的葡萄聽到床榻上有動靜，趕緊進來。

見她已經在床上坐起來了，她立即迎上去，柔聲問：「姑娘，可是睡醒了？」

紀清晨從打開的窗戶往外瞧了一眼，這會兒已是夕陽西下，半邊天空被照成了橘色。她居然睡到這麼晚了？該吃晚膳了吧。

「柿子哥哥呢？」她噘著小嘴問。

葡萄見她一起床就忙著找裴公子，連忙笑道：「姑娘，裴公子已經回家去了，這會兒都快到晚膳時間，奴婢先伺候姑娘起身吧。」

紀清晨有點兒不高興。她怎麼又睡著了啊？沒能和柿子哥哥說再見……人家今天還幫她推了鞦韆，怎麼也該謝謝他啊。

她坐在床上，兩隻小胖手托著下巴，一臉嚴肅的模樣，看得葡萄樂得問道：「姑娘，這是在想裴公子嗎？」

「我哪有想他啊？我只是……」紀清晨立即口是心非地否認。

葡萄笑著說：「那個裴公子雖瞧著冷冷清清的，可是對姑娘頗為維護。先前三姑娘當眾笑您，也是裴公子替您解圍的啊。」

其實葡萄也挺理解的，畢竟紀清晨上頭沒有親哥哥，即便是有堂哥，可那也是隔房的，人家疼愛自己的親妹妹都來不及呢。所以認識裴公子之後，小姑娘會喜歡也不奇怪。

況且今兒個三姑娘當眾嘲笑自家姑娘，也是這位裴公子解圍的。

紀清晨這才聽明白葡萄所說喜歡的意思，是那種妹妹對哥哥的喜歡。她在心底暗暗吐了一口氣，也難怪她激動。畢竟她芯子裡可不止五歲，一下子就想歪了。

想歪……她對裴世澤想歪……

「沅沅，醒了嗎？」紀寶璟進來的時候，就看見小姑娘穿著淺藍色綢緞中衣，一臉嚴肅認真地坐在床上。

她走近後，在小姑娘白嫩的臉上捏了一把，輕聲問：「這是怎麼了？」

「大姊。」紀清晨一把將她的脖子抱住，乖巧地靠在她的懷裡。

紀寶璟見她跟自己撒嬌，還以為是不想起床呢，伸出手撫摸她的後背，溫柔地說：「沅沅，是不是還沒睡飽啊？不過該用晚膳了，不能再睡了。」

紀清晨哪裡是沒睡飽啊，她只是被別的事情困擾著。果然有些問題不能想，一想就覺得好亂。

沒一會兒，紀延生回來，面帶喜色。

「妳們的柏然表哥，近日會從遼東到真定來。」紀延生坐下後，對兩個女兒說道。

紀清晨眨了眨眼睛。柏然表哥是誰啊？

倒是紀寶璟有些驚訝，立即問：「大表哥要過來？爹爹可知，是為了什麼事情嗎？」

「我也不知道，只是妳舅舅之前又寫了一封信給我，今日才收到，說是柏然要到真定來。」紀延生雖這麼說，可心裡卻猜測，只怕這次殷柏然過來，是與他續弦之事有關。

在場除了紀清晨之外，大概都能猜到殷柏然來的原因。

而紀清晨的全部焦點，都停在了殷柏然這個名字上。她可真是笨蛋啊，居然連未來大皇子的名字都能忘記。

原本她想著，只怕幾年內是見不到靖王府的人，可是沒想到，大表哥就要來了。

雖然前世皇上登基之後，並未冊封太子，可是殷柏然是嫡長子，又聰慧好學，文武兼備，在朝政上也一向表現優秀。是以朝中文武百官請封他為太子的呼聲，一直是絡繹不絕。

這個大腿，她抱定了！

這麼一想，她的心底頓時喜孜孜了起來。

第二十章

遼東距真定路途頗遠，便是快馬加鞭都要幾日才到。殷柏然要過來，自然不可能輕裝簡便，估計怎麼也要十來天才能到吧。

老太太倒是沒把這個消息放心上，畢竟在她看來，殷柏然就只是個小孩子而已。

倒是韓氏回來之後，便開始準備張羅起紀延生的婚事。

先前大師合了八字，是極適合的，隨後她又請人算了今年的好日子。到底是續弦，自然是希望越快越好。

不過今年婚嫁的好日子除了六月之外，就是八月初八的日子最好。如今已經四月下旬，六月實在是趕不上了，老太太私心以為八月的日子倒是不錯的。

先前琳琅住著的院子，如今還空著，每個月都會有人打掃，派人重新收拾一下，一個月的時間是足夠了。

「娘，八月是不是太趕了些？」韓氏如今是紀家的當家主母，家裡大大小小的事情都是由她操持的，所以紀延生續弦之事，也需要她幫襯著。

只是一聽說八月要娶親，韓氏便露出為難之色。

「我知時間是趕了些，可是妳也知道，延生續弦，一直都是我的一個心病，如今既然都定下了，當然是越快越好。」老太太感慨地說。

韓氏聞言，面上依舊笑著，情緒卻有些複雜，她只道：「您先前不是說要龍鳳呈祥的糕點？這個咱們家裡沒得做，我已派人到城中瑞福樓去定了。」

「那便好，這個月二十八是好日子，我打算請媒人跑一趟，去曾家放小定，也算是把事情定下來。」老太太登時眉開眼笑，眼角的皺紋瞧著都平展了不少。

一說到放小定，韓氏倒是把心底一直擔心的事情問出來。「既是要放小定，那聘禮是不是也該準備起來了？」

紀家如今的這份家業，有大半都是老太爺掙下來的，而老太爺自個兒繼承的那些田地房舍，估計以後也都是要分給大房的。但是那些鋪子，可都是下著金蛋的啊，每年紀家光是鋪子裡的收成就有一萬五千兩之多。

整個紀府一大家子一年的開銷也才五千兩啊，再算上田莊的那些收益，每年光是盈餘就有好幾萬。

如今這些都捏在韓氏的手裡，雖然她也不敢大貪，可是從肥豬身上刮下一層油來，這點小事她還是做得到的。

她之所以問聘禮一事，是因為紀家早有規定，嫡子成婚是一人一萬兩的定例，嫡女出嫁則是每人五千的定例。當然這只是帳面上的，當初大老爺與韓氏成婚，可遠遠不止一萬兩，老太爺和老太太各自又補貼了不少。

自她知道紀延生要續弦，她就想問老太太來著，二叔這都是娶第二回老婆了，不至於再叫家裡出一萬兩的銀子吧？

可是這些話，她哪敢當著老太太的面問？這不，就趁著今兒這機會，總算問出口了。

「琳琅乃是王府之女，又是正室，這次的聘禮自然不該越過她。我看定個八千兩就好了，妳按著這個規制辦。」老太太轉了下佛珠，沈聲說。

韓氏當即在心底倒抽了一口氣。定個八千兩就好？先前她還在心底預想著，這次不過是娶個府同知的女兒而已，頂天了也就是五千兩銀子吧。

一想到她要拿出八千兩的真金白銀給二叔娶個媳婦，韓氏就覺得心疼得直抽啊。

老太太斜眼瞧著韓氏，見她雖竭力克制，眼中卻還是有不滿之色，當即在心底冷笑。

這個大媳婦什麼都好，就是把銀子勒得太緊了。如今她雖管著家，可是這些產業也不全都是大房的，只不過叫她從帳面上拿出一些銀子，就把她心疼成這副模樣。

只不過她素來也是瞧慣了韓氏這番作態，便只當沒看見。

家裡發生的這些事情，紀清晨多少也知道一些，特別是祖母派人去放小定，根本就沒背著她與大姊。

紀寶璟是能說得上話的，至於她只是個孩子，說出來的也都是孩子話，大人自是不會放在心上。

反而是紀寶茵找她玩時，倒是給她透露了消息。「聽我娘說，那個曾姑娘長得不錯，性子也溫和。七妹，妳也不用太擔心了。」

紀清晨笑了下。她有什麼可擔心的？整個紀家誰人不知，七姑娘最刁蠻跋扈，誰敢得罪她啊？

況且二房還有衛姨娘母女在呢，特別是衛姨娘肚子裡的那個孩子，若是個兒子，那可就是二房的庶長子了。

她相信只要那位曾姑娘有點腦子，總該知道誰是要團結的人，而誰又該是要對付的人。所以她寧願未來的繼母是個聰明人，這樣大家相處起來，也十分方便嘛。

兩個小姑娘說這話的時候，正在家中水榭裡。如今紀寶茵開始學彈琴，只是剛練琴時，彈得總是不如人意，紀寶芸總嫌她吵，出言譏諷，氣得紀寶茵乾脆讓丫鬟帶著琴到水榭來。

「五姑娘、七姑娘。」小丫鬟急匆匆地跑來，站定後，滿頭大汗，說話都是帶著喘的。「老太太讓奴婢請妳們快些回去，靖王府的表少爺來了。」

兩人都愣住了，還是紀寶茵先轉頭，瞧著紀清晨問道：「沅沅，妳表哥來了？」

這還是紀清晨頭一回見到表哥，好在先前她就聽紀延生提起過，立即欣喜地問：「柏然哥哥到了嗎？」

「這會兒都已經在老太太院子裡說話了，其他幾位姑娘也都在呢，就差兩位姑娘了。」小丫鬟說起話來，眉飛色舞的。

紀寶茵聽罷，立即提著裙子，繞過琴桌。「沅沅，咱們快些去吧。」

一路上紀寶茵可是好奇極了，因為之前一直只聽說過紀清晨的外家是靖王府，可是她卻沒瞧過靖王府的人。特別是二嬸娘去世之後，靖王府除了每年給大姊和沅沅送東西之外，便再也沒和紀家往來。

還記得之前，娘親可是罵了好幾回靖王府，說他們偌大一個王府，居然這般小氣，逢年過節只給兩個姑娘送東西，旁人竟是一點兒也沒有。

不過紀寶茵卻覺得她娘那純粹是羨慕嫉妒，畢竟大姊和沅沅有好些東西，瞧著就極精緻，有些還都是內造的呢。

「沅沅，妳表哥是什麼樣的人啊？」紀寶茵好奇地問。

紀清晨有些為難了，按理說她是沒見過殷柏然的，自然回答不上來，可是前世，她附在玉珮上的時候，卻是見過幾次。不過裴世澤和殷柏然的關係並不親近，每次也都是一閃而過，所以她對殷柏然的印象，也只知是個極英俊的人。

旁邊的櫻桃笑了一聲，道：「五姑娘，您這不是為難咱們七姑娘嘛，她何曾見過表少爺的面啊？這也是她第一次見呢。」

「喔，也對。」紀寶茵有些失望，卻又笑著說：「不過我聽家裡的下人都說二嬸娘生得極美，我想靖王府的人應該都不差吧。」

雖然紀寶茵不過才七歲，可是已到了能分辨美醜的年紀，自然希望來的表哥是個好看的才好呢。

紀清晨沒想那麼多，因為反正肯定是好看的哥哥啊。

待兩人來到老太太的院子門口，就見正有人往裡面搬東西，還是幾口極大的箱子，只是箱子並不十分新，瞧著有幾分古樸。

「這不會是妳表哥帶來的吧？」紀寶茵驚嘆了一句。

兩人攜手進了院子，繞過影壁，就瞧見廊廡下站著穿綠色比甲的丫鬟，而正堂則傳來一陣笑聲，瞧著裡面影影綽綽的，應該是坐了不少人。

待她們走到門口，就見有人轉頭看見了她們，立即笑道：「說曹操，曹操就到了。」這是韓氏說笑的聲音。

紀清晨一進門，就見老太太坐在上首，臉上帶著笑，正偏頭看著旁邊的人，而她看著的，正是坐在左手邊一個穿著月白雲紋長袍的少年。只見他十五、六歲的模樣，卻身材高挺，朗目星眸，他的容貌也好看，不過和裴世澤卻是不一樣的類型。

裴世澤的好看，是讓人出奇地震驚和驚豔，而面前這個少年清俊得恰到好處，最重要的是他雖含笑而坐，表情溫和又寧靜，可身上卻有種讓人不敢忽視的氣質。這大概就是天生皇族吧！

紀清晨看著他，有點呆住了。

想到前世時，她不過是個商戶之女，身邊就算出了個舉人，都讓人讚嘆不已。與裴世澤還有面前的殷柏然一比，她那個中了進士的前未婚夫都不夠看了。

可那時候，她親爹為了把她嫁給那人，卻是拿了真金白銀，又是給他全家蓋房子，又是給他兄弟娶媳婦。

不過想想也是，那人只是寒門出身的進士，三年一屆的科舉，通過的也足有數十人之多。怎麼可能和未來的權臣，還有皇子殿下相提並論呢？

只是這一個個的，接二連三地出現，她覺得自己的小心臟一直怦怦直跳。

老太太見她們到了，立即笑著說：「沅沅，妳大表哥方才還提起妳來著呢，快來見見表哥。」

之前一直在說笑的韓氏面色又僵了下。明明進來的是兩個姑娘，偏偏老太太只說沅沅。不過紀寶茵卻先給殷柏然行禮。她方才進來，第一眼就注意到了這位表哥，他長得可真是俊俏啊，而且瞧著十分溫和，臉上一直噙著笑意。

殷柏然笑了下，站了起來，從懷中掏出一個荷包，遞給紀寶茵，優雅地說：「這是給表妹的一點禮物，不成敬意。」

「謝謝表哥。」紀寶茵雙手接過，滿臉歡喜。

倒是紀清晨等紀寶茵都已經往韓氏身邊走了，卻還站在原地，一句話也沒說。站在老太太身邊的紀寶璟，衝著她眨了好幾下眼睛，結果姊妹間的心有靈犀卻在這時候失靈了，紀寶璟心裡真是哭笑不得。

倒是殷柏然笑盈盈地站在她面前，啟唇道：「沅沅，怎麼不叫表哥啊？」

紀清晨也不是故意的，只是紀寶茵先行禮了，她總不好打擾人家，於是便乾脆等五姊行禮之後，她再行禮便是。

可她還沒說話呢，就見面前溫柔淺笑的少年郎伸出雪白修長的手指，在她的鼻尖輕輕劃了下。

那如羽毛劃過的感覺，剛消失，就聽見他更溫和的聲音。

「是不是怪哥哥一直沒來看妳啊？」

這個小哥哥，怎能生得如此溫柔？

「柏然哥哥。」紀清晨揪著小手，輕聲喊了一句，眼睛一直盯著殷柏然。

這個哥哥，看起來真的好溫柔喔，特別是那一雙瑩潤的眸子，流光溢彩，燦爛如星。

「真乖。」殷柏然低頭看著面前的小姑娘。他曾在父親的書房中，看過姑母的小像，沅沅長得可真像姑母啊，若是父親能見到沅沅，定然也會喜歡面前的小姑娘吧。

他從懷中掏出兩個荷包，遞到她面前，揚唇淺笑道：「旁人都只有一個，哥哥偷偷給妳兩個。」

這哪裡是偷偷啊……紀清晨抿嘴偷笑，卻已經伸出小胖爪子接過，緊緊拽著，甜甜道：「謝謝柏然哥哥。」

廳堂又是一陣嬌聲笑語，韓氏瞧著這對表兄妹站在一處，打趣道：「妳們一個個做姊姊的，可都被咱們沅沅給比下去了。」

「沅沅本就比咱們招人喜歡，不說表哥，便是我也願意疼她。」紀寶芸坐在椅子上，眉眼含笑地看著殷柏然，笑道。

紀清晨本來不想笑的，可是聽到紀寶芸這句話，噗哧一聲笑了出來。她這個三姊怎麼轉了性子？居然還會誇讚她了。

只是她笑得有些不合時宜，又弄得紀寶芸沈下了臉。

紀清晨也懶得解釋，只一路小跑到老太太跟前，靠在她腿邊，把手裡的荷包舉起來給她看。「祖母，您看，柏然哥哥給我的禮物。」

「小東西，就知道收禮，既然收了妳表哥的禮物，可是得回禮的。」祖母在她的腦門上輕點了一下，好笑地提醒。

紀清晨一愣，眉頭一皺，隨後立即笑了。「待我長大了，就給表哥繡荷包。」

「你們瞧瞧，這個小滑頭，還得要等到長大呢。妳可真是聰明啊，光進不出。」老太太險些笑得前俯後仰，只覺得自個兒養大的這個小丫頭真是越發古靈精怪了。

倒是殷柏然眉頭一挑，淡淡道：「那表哥可就等著妳的荷包了。」

一旁正聽著他們說笑的紀寶芸，臉頰卻是微微泛紅，忍不住捏緊了手中的繡帕。

因這次是殷柏然回來了，所以老太太在他過來的時候，便立即著人去請了紀延生回來。韓氏則是派人去書院，把長子和庶子都叫了過來。

紀延生到家之後，老太太的院子裡只剩下紀寶璟還有沅沅，殷柏然在路上舟車勞頓了這麼久，已經被安排到前院休息了。幸虧之前紀延生收到殷廷謹的書信，因此紀家這邊一早就將院落收拾了出來。

此時紀延生進來時，就瞧見紀清晨正坐在羅漢床上，擺弄著手裡的東西。

待他走近一瞧，就見她手裡拿著一塊接近她手掌那麼大的羊脂白玉玉珮，玉質晶瑩潔白，一眼瞧過去更是細膩瑩潤，散發著溫潤的光亮，整塊玉珮白璧無瑕，這可是最上等的羊脂玉。

「沅沅，這玉珮是哪裡來的？」這樣上等的羊脂白玉，紀家也有，卻沒這麼大，而且都是妥善保存的，並沒有給孩子這麼把玩。

紀清晨獻寶般地舉起來，紀延生看著比她小胖手還要大的玉珮，趕緊上前護著，就怕她把玉珮給摔了。

「這是柏然哥哥送我的。」紀清晨指著玉珮的正面，刻著的是一隻兔子，瑩潤可愛，雕工著實精緻，便是連兔子的眼睛瞧著都炯炯有神。「爹爹，您看，這是沅沅的屬相。」

紀清晨是屬兔子的，因此平時紀延生給她的東西上頭，要麼就是雕著兔子，要麼就是繡著兔子。

之前她非要鬧著養兔子，只是老太太怕她年紀小，養不好，這才不許。

紀延生心底有些詫異。難不成如今靖王府已富貴成這般了，就是一個孫子輩一出手都是好幾千兩銀子？

「柏然哥哥只送給我一個人喔。」紀清晨笑嘻嘻地說。

她可不傻，方才打開荷包一瞧見這羊脂白玉，她就驚呆了。

第二十一章

想當初在前世的時候，她家裡弄來一塊羊脂玉珮，那是恨不得跟祖先牌位供奉在一處。不過羊脂白玉的珍貴，也是和它出產過於困難有關係。

羊脂白玉產於籽玉之中，而籽玉則是從昆侖山下的玉河中撈取的。前朝曾發生過因為大量撈取籽料，進而引發昆侖山脈處兩族的戰爭。

本朝建立後，太宗便專門成立一支「玉軍」，就是由採玉人和軍隊組成的部隊。採玉人負責尋找籽玉，並打磨籽玉，而軍隊則是負責運輸。

是以最好的羊脂玉都是先進獻到內宮之中，再由皇上賞賜給大臣。

所以能在市面上流通的羊脂玉變得極少，以至於這種玉的價值越來越高，能有羊脂玉的家族也多是官宦勛貴，商戶人家倒是極少。

商戶人家的女眷反而是佩戴翡翠多一些，畢竟翡翠是產自滇緬一帶，尚未被皇族控制。

殷柏然一出手就給這麼大一塊且質地如此好的玉珮，一來是透露了靖王府目前仍是最受皇上寵幸的王府，二來則是透露了一個消息，目前殷廷謹在靖王府的地位已水漲船高。要不然就憑殷柏然一個庶出嫡孫的身分，如何能拿出這麼好的東西？

這深層的意思，紀延生想到了，而紀清晨也想到了。她雖然外表是小孩子，可腦子卻不是。在這樣的官宦家族中，人情往來可是極大的講究。有些事情她是不懂，但漸漸看得多了，也就懂了。

柏然哥哥一出手，就給她這麼貴重的禮物，何嘗不是對她爹爹的一個下馬威。

紀清晨捧著手心裡的玉珮，一臉歡喜地看著紀延生，心底卻有些同情。

親爹啊，看來這次你有麻煩了。

當然她也並非故意要給爹爹難堪，不過柏然哥哥在她爹要續弦的時候，這麼千里迢迢地趕過來，無非就是來給她和大姊撐腰的。

所以不好意思了，爹爹，這次她打算站在柏然哥哥這邊了。

「沅沅，喜歡表哥送的禮物嗎？」紀延生一臉沈重地看著小女兒，只見她滿臉的天真爛漫，似是喜歡極了這個玉珮，翻來覆去地看著，兩隻白潤的小胖手被這玉珮襯得越發白嫩了。

紀清晨一臉天真地點頭。「當然喜歡了，姊姊說這個很貴的。」

紀延生險些絕倒，氣得想要伸手在她額頭上重重地彈一下。他強忍住脾氣，輕聲笑道：「之前爹爹給了沅沅那麼多東西，也沒見沅沅這麼歡喜。」

紀清晨有些無語地抬頭看著她爹爹。*原來你是在氣這個啊？*

紀延生看著小女兒滿臉的無奈，還以為自個兒瞧錯了，可她也只是看了他一眼，便又低頭繼續端詳著手裡的玉珮。

隨後他又向一旁的紀寶璟。「這樣貴重的玉珮可不能讓她一直拿著，待會兒玩夠了，就讓丫鬟收好。」

「爹爹放心吧，沅沅知道分寸的。」紀寶璟盈盈一笑。

殷柏然送她的是一對羊脂白玉的禁步，雖然沒沅沅這個名貴，不過紀寶璟卻絲毫不在意。她年幼時，便收到過舅舅送來的玉珮，上面同樣刻著她的生肖，那玉珮她尋常也是捨不得拿出來戴著的。

這次老太太同樣在綠柳居設宴，只是這次男賓這邊有紀延生坐鎮。

他還是好些年前見過殷柏然，如今再見，當時滿臉稚氣的孩子，倒是長成這般風姿颯爽的少年，可真叫人感慨時光飛逝啊。

「姑丈。」殷柏然待紀延生依舊彬彬有禮，雖然在家中時，他在殷廷謹口中就是個瞎了眼的混蛋。

紀延生立即笑著說：「一別多年，如今再見柏然，姑丈可都不敢相認了。」

「姑丈說笑了，倒是姑丈這些年卻似從未變過一般，依舊風采斐然。」殷柏然淺笑著回道。

在十二扇屏風外的女眷，聽他們兩個這般相互吹捧，都捣嘴輕笑。

接下來的兩天，東府那邊聽說靖王府來人，則是叫了東府的二爺帶著子姪輩過來，一眾年紀相仿的少年在一處，倒也熱鬧得很。

不過卻把韓氏氣得不輕。先前她可是叮囑了紀榮堂，這幾日便向書院請幾日假，畢竟能結交殷柏然這樣的姻親，日後也是個幫襯啊。

況且靖王府的事在紀家也不是秘密。真論起來，紀寶璟姊妹兩個的親娘不過就是王府庶出女，也算不得頂尊貴，可如今連老太太都對她們那般看重，還不就是因為她們的親舅舅未來極有可能繼承靖王府的王位。

「那靖王府世子呢？」這些事情，紀寶芸和紀寶茵姊妹都是第一次聽說。

韓氏嘆了一口氣，特別看了一眼紀寶芸，又說：「也是怪我，早該與妳們說說的。以後啊，可不許再和沅沅胡鬧。靖王府的世子爺打小身子骨就不好，如今能活到這般年紀已是不容易，況且他膝下只有一個女兒，所以日後靖王府說不準就是沅沅的舅舅來繼承了。」

「那就是柏然表哥的爹爹嘍？」紀寶茵立即說。

韓氏點點頭。一旁的紀寶芸扯著帕子，好久都沒說話。

此時她手腕上戴著一只金手鐲，頭上則插著金簪，鐲子自是裴世澤送的那只，可頭上插著的金簪，卻是殷柏然送的。

短短幾日，紀家就來了兩個這般出色的美少年。

她一會兒想著裴世澤，滿心都是他略顯冷淡的俊容，若是單單論容貌，他確實比殷柏然還要出眾。可是殷柏然卻性情溫和，說起話來優雅自如，那臉上噙著的笑意，更是讓人挪不開眼。

一個若雪山之巔的冰雪，一個卻如三月裡的和煦春風，還真是讓人難以抉擇。

紀寶茵點頭，感慨道：「難怪先前連娘都那麼捧著沅沅呢。」

韓氏被小女兒這麼一說，老臉一紅，立即斥道：「她小小年紀就沒了親娘，我便是多照拂她也是應該的。以後妳們都多讓著她一些，她年紀小，即便是驕縱了些，也不要與她計較。」

「娘，沅沅如今可不驕縱，先前我叫她陪我去水榭練琴，她都答應了。」紀寶茵小嘴一噘，替紀清晨辯駁了一句。

紀清晨聽說殷柏然已回到府中，立即拿出先前繡的帕子。其實這帕子是紀寶璟繡的，她就是繡了幾針而已。不過好歹也算是她親自動過手的，所以她打算送給殷柏然當回禮。

櫻桃在一旁笑問道：「先前裴公子也給姑娘送了禮物，怎麼不見姑娘給裴公子回禮啊？」

紀清晨登時愣住了。她還真沒想過要給柿子哥哥回禮，彷彿收他的東西是理所當然一般。她想了又想，卻是有點兒為難了。

等到了快用晚膳的時候，紀延生一回來，聽說殷柏然今兒個早就在院中歇息，便叫了他一塊兒用膳。

這幾日，紀家的這些子姪帶著殷柏然，在真定是好生閒逛了一番。因此當紀延生問起時，殷柏然立即道：「真定的風土人情著實叫人喜歡，這幾日也多謝幾位表兄的款待了。」

紀延生笑著點頭，只是待快要用完膳，殷柏然卻笑道：「這幾日一直忙著遊山玩水，倒是把家父交代的正事給忘記了，著實是柏然不孝。」

要說重點了！紀延生立即神色一凝，連耳朵都豎了起來。

雖然殷柏然如今不過才十六，可是他那個老謀深算的大舅兄，卻讓他一個人來真定，可見是對他十分放心。

況且這幾日紀延生與他有不少接觸，見他雖面上溫和，卻是個極有分寸與原則之人，實在輕忽不得。

「不過這事需要與老太太，還有大表妹她們一起商議，是以用完晚膳之後，還請姑丈與我一同前去老太太的院子可好？」殷柏然說著，臉上依舊是溫和淺笑。

紀延生點點頭，不過很快地，兩人都停下筷箸。

丫鬟通報兩人求見的時候，正好老太太這邊也剛領著兩個孫女兒用過晚膳。

老太太不用媳婦晨昏定省，所以晚膳都是各房在各自的院子裡用的。倒是因為沅沅住在老太太這裡，所以紀寶璟通常也在這裡用膳。

是以他們兩個過來後，也不用再派人去請，人便都齊全了。

一進來後，丫鬟便給兩人端了圓凳。老太太則坐在羅漢床上，紀寶璟站在她身邊，紀清晨則坐在老太太的對面，眨巴著眼睛，看著爹爹和柏然哥哥。

兩人一左一右坐著，不過臉色卻十分不同。紀延生瞧著有些嚴肅，嘴唇抿得緊緊的，反觀對面的殷柏然，卻依舊淺笑著，看起來格外氣定神閒，頗有一切盡在掌握中的泰然。

「柏然說有些話想要當著咱們的面說，於是我便領著他過來了。」紀延生輕聲說。

老太太饒有興趣地看了殷柏然一眼。其實這屋子裡頭，誰都知道殷柏然這次來肯定是有要事，只是這幾日他只顧著遊山玩水，倒是讓人有些納悶了。

紀清晨此時滿臉放光，心想終於要開始了嗎？

「是這樣的，自從我父親收到姑丈的信之後，便一直有些擔心。請老太太和姑丈原諒我的唐突，只是父親身在遼東，並不知這位未來的紀家二太太品性如何？是以我這次便是奉了父命，前來與兩位商量、商量。」他頓了一會兒，含笑看著老太太。

紀延生沈聲問：「商量什麼？」

「自然是商量在繼母進門之前，如何保證我兩位表妹的未來。」殷柏然淡然一笑。

紀延生一聽，立即怒道：「荒唐！寶璟與沅沅是我的女兒，日後不管是誰進門，有我這個親爹在，還有誰能欺負得了她們？」

殷柏然語氣不變地說：「是嗎？那我怎麼聽說，沅沅曾落水，還差點丟了性命？」

此話一出，紀延生的怒氣一下子僵在臉上，就連老太太的面色都微微一變。反倒是紀寶璟一直都平靜得很，只是安靜地聽著殷柏然說話。

「那不知你父親想怎麼保障寶璟和沅沅呢？」老太太問道。

殷柏然微微一笑。「自古女子便比男人活得艱辛些，她們能依靠的無非也就是父兄和子女，只是兩位表妹尚且年幼，所以我父親的意思是，這世上還有一樣是可讓人依靠的，那就是錢財。」

紀清晨在一旁聽著，心中感慨連連。她還是第一次聽到有人把「要錢」說得這般高尚與動人。

柏然哥哥，你行啊！

「你父親究竟是什麼意思？」紀延生雙手緊握著。

殷柏然瞧著他臉上的薄怒，臉色卻未變一分，反而越發坦然地說：「父親的意思，是在新太太進門之前，便將兩位表妹的嫁妝準備好，這樣日後不管新太太的品性如何，兩位表妹都無後顧之憂。」

「荒唐，紀家尚未分家，哪有先給兩個女孩準備嫁妝的道理？」紀延生眉頭緊皺，聽來聽去，原來還是殷廷謹不信任他們紀家。

可殷柏然卻繼續道：「都說害人之心不可有，但是防人之心也不可無。我今日說這些話，並非是在挑撥兩位表妹與未來紀二太太的關係，相反的我父親與我比任何人都希望這位新太太是個溫和大方之人。但我姑母年輕早逝，讓我父親一直深為痛心，也一直自責未照顧好姑母。所以關於兩位表妹的將來，這次即便是老太太與姑丈覺得我父親多管閒事，只怕他老人家也是要管到底了。」

紀延生總算是明白了，難怪他之前寫信說續弦之事時，殷廷謹毫不猶豫地答應，原來後招是留在了這裡，他可真夠老謀深算的。

「寶璟和沅沅是我的女兒，我自然會照顧妥當，但是你父親這個無理的要求，我實在不能答應。」紀延生面色一冷，斷然拒絕道。

倒是上首一直沒作聲的老太太，此時緩緩開口問道：「若是咱們紀家沒有答應這件事，不知大舅爺打算做些什麼呢？」

「想必老太太應該不知道，吏部尚書許佑榮乃是我祖父舊交，眼看著就到三年一次的大評了。我聽說大伯父如今在京城供職，只是這去年的小評卻不甚理想，若是今年再不理想的話，只怕該被發落到雲滇之地了。」

紀清晨睜大眼睛，幾乎不敢相信，這話居然是她以為最溫柔的柏然哥哥說的。

這法子真是太毒辣了，祖母只有兩個嫡子，明明是二房的事情，可舅舅卻偏偏不對付她親爹，反而把槍頭對準她大伯。這紙是包不住火的，要是祖母和爹爹不答應，這件事日後被大伯和大伯母知曉，那定會引發兄弟鬩牆。

高招，實在是高招啊！

畢竟若舅舅直接對付爹爹的話，爹爹若是一意孤行，打死不同意，最後就算讓爹爹降了官職，只怕也是無濟於事的。

這招實在是太蛇打七寸了，連紀清晨心底都要忍不住同情她爹爹。

果然，殷柏然說完之後，老太太和紀延生的臉色都陡然變了。

紀延生氣得面色鐵青，看著殷柏然那眼神，恨不得可以生吞了他。

可是殷柏然從始至終面色不變，依舊一副笑意盈盈的模樣。

紀清晨算是看出來了，她這個柏然哥哥哪裡是什麼溫柔和善之人啊？

一直站在旁邊，未曾說話的紀寶璟，突然開口道：「表哥，請您勸舅舅收回這樣的想法吧。我知道舅舅與表哥是為了我和沅沅好，但咱們兩個是紀家的姑娘，怎能眼睜睜地看著大伯父受咱們的牽連？」

「表妹此話差矣。只要姑父同意我父親這個小小的提議，自然是皆大歡喜，而且我們還可以從中斡旋，讓姑父儘快調入京城，也可以讓大伯父的官位再升上一升。」殷柏然輕笑道。

紀延生鐵青著臉，哼笑道：「好大的口氣。據我所知，大舅兄如今可還不是靖王府的世子爺呢。」

「姑丈的意思，是想試上一試？」在殷廷謹受辱時，殷柏然的臉色才有些微微泛冷。

紀延生又是一聲冷哼，正要說話，旁邊的老太太卻已說：「那你父親的意思是什麼？既是要預先準備嫁妝，那麼他心中想必也有個定數了吧。」

殷柏然心底一陣感慨，真不愧是紀家的老夫人，果然是歷經了大風大浪。

他微微頷首，輕聲道：「父親的意思是，兩位表妹乃是二房的原配嫡出小姐，自是比庶出的要尊貴，所以希望二房能拿出產業的兩成。」

殷柏然說出兩成的時候，房中之人俱是一驚，可眾人還未消化這個消息，卻聽他又說：

「是每人兩成。」

每人兩成，那就光是她和大姊兩人，就要拿走二房四成的產業。

第二十二章

還記得那日去大慈寺的時候，剛出城外，祖母便饒有興趣地指著一處田地說，那一片便是紀家的產業。

紀清晨好奇地問著邊界到哪兒？

只見祖母笑而不語，一直到馬車走了兩刻鐘，到了某一處樹林，祖母才笑道，這裡就是界限了。

紀家是真定有名的大戶，這可不是說笑的，光是紀家兩房掌握的田莊和地產，就得以千畝來計算。紀家之所以這般有錢，是因為祖上是放印子錢發家的。

一代代的累積下來，這產業之巨，可不是那些只傳承一代、兩代的人家所能想像的。

這就是百年家族的底蘊啊！

顯然殷柏然的要求，對於紀家來說，太過突兀和無理了。只是礙於有紀寶璟和紀清晨在，兩位長輩對殷柏然還算是客氣。

「今日太晚了，這件事也不是一下子就能定下來，不如柏然你先回去，待我們商議之後，再給你一個答覆如何？」老太太溫言道。

殷柏然自然知道打一棒子後，再給個甜棗的道理，今天他這棒子可是把兩位長輩都給打懵了，所以此時也不宜再多說，於是起身道：「那柏然先回去了，今晚給兩位長輩添麻煩了。」

如果說之前紀清晨還只是目瞪口呆的話，現在真的是由衷地欽佩了。她的柏然哥哥，那是做大事的人。

待殷柏然離開後，老太太瞧著旁邊目光炯炯的小孫女，便是一笑。「寶璟，我瞧著沅沅也累了，妳領著她去歇息吧。」

紀清晨眨了眨烏溜溜的大眼睛，心底一笑。

祖母啊，您老人家哪裡看到我累了？

不過今天能看到這種場面，也已足夠了。所以她乖乖地穿好鞋子，跟著大姊離開了。

只是待兩個女孩兒走後，紀延生便再也忍不住話。他怒道：「他殷廷謹到底是什麼意思？難道我自個兒的女兒，我還會虐待不成？他是做了好舅舅，卻把我這個親爹的臉往地上踩！」

「好了，你小聲一些，別讓大囡和沅沅聽見了。」老太太瞧著他這副模樣，立即輕聲斥了一句。

紀延生一想到兩個女兒，雖心中惱怒，還是閉嘴不言了。

老太太嘆了一口氣，低頭瞧著手腕上的這串佛珠。這還是琳琅進門之後孝敬她的，乃經過京城護國寺住持親自開光的，珠子也都是由最上等的沉香木所製。這麼多年來，她都一直戴著。

「說到底還是咱們紀家對不起人家，好好一個女孩嫁到咱們家裡，卻落得個英年早逝的下場。他們兄妹二人的生母早逝，琳琅幾乎是你大舅兄手把手護著長大，他生氣也是應該的。」老太太對琳琅一直都是覺得歉疚的。

當年殷廷謹站在她面前，幾乎是紅著眼眶說：「老太太我知道您一向待琳琅如親生女兒，這麼多年她在紀家也多虧您的照顧，今日若不是您攔著，我便打死這個混蛋！」殷廷謹那般咬牙切齒的模樣，直到現在，老太太都還歷歷在目，所以他提出這樣的要求，說實話，她並不覺得意外。

紀延生卻是一下子握緊自己的手掌，垂著頭，竭力控制自己的語氣。「娘，我不想琳琅出事的。她出事，我比誰都還要後悔。」

「娘知道的。」老太太看著兒子這番模樣，也不忍心再苛責。

只能說女人想要的與男人能給的，差距實在是太大了。

琳琅嫁進來之後，確實和紀延生過著琴瑟和鳴的日子，可是自從她生了寶璟，身子便損傷了。

幾年過去，琳琅的肚子都沒有消息，就連老太太也想給紀延生納妾。只是老太太總想著她還年輕，便一年一年地過去了，後來便發生了衛蓁蓁勾引紀延生一事。

衛蓁蓁與紀延生自幼便相識，自從衛家出事之後，她的生活便一落千丈。

她父親本就是出身寒門的子弟，能依靠的親人只有她的叔父。紀家一開始是把她送到她親叔叔家中，畢竟照顧起來名正言順。可誰知她嬸娘是個厲害的，瞧她容貌那般出色，便想著要把她嫁給死了老婆的土財主，好收一些彩禮錢。

衛蓁蓁是賣了自己的首飾，才一路逃命到京城的。她到紀家來敲門，卻因形容實在慘淡，被門房上的奴才給趕了出去，卻不想被正回家的紀延生碰上了。

說起來，都是冤孽啊……

衛蓁蓁自甘下賤勾引了紀延生，最後鬧得只能將她收入後院中。也就是從那時候開始，琳琅的性子開始變得沈悶。

一向活潑歡喜的人，卻把所有心事都憋在心裡，時間長了，任誰都會出事。她生沅沅的時候，便難產了，那時候大夫連保大人還是保孩子的話都問了出來。最後她把孩子生了下來，老太太還以為她終於撐了過來，沒想到還是一場空。

或許是殷柏然的話讓老太太想起了從前的事情。這人啊，一旦上了年紀，便總喜歡回憶往昔。想著、想著，就覺得那些離開的人，似乎一直從未離開，她還能記得那些人的笑，記得在一起時的點點滴滴。

紀清晨脫了衣裳，趕緊鑽進水盆裡，濺得水花灑到旁邊丫鬟的臉上。

紀寶璟立即伸手捏了捏她軟軟的臉頰，柔聲道：「不許胡鬧。」

「大姊，我自個兒可以洗澡的。」紀清晨一腳踩在水桶裡的踏板，撒嬌道。

紀寶璟立即搖頭，說道：「不行，妳哪裡能自己洗澡。」

紀清晨嘆了一口氣。這還讓不讓人有點自己的空間啦。

不過紀寶璟擰帕子的時候，紀清晨仔細看著她臉上的表情，端詳了好一會兒，才輕聲問道：「大姊，妳是不是有些不高興啊？」

紀清晨總覺得大姊不該是這副模樣的，最起碼不該如此淡然。

紀寶璟搖搖頭，輕聲說：「姊姊沒有不高興。姊姊只是在想事情而已。」

「是因為柏然哥哥嗎？」紀清晨認真地問。方才大姊說的話，她以為是在與殷柏然唱雙簧，可如今瞧著她這模樣，卻又不像。

紀清晨提到了殷柏然，紀寶璟居然沒有否認，只是幽幽地嘆了一口氣。

紀清晨試探地問道：「姊姊以前是不是見過柏然哥哥？」

「嗯，是姊姊小時候，娘親還在世時。」紀寶璟輕聲說。

那時候的殷柏然可不是現在這般模樣。倒也不是說現在的他不好，只是太過深不可測，似乎一下子把小時候的那份記憶都沖淡了。

不過人總是會變的，他們也都長大了，她不再是從前那個愛哭鼻子的小寶璟，而他也不是那個倔強的小柏然了。

紀清晨看著紀寶璟的模樣，心裡好奇得很，可是又不敢問太多，畢竟大姊那般聰明，她只要多問兩句，就會露餡兒的。

紀寶璟一向喜歡畫畫，她如今也不需要到家中學堂上課，是以下午的時候，便會叫丫鬟拿了筆墨和紙張，到湖邊的涼亭小坐。

有時候她會照著面前的風景，畫一幅風景畫，有時候也會隨心所欲。紀清晨最喜歡看她畫畫了，這時候她都會在旁邊安靜地待著。

紀寶璟今兒個來作畫，她也跟著過來了。不過一到涼亭，紀寶璟卻轉頭瞧著她，笑著說：「今日可不許睡著，要不然姊姊抱不動妳的。」

紀清晨嘟起了小嘴，有些委屈。小孩子不就是走到哪裡、睡到哪裡嗎？

不過紀寶璟隨後擺好了紙墨，便不管她，紀清晨倚在欄杆上安靜地看著，除了不時吹進來的、帶著點濕氣的清風，亭子裡安靜得連呼吸聲都能聽得清清楚楚。

殷柏然過來時，遠遠地看著亭中風光。身姿姣好的少女，手中提著筆，正垂頭在宣紙上揮舞著手腕，清風拂過，輕輕撩起她的袖口和身上的薄紗；而旁邊的石椅上，則是坐著一個胖娃娃，此時正雙手搭在石椅上，一雙胖乎乎的小短腿，在半空中不停地擺動。

眼前這靜謐又柔美的場景，讓人挪不開眼睛。

「寶璟、沅沅。」殷柏然走到亭外，輕聲喊了一句。

紀清晨正在發呆呢，聽到聲音，她猛地轉頭，一下子就從石椅上跳下去，跑到他身邊，歡快地喊道：「柏然哥哥，你怎麼來了？」

「來看看妳和姊姊啊。」殷柏然倒是坦然，說著，便伸手在她的臉上輕輕地捏了下。

紀清晨之前可不喜歡別人捏她的臉，可是柏然哥哥捏她，她卻一點都不覺得討厭，反而有些喜歡。

「表哥。」紀寶璟放下手中的畫筆，對著殷柏然微微福身。

殷柏然含笑，溫柔道：「表妹何須如此客氣，這裡也只有咱們表兄妹在。自從我來了之後，還沒和妳好好說過話呢。」

「表哥請坐吧。」紀寶璟叫丫鬟把桌上的東西收拾了，又擺上她帶過來的茶水。

三人圍著亭子中央的圓桌，比肩而坐。

旁邊的丫鬟正在燒水，只聽到熱水咕嚕嚕翻騰的聲音，在這安靜的亭子裡，顯得異常響亮。

紀清晨一動也不敢動，她左右兩邊坐著的，一個是柏然哥哥，一個是大姊，卻是誰都沒有開口說話。

「表哥。」最後還是紀寶璟忍不住，先開口喊人。

殷柏然抬起頭，雙眼帶笑，示意紀寶璟開口。

「舅舅這次是打定主意，要這麼做了嗎？」紀寶璟想了想，還是問道。

殷柏然輕笑。「父親這麼做，都是為了妳和沅沅好。我知道妳在擔心什麼，只是這件事是父親一個人的主意，與妳和沅沅都是不相干的。」

「我不是怕自己被連累，我也知道這世上除了祖母和爹爹之外，也只有舅舅和表哥是真心待我和沅沅好的人。只是祖母年事已高，我不想再讓她老人家為難。」紀寶璟說出心中的擔憂。說實話，她心中又何嘗不感動，畢竟舅父是為了自己和沅沅才做出這樣的事情。

一旁的紀清晨也點頭，立即說：「柏然哥哥，你不要惹祖母生氣。」

祖母待她的好，紀清晨都記在心中的，左右她爹正值壯年，即便是被氣一下也不會出事，可她卻怕祖母會因為這件事氣壞了身子。

殷柏然瞧著小姑娘可憐兮兮的表情，立即柔了聲音，保證道：「柏然哥哥肯定不會惹祖母生氣的。」

「寶璟，關於老太太的事情，妳不要擔心，我不會逼迫她老人家的。畢竟我替妳們要的，只是二房的產業。」殷柏然淡淡笑了下。

紀寶璟卻又道：「可是如今兩房尚未分家，又何來二房的產業呢？」

殷柏然卻又是一笑。他的表情閒適自得，看起來早已經成竹在胸，想來這個問題他早就考慮到了。

其實早在紀家老太爺過世時，就已將產業分成了三份，因三房是庶出的，所以分到的是最少的。三老爺被調任到蜀川時，老太太便將他所得的那份折現成銀兩給了他，這樣三房也不需要為了幾間鋪子以及田產的收息而每年費心了。

至於大房和二房，雖然兩家還是一塊兒過，可是卻早就分好了，哪間田莊歸誰，哪間鋪子給誰，在老太爺在世的時候，就分得清清楚楚。只不過這些都是要等老太太過世之後，才會正式分家。

這些年來，所有產業的盈利，自然都還是公中的，扣去用作日常開銷的銀子，剩下的那些也都存了起來，以後好一分為二。

這些本該是紀家最機密的事，別說紀寶璟不知道，就連韓氏都被瞞住了。但殷廷謹遠在遼東，卻能將這些知道得一清二楚，所以這也是他敢只派兒子前來的原因。

況且殷廷謹對老太太和紀延生的性情也瞭解得很，他知道他們都不會犧牲紀家大老爺的。所以最後，他們勢必會答應。

這些事情，殷柏然在來之前就已被交代清楚，他自然不需要告訴寶璟和沅沅，他只需要把她們該得的東西拿到手。

「寶璟，妳要知道沅沅日後還要在紀家生活十幾年，她將會和那位妳連見都未曾見過的曾姑娘一起生活。咱們尚且不知道她的性情，難道不該為沅沅多考慮、考慮嗎？」

殷柏然太知道紀家每個人的軟肋了，紀寶璟的軟肋就是紀清晨。她已長大成人，早已有了自保的能力，就算紀延生續弦了，她也還是高高在上的紀家嫡長女。

可沅沅卻不一樣，她還那麼小，尚且分辨不清周圍的人對她是好還是壞，她太需要被保護了。

不過殷柏然說這些也只是想讓紀寶璟心軟而已，畢竟他們連紀家的秘密都知道，曾家不過是個府同知，那位曾姑娘的性情，他們早就瞭解得一清二楚。

「一切但憑舅舅和表哥作主。」紀寶璟又想了想，才下定決心道。

而一直在旁邊圍觀的紀清晨，再一次目瞪口呆了。柏然哥哥可真是不簡單啊，說服別人簡直是遊刃有餘。

既然大事都商量完了，紀清晨便立即道：「柏然哥哥，我帶你逛逛我家的花園吧。」

「盛情難卻。」殷柏然微微頷首，便伸手去牽小姑娘的小手。

只是兩人剛轉身，走出涼亭，就見不遠處走過來一個人。待紀清晨看清來人的模樣，她有點愕然地張大嘴巴。

裴世澤早就瞧見有個少年牽著紀清晨的手，待他走近後，瞧見這少年的面容，卻是眉頭微蹙，這個人他從未在紀家見過。

倒是殷柏然看見他，立即低頭問紀清晨。「沅沅，妳可認識這位哥哥？」

裴世澤的視線盯著對面的粉團子，幾日未見，她似乎又粉嫩了一些。只是在聽到那少年的話時，卻是眉心一蹙。

隨後他伸出一隻瑩潤白皙的手，淡淡喊道：「沅沅，過來。」

殷柏然微微挑眉，秀美的唇瓣撩起一抹笑，卻是握住了小姑娘的手。

紀清晨可真是左右為難啊。前面是柿子哥哥，旁邊是柏然哥哥，她不由得伸出胖乎乎的小手，在頭上撓了一下。

結果，下一刻她猛地往前跑，因太過突然了，倒是把殷柏然也拖著走了兩步。待她摸上裴世澤的手，臉上立即露出滿足又輕鬆的笑容，還特別親熱地喊了一聲。「柿子哥哥，這是我舅舅家的柏然表哥。」

隨後她又抬頭看著殷柏然，撒嬌道：「柏然哥哥，這個柿子哥哥，就住在我家隔壁喔。」其實還是隔了一條街的。

殷柏然臉上突然露出了然的神情，淡淡道：「原來是鄰居啊。」

鄰居……

第二十三章

紀清晨有些尷尬，可柏然哥哥這麼說，好像也沒錯。她迅速地瞧了裴世澤一眼，開口問道：「柿子哥哥，你怎麼來了啊？」

只是她這試圖轉移話題的法子，卻不管用。

裴世澤看著面前的挺拔少年，低聲道：「靖王府？」

紀清晨的外家就是靖王府，裴世澤自然知道，況且她也說了這是她舅舅家的表哥，所以裴世澤立即猜到，面前的少年便是出身自靖王府。

這些年來，聖上子嗣艱難，後宮有四位公主，卻總不見皇子降生。

當今聖上有不少兄弟，可是同母胞弟卻只有靖王一個。關於過繼一事，在朝野之中也不是沒有爭論的。

只是三年前，貴妃閔氏產下一子，皇上龍顏大悅，大赦天下。當時更是要封這個出世未足百日的孩子為太子，卻被國師勸阻。畢竟嬰兒容易夭折，況且太子之位實在是太過尊貴，只怕這個連骨頭都尚且柔軟的孩子，擔不起這個重擔。

皇上覺得國師所言甚是，便打消了這個念頭。

不過國師也因此得罪了貴妃閔氏，若不是皇后從中斡旋，只怕國師當時就要被問罪。

倒是自小皇子出生後，靖王府便低調了起來，甚至不時傳出靖王世子病危的消息。好在皇上三番兩次地派太醫前往遼東，更是有數不清的藥材、補品送進了靖王府。誰都知道，這是皇上在安撫靖王府。

畢竟先前不管過繼之事傳得再厲害，靖王府都從未參與過。

老王爺在遼東更是活得逍遙自在，還不時上摺子哀嘆遼東苦寒，不如京城熱鬧，只記得小時候和皇兄一塊兒看的戲，甚是有趣。

聖上到底還是心疼弟弟的，便叫人送去了兩個戲班子，還有那些能歌善舞的江南伶人。事情到了這裡，也就算是過去了。

裴世澤居住在京城，殷柏然身處遼東，兩人或許都聽說過對方家族的名頭，卻是頭一回見面。

此時裴世澤猜測到殷柏然的來歷，但殷柏然對他卻是一無所知。只是他細瞧這少年，容貌之絕美乃他生平所未見。雖男子不如女子那般，喜歡計較容貌上的殊豔，可是他自幼便被人稱讚慣了，卻是頭一回遇到能勝過他容貌的男子。

「靖王府，殷柏然。」待他回過神，還是主動開口道。

裴世澤疏離地瞧了他一眼，卻還是給面子地說：「定國公府，裴世澤。」

原來是出身自定國公府，殷柏然在心中微微點頭，竟不知真定還是這樣藏龍臥虎的地方。

紀清晨眨了兩下大眼睛，小嘴輕輕吁了下，方才那股針鋒相對的氣氛，可算是緩和了。這樣的話，她是不是也不用在兩個哥哥之間選擇了？

她剛得意地想完，就聽身後的紀寶璟喊了一聲。「沅沅。」

紀寶璟走過來，與裴世澤見禮，客氣道：「裴公子。」

「祖母在京城得知我受了老夫人的恩惠，便叫人送了些東西過來，所以今日才會到府上打擾。」裴世澤微微頷首，說出自己今日前來的理由。

紀清晨可不管這些，立即道：「柿子哥哥，馬上就到端午了，我家裡包了好多粽子，我叫人拿一些給你吧，你喜歡什麼口味的？」

裴世澤沒想到小姑娘居然會主動提起這件事，先前還有些冷淡的表情如打上了一層柔光般，變得溫和起來。

他低頭瞧著小姑娘靈動的大眼睛，正充滿期待地看著他，不禁心頭一軟，輕聲問：「沅沅喜歡什麼餡兒的？」

「蜜棗的，沅沅最喜歡蜜棗的，最好每個粽子裡頭都有兩個蜜棗。」紀清晨是真的喜歡蜜棗粽子，只是前世的時候，生怕多吃了一口就叫身材變形，等到變成魂魄的時候，反而只能看著別人吃了。

不過前世時，她倒是沒見過裴世澤吃粽子。他這人對吃穿用度上看著不挑剔，但不吃的東西卻多得很。很多次，她便瞧見他對著滿桌子的菜餚，最後就只動了幾筷子。

「那就蜜棗吧。」裴世澤微笑著說。

紀清晨立即點頭，大眼睛笑得微微上翹。「那我就讓他們多做一些蜜棗粽子。」

「沅沅，妳過來。」紀寶璟看見妹妹一手牽著一個哥哥，不禁覺得好笑，便招手叫她過來。

可是小姑娘卻突然面露猶豫，顯然是不想放開兩位哥哥的手。

這可把紀寶璟弄得哭笑不得，心底只暗嘆，這小丫頭還真是個小鬼靈精啊。

就在此時，丫鬟過來通稟，說是東府的太夫人帶著寶菲姑娘過來了。

紀寶璟臉上當即露出微微錯愕。東府的太夫人一向深居簡出，今兒個居然會過來，倒是稀奇了。

紀清晨則是微微皺眉，因為她聽到丫鬟說，伯祖母是帶著紀寶菲來的。不過她抬頭瞧著身邊這兩個萬裡挑一的美少年，立即得意地笑了下。

先前紀寶菲老喜歡在她跟前炫耀，說自己的哥哥如何、如何，今日她就讓紀寶菲知道，她的哥哥不過就是爾爾，也讓她瞧瞧什麼叫做郎豔獨絕的美少年。

「咱們去見見伯祖母吧。」紀清晨立即拉著兩人就往前走。

紀寶璟想叫住她，可是話到了嘴邊，卻沒說出來。

紀清晨一路上走著，還一邊念叨道：「今日跟著伯祖母來的那個寶菲，上次我還跟她打架了。」

紀清晨心底嘆了一口氣。她兩輩子也才打了一回架，結果還不是全勝而退。雖說上次在爹爹跟前與紀寶菲和解了，可這心裡到底不是滋味啊。

她這話一出，兩邊牽著她小手的少年，幾乎是同時蹙起眉頭。

殷柏然立即問：「打架？可是她欺負妳了？」

娘。

裴世澤本也想問的，可是卻被旁邊的殷柏然搶先了一步，便抿了下唇，低頭看著小姑

紀清晨馬上回道：「是我先揍她來著，倒也不是她欺負我。」

原來是這樣……聽著這話，兩人皆放了心。

合著別人欺負她就要責問到底，而她先揍人家，就立即放了心。不過兩人這會兒可沒發覺自個兒這奇妙的心理。

等來到了門口，就聽到裡頭傳來紀寶菲銅鈴般的笑聲。紀清晨嘴角翹起，便拉著兩個哥哥進去了。

本來裴世澤和殷柏然兩人，不是說瞧不上對方，相反地他們兩個是太瞧得起對方了，是以這一見面就想要互相較量一番。可偏偏中間夾著一個小姑娘，還兩隻小手一邊一個的牽著他們，要是鬆開手，兩人又怕小丫頭會傷心。

況且方才聽了她與紀寶菲打架的事情，他們便更不願鬆開手了，都有著要給小丫頭撐場面的心思。

三人一進去，屋子裡不管是兩位老太太，還是坐著的幾位姑娘或是丫鬟，那眼睛一下子就盯在他們身上不動了。

西府的姑娘和丫鬟們倒還好，先前都是見過這兩人的，可卻也沒見過這兩人站在一處。他們一進來，就覺得這屋子裡陡然亮堂了起來。

而東府的這些人，卻是沒見過兩人的。大太夫人倒還好，面上只是露出讚嘆的表情，而

一旁的紀寶菲那眼睛可真是看直了，至於丫鬟們，個個也都看得呆住了。

「這兩位是……」大太夫人瞧見兩人，有些疑惑地問。

老太太含笑道：「沅沅，還不快給伯祖母介紹一下妳牽著的兩位哥哥。」

瞧著眾人羨慕又好奇的目光，紀清晨心裡是真得意啊，她立即道：「伯祖母，這位是柿子哥哥，這位是柏然哥哥。」

她說起柿子哥哥的時候，便舉了下裴世澤牽著她的手，而提起殷柏然的時候，就舉了另外一隻手。

「這孩子真是的……」老太太寵溺地瞧了她一眼，立即說：「左手邊的這位是定國公的嫡長孫裴世澤，右手邊這位是沅沅的表兄殷柏然。」

大太夫人點頭，立即道：「難怪方才兩人一進來，我便覺得實在出色，果真都是名門之後啊。我就說嘛，咱們真定這樣的地方，可出不了這樣優秀的少年呢。」

「柏然當不起太夫人如此稱讚。」殷柏然微微低頭，笑道。

老太太瞧著這兩人也是笑了。見紀清晨一手牽一個，怎麼也不肯放下的霸道模樣，又是一笑，道：「不如讓他們這些小輩都出去玩一玩，咱們老人家說說話，別悶壞了他們。」

「也是。菲菲，妳跟著沅沅去玩吧，這次要乖乖聽話，要不然祖母以後可再也不帶妳出門了。」大太夫人叮囑了一句。

紀寶菲立即點頭，撒嬌地說：「祖母，我肯定乖乖聽話的。」

此時裴世澤開口道：「世澤是奉祖母之命前來，如今東西既已送到了，也該告辭了。」

還沒等老太太說話呢，紀清晨便一下子鬆開殷柏然的手，兩隻手都抓住裴世澤的手掌，大聲道：「柿子哥哥，不要走。」

她可是真著急了，趕緊仰起頭看向他，圓溜溜的大眼睛裡滿是擔心之色。這會兒她連殷柏然的手也不拽著了，兩隻胖乎乎的小爪子緊緊拽住裴世澤的手掌，似乎生怕他隨時會轉身離開。

一旁的殷柏然低頭瞧著小姑娘，登時搖頭失笑。

裴世澤在片刻之後，嘴角上揚，笑得有點開心。

老太太瞧著小孫女這模樣，可真是稀奇了。沅沅這孩子是她自小看著長大的，旁的不說，她可是極挑人的孩子，除了家裡的人之外，甚少瞧外人一眼的，可偏偏就是對這位定國公府的公子，才見了幾面，便已這般喜歡了。

「沅沅，不想我走？」裴世澤低聲問了句。

紀清晨趕緊點頭，兩隻手拽得那叫一個緊。

旁邊的殷柏然突然輕咳一聲，清了清嗓子說：「既然這樣，那我便回前院吧。」

「柏然哥哥也不要走。」紀清晨一聽這話，又趕緊轉頭，可憐巴巴地看著殷柏然，她想和他們一塊兒玩啊。

紀清晨這話一說出口，整個屋子裡的人，哄然大笑。

紀寶璟忍不住搖頭了。真是個貪心的小傢伙啊。

紀清晨垂下了頭，把臉搗住。她只是不想他們走而已啊。在她低頭的一瞬間，殷柏然已彎腰，一把就將她抱起來。「行了，咱們都不走，帶咱們的小沅寶去玩。」
此時房中的笑聲，這才徹底安靜下來。
孩子們都出去之後，老太太也叫韓氏回去了，屋子裡只留下大太夫人。
大太夫人便道：「靖王府這回只派了這個孩子過來？」
殷柏然來了好幾日，東府那邊的幾個子姪也來過，可是大太夫人卻覺得事情似乎沒那麼簡單，便選了今日過來瞧一瞧。
老太太心底嘆了一口氣。雖然瞧著還只是個少年人，可是一張嘴就能把她和紀延生都給堵住，殷廷謹只派他過來，那已是對紀家客氣的了。
不過這件事也不宜宣揚，老太太避重就輕道：「妳可別瞧他只是個孩子，他也是個厲害的呢。」
「靖王府可提出了什麼要求？」大太夫人問道。
老太太搖搖頭。「只問了曾家姑娘的品性，倒也沒什麼旁的。我看他們也只是關心寶璟和沅沅吧。」
大太夫人這才點頭，笑道：「若只是這樣，那倒是無礙。」
瞧著大太夫人信以為真的模樣，老太太心底可真是有苦說不出。只是這件事到底是大事，所以她已寫信叫老大回來商議。雖然拿的是二房的產業，可現在還沒分家呢。
至於紀家的女孩，個個都是窈窕淑女。只有一個紀清晨，被殷柏然抱在懷中，可是臉卻朝著旁邊的裴世澤，一個勁兒地與他說話。

「柿子哥哥，你怎麼好幾日都不來找我玩了？」紀清晨本來還是有些怨念的，可是這幾日因為殷柏然來了，她就沒顧得上，這會兒看見裴世澤，可是要好生問問了。

裴世澤劍眉微挑。玩？又要推鞦韆？

紀清晨見他不說話，幽幽一嘆，像小扇子般的睫毛撲了兩下，心中有些哀怨地問：「你可是嫌我是個小孩子，所以不想同我在一起玩？」

這話可把抱著她的殷柏然險些逗壞了，只是他強迫自個兒不要笑，免得這小傢伙把注意力轉移到他的身上。

她也知道小孩子確實是有點黏人，可他又是這樣淡漠的性子，肯定是不喜歡小孩子的。況且自個兒上回把他騙到花園裡頭，叫他推了那麼久的鞦韆，他肯定是不開心了。

而正在腦補自己如此不討人喜歡的紀清晨，卻不知道自個兒此時的表情有多好玩。明明是白白嫩嫩的一個糯米團子，偏偏露出故作深沈的表情，要不是裴世澤自幼就是不苟言笑的性子，若換了別人，不知都抱著肚子笑多少回了。

裴世澤見她真的有些不開心了，伸出手掌，捏了下她的包子臉，輕聲問：「今天還想玩鞦韆嗎？」

「想。」紀清晨一下子眼睛都亮了。

於是兩個少年帶著紀清晨去玩鞦韆，紀寶璟則帶著姊妹們，一塊兒去水榭裡坐著。

一路上紀寶菲的臉都耷拉下來，小嘴噘得都能掛油瓶了。

紀寶芸知道她是為什麼不開心，卻還故意問道：「菲菲這是怎麼了？」

走在前頭的紀寶璟回頭瞧了一眼，淡淡道：「菲菲不是喜歡吃杏仁酪嗎？大堂姊叫人做給妳吃。」

「菲菲，咱們一會兒帶著丫鬟捉迷藏吧。」紀寶茵算是個主人，雖然平日裡也不是特別喜歡紀寶菲這個堂妹，可總不能叫人來了家裡還這般不高興吧？

誰知紀寶菲小嘴一嘟，抱怨道：「沅沅能去玩鞦韆，我也想盪鞦韆。」

這可真是尷尬了。

紀寶芸當即就閉了嘴，倒是紀寶璟頓住了腳步，看著她，只是道：「花園裡就只有那個鞦韆，如今沅沅玩了，就沒別的了。」

紀寶菲氣得淚眼汪汪的。她也不是非要玩鞦韆不可，只是那兩個好看的小哥哥對沅沅那麼好，她就是嫉妒。

紀寶璟一點兒都沒生氣的樣子，只安靜地瞧著她，輕聲道：「若是妳不想玩，那我現在叫人送妳回去伯祖母身邊如何？」她又道：「不是別人有什麼，妳便應該有什麼的。沅沅有的，妳可能會沒有；但妳有的，沅沅也未必有。」

紀寶菲一下子安靜了，只是眼眶仍紅紅的。

紀寶璟說完便轉身往前走，紀寶芸則趕緊去牽著紀寶菲，小姑娘原本還站在原地不想動彈，可前面正走著路的紀寶璟突然身形一頓，嚇得她趕緊往前小跑了兩步。

紀寶芸震驚地瞧著她這迅速的動作，心底想著，難道這就是所謂的惡人自有惡人磨？

第二十四章

紀清晨可不知道，她大姊把紀寶菲嚇得不輕。

她坐在鞦韆上，特別高興地大喊：「柿子哥哥，再推高一點。」

裴世澤知道她是個最大膽不過的，可也怕危險，一開始沒給她推得太高。

小姑娘發現他沒用盡全力，心裡不高興得很，立即就說：「柿子哥哥，要推得跟上次一樣高。」

「不行！」

「太危險了！」

同時兩個聲音響起，只是一個聲音清冷，一個則是溫和。

紀清晨嘟著小嘴，小胖手抓著鞦韆繩，轉頭衝著兩人做了個鬼臉。

「據我所知，定國公府應該是在京城吧？」殷柏然站在一旁，雙手背在身後，淡淡地開口。

裴世澤又推了一把，小姑娘清脆的叫喊聲，響徹整個花園。他回道：「靖王府不也是在遼東？」

「那不一樣，我是來探望姑父和兩位表妹的。」殷柏然輕聲一笑，他出現在這裡可是名正言順。

裴世澤卻更淡然了，只是唇瓣微動。「喔，裴家祖籍真定。」

所以我出現在這裡，比你還要名正言順。

紀清晨只顧著玩，完全不知道此時身後兩人之間的氣氛又悄然緊張了起來。好在兩人倒也不是真的厭惡對方，只是有種棋逢對手的感覺。

這次紀清晨可沒睡著，就連夕陽西下了，還死活拉著裴世澤的手，就是不讓他離開。

紀延生回來時，就看見小女兒拉著裴世澤的手，甜甜地叫他留下來用晚膳。他這幾日心裡本就不痛快，又瞧見裴世澤，臉上更是沒個好臉色。

這時旁邊的殷柏然，卻極殷勤地向他請安。他一看見殷柏然，頭就更加疼了。怎麼這一個、兩個都讓他不省心？

老太太自然也是盛情邀請，於是裴世澤便留下來用了晚膳。

因東府的二爺來接大太夫人回去，老太太便叫他們都一塊兒留下來用晚膳，等吃完了再回去。於是又熱熱鬧鬧地開了兩桌。

紀清晨咬了一口炸魚丸，覺得連旁邊安靜吃飯的紀寶菲都顯得有些可愛了。

只是這溫情也就只停留在紀清晨身上。

待回過頭，殷柏然又客氣地提醒了紀延生一遍，這都過去了好幾日，也該考慮清楚了。

紀延生氣得險些當場就發了火。

好在殷柏然是背著眾人提醒的。也不怪他，只是這幾日一直沒見到紀延生，他還以為姑丈躲著自己呢。

等用過晚膳，東府的太夫人一家子便先告辭了。

裴世澤也準備告辭離開。

紀清晨知道這次他是真的要走，便依依不捨地牽著他的手，就是不說再見。

倒是裴世澤忍不住彎腰將她抱起來，溫和地說：「我要回去了，在家裡要乖乖聽話。」

「那你什麼時候會再來玩？」紀清晨有點難過了，小聲地問。

裴世澤笑了笑，輕聲說：「我下次接妳去我家莊子玩可好？那裡可以騎馬，也可以划船。」

「好呀，那你可得早些來接我。」紀清晨立即點頭。

一旁的櫻桃拚命憋著笑。她怎麼聽著自家姑娘的語氣，像足了正在送別相公的小娘子。

送走了裴世澤之後，紀清晨有些悶悶不樂。

殷柏然叫人挑了燈籠走在前頭，他則牽著小姑娘的手走在後面。他見平時嘰嘰喳喳的小姑娘，此時卻不說話，便輕聲問道：「沅沅，可是不開心了？」

「沒有啊。」紀清晨口是心非地說。

殷柏然也不點破，悄然一笑，道：「那明日哥哥出門，沅沅想一起去嗎？」

「我可以去嗎？」紀清晨驚呆了，她的聲音在昏暗的夜空下格外響亮，還驚起了樹上幾隻正在棲息的飛鳥。

紀清晨到現在不過是去了趟東府，還去了一回大慈寺，她如今最想去的就是街上了。只是每次她一提起，祖母就說街上的拐子多，她長得這麼可愛，人家會把她拐走的。

這種騙五歲小孩的話，紀清晨自然不會相信。

如今突然得來這個好消息，紀清晨握著小拳頭，真摯地喊：「柏然哥哥最好了！」

殷柏然微微一笑，倒是被小姑娘這句真心實意的話誇得有些眉飛色舞。

待到第二天，幾乎是天一亮，紀清晨就起床了。她換了衣裳出來的時候，連老太太都驚訝地問，今兒個怎麼起得這麼早啊？

昨日是櫻桃守夜的，於是此時站在旁邊伺候的葡萄，立即就笑道：「老太太您不知道，昨日姑娘還大半夜地坐起來，問櫻桃姊姊什麼時辰了？」

老太太一聽登時笑了，立即就問：「就這麼想出門？」

「嗯。」紀清晨可不客氣，立即重重地點頭。她想出門、想出門，就是想出門！

「那今兒個出去，不許給妳表哥還有大姊添麻煩。」老太太點了下她的額頭。

紀清晨自然是一百個同意。

好不容易熬到吃過早膳，祖母吩咐他們路上小心些，三人才準備出門。

紀寶璟也是好久沒出門了，這次她要去首飾鋪裡打幾件首飾，因為有殷柏然在，所以老太太也就准了她出門。

姊妹兩人是坐著馬車的，而殷柏然則是騎著馬。一路上車速不快不慢，待到了真定最繁華的鳳凰大街時，正是各家鋪子開市的時候。

如意閣是真定最好的首飾鋪子，這家匠人的手藝十分出色，真定的富貴人家都喜歡在如意閣訂做首飾。

就沒有姑娘不愛首飾的，紀清晨自然也喜歡。

這會兒首飾鋪子也是剛開店，卻沒想到就迎來開市的第一樁生意，而且瞧那穿著打扮，就是富貴人家的小姑娘。

年長的這位姑娘戴著面紗，瞧不見真容，可是年幼的這位小姑娘，長得可真好看，眼睛烏黑滾圓，菱形的小嘴粉粉嫩嫩的。

因首飾鋪子是女眷常來的，所以店鋪中掌櫃的，也是位娘子，一瞧見這馬車，就看出來是城中哪戶人家的。

兩個姑娘在看首飾，殷柏然則是被請到樓上喝茶。

待上了二樓，就見臨街的門窗大開，還有陽臺。對面的鋪子是一家酒樓，酒旗在清晨的微風下，迎風招展。

可隨後他的面色微變，立即起身，朝著外面陽臺走了過去，扶著欄杆，一臉深沈地瞧著對面。那間應該是酒樓的包廂吧……

姑娘家挑選首飾，那可真是精挑細選，紀寶璟本就極有主意，只是有個紀清晨在一旁添亂，待選好之後，都已經是一個時辰之後。

待女掌櫃回身吩咐夥計時，紀寶璟便讓丫鬟先去付錢。

結果丫鬟回來，奇怪地說：「大小姐，掌櫃的說已經有人替您結過帳了。」

紀寶璟立即想到樓上的殷柏然，正想上樓去尋他，就見他正巧下來，她當即道：「表哥何必如此客氣，我買的東西，怎好煩勞表哥付錢？」

殷柏然先是一愣，隨後就是苦笑，心中暗想他還真沒客氣，付錢的人可不是他啊。但此時也不是說這些的時候，他低頭看著紀清晨，輕聲說：「我看妳們挑了這麼久，應該也累了，不如到對面的酒樓休息一會兒吧。」

紀寶璟自然不會反對，只是這銀子，她還是要還給表哥的。

於是一行人就去了對面的酒樓，只是才剛走到了門口，就見一個穿著青色束腰長袍，約莫二十四、五歲的男子迎出來，他神色肅穆，在瞧見他們時，微微點了下頭，便又轉身上樓。

殷柏然一言未發，沈默地跟了上去。

別說紀寶璟覺得奇怪，就連紀清晨都發覺不對勁。這人哪裡是酒樓的小二，看著倒像是大戶人家的侍衛，特別是他行走時步履輕盈，身子又挺拔矯健。

她們強忍著心中的不安，跟著上樓，畢竟殷柏然是不會害她們的。

待到了二樓，就見那人已站在一處包廂，包廂的大門是緊緊閉著的。

殷柏然深吸一口氣走了過去，紀家兩姊妹則是跟隨他的腳步。

當殷柏然推開包廂門時，站在他身後的姊妹兩人，就瞧見包廂正中央的桌子旁正坐著一個男人。

紀清晨眨了眨眼睛。雖然她只瞧見這人的側臉，可是那般深刻如刀雕斧刻的側顏，還真是讓人想要一睹他的真容。

「舅舅。」她正欣賞著時，一旁的紀寶璟已捣著嘴，大喊了一聲。她快步走到廂房內，男子也站了起來，他一站起來，足足比紀寶璟高出一個頭。

紀寶璟此時已淚如雨下，哭道：「我還以為再難見到舅舅了呢。」

「大囡長大了，是個大姑娘了。」男子上下打量著她，眸中也是隱隱泛著晶亮，又是沈痛又是欣慰地說：「像，像妳娘。」

此時紀清晨已被殷柏然牽進了廂房裡，房門又被關上。

殷廷謹看向靠著房門的紀清晨，哈哈大笑，走過來便是一把將她抱入懷中。

「小沅沅也長大了，這次不會再在舅舅身上撒尿了吧。」

紀清晨白嫩的小臉唰地一下從脖子紅到耳根。這……好尷尬啊。

殷廷謹把她抱在懷中，仔細地端詳著小姑娘，半晌才感慨道：「咱們沅沅，可比姊姊小時候長得還好看。」

紀清晨被誇讚得有些不好意思，她乖巧地叫了句。「舅舅。」

殷廷謹見著她們本就高興，聽到小姑娘這聲清脆甜美的叫喚，心中激動不已。他的大手摟著她的後背，微低下頭，柔聲說：「好孩子。」

「好了，都別站著了，坐吧。」殷廷謹直接把紀清晨抱起來，回到桌子旁，然後放在自己的大腿上坐著。

紀清晨之前也坐過她爹的大腿，可是今天坐的卻是她舅舅的大腿，這可是未來真龍天子的大腿啊！一想到這裡，紀清晨便覺得與榮有焉，胖乎乎的小身子也坐得筆直。

殷柏然此時才向殷廷謹請安。「父親。」

殷廷謹只得他這個嫡子，平日裡素來就要求嚴格，是以殷柏然瞧見他，也是畢恭畢敬的。不過雖然殷廷謹待他嚴厲，但在靖王府裡頭，殷柏然卻是再尊貴不過。

雖然如今靖王府的世子爺不是殷廷謹，可是世子的身子一向不好，別說打理王府事宜，就連平時也多是在自己院子裡休養。

殷柏然是靖王府的長孫，靖王爺雖然礙於世子的臉面，明面上對他不是十分關注，可是看著教他的那些師傅，文有進士出身的先生，武有立過赫赫戰功的將軍，隨便挑出來一個都是最好的。這些人光憑殷廷謹如今的面子，還真是請不來呢。

殷廷謹抬頭看了兒子一眼，卻未出聲，只轉頭對紀寶璟道：「璟姊兒，坐吧。」

紀寶璟輕咬了下唇，看了殷柏然一眼，卻還是乖乖坐了下來。

「我聽說這次的事情，妳不是很同意？」殷廷謹親自端起桌上的茶壺，給紀寶璟倒了一杯茶。

紀清晨被他圈在懷中，只覺得舅舅的懷抱怎麼那麼寬闊，手臂怎麼那麼長，真是太溫暖了。

水聲流淌的清泠響聲，讓紀寶璟忍不住低頭瞧著面前的茶盞，只見茶湯呈淺褐色，清亮得不帶一點兒茶沫，雖還未端起近聞，可那股清新的味道已在鼻尖縈繞。

「這是舅舅從遼東帶過來的，妳喝喝看。」殷廷謹微微含笑，衝著外甥女道。

紀清晨用小鼻子嗅了嗅。可真香啊，也不知道舅舅是帶了什麼好茶來？

殷廷謹發現懷中小東西的動靜，立即笑道：「小孩子可不許喝茶，傷胃。」

紀清晨覺得有點兒可惜。看來是喝不到舅舅的好茶了。她瞧著旁邊還畢恭畢敬站著的柏然哥哥，有點心疼，於是小心地扯了扯殷廷謹的衣袖。

殷廷謹低頭，看著外甥女白嫩圓潤的小臉，當真是越看越可愛。他柔聲問：「沅沅，怎麼了？」

「舅舅，讓柏然哥哥坐下來吧。」紀清晨軟軟糯糯地說。

殷廷謹長眉一挑，倒是笑了。「妳這小丫頭，倒是會心疼哥哥了。」

「柏然哥哥可好啦，給沅沅帶來禮物，還帶沅沅出來玩。」紀清晨說的可都是實話，如果可以的話，她真希望柏然哥哥是她的親哥哥。

殷廷謹輕笑一聲，道：「既然是沅沅求情，舅舅就先不罰哥哥。」

「謝謝父親。」殷柏然在一旁，立即彎腰恭敬地說。

紀清晨從殷廷謹懷中探出頭，衝著他眨了眨眼睛，惹得殷柏然無聲一笑。

這小東西，還真是知恩圖報呢。

等殷柏然坐下之後，殷廷謹也給他倒了一杯茶，殷柏然只一聞這茶香，便立即道：「這可是雪芽？」

「你倒是好鼻子。」殷廷謹微微一笑。

紀寶璟和紀清晨臉上都是一陣迷茫。她們從未聽過雪芽是何種茶葉，只是既然這是舅舅在喝的，不該默默無名才是啊。

殷柏然瞧著她們不解的表情，解釋道：「這雪芽乃是父親偶爾所得的一株茶葉，只是這株茶葉與別的山茶不同，它是生在高山峭壁上，採摘極為辛苦，每年也不過就只有幾斤而已。」

原來是這樣啊！兩人臉上皆露出了然的表情。

第二十五章

殷廷謹轉頭看著紀寶璟，柔聲問：「璟姊兒，妳可有什麼話想與舅舅說？」

紀寶璟咬了咬唇，想了想，道：「舅舅，您之前說要提前準備我與沅沅的嫁妝，我並非不同意，只是我不想要。」她剛開始似乎還有點為難之色，可是越說到後面，卻越堅定。

其實打一開始她心中便有猶豫。舅舅這麼做確實是為了她們好，只是紀寶璟總覺得於心不安，思來想去，覺得這份嫁妝還是只留給沅沅就好了。

紀清晨看著大姊，心裡又是感慨，又是感動，大姊這樣的才是真正的名門閨秀！教養好，待人真誠，最要緊的是心胸寬闊。她若是男人，定也能成為不凡之輩。

殷廷謹看著她，道：「大囡今年也有十四歲了吧？」

提到十四歲，連殷廷謹都微微一頓。竟然已經過去這麼多年了，他還記得琳琅剛嫁到紀家的時候，總是寫信回來，說紀家如何好，老夫人待她如親生女兒一般，相公也疼愛她。不過她生了寶璟後，再寄回來的信便是寫滿了關於孩子的一切。

哥哥，大囡今天會翻身了，可真厲害，我小時候也這麼快就學會翻身了嗎？

哥哥，大囡下個月就要週歲了，我好想讓你見見她啊，也不知我們兄妹何時才能再見面呢？

那時候他剛得了父王的青眼，無時無刻不能放鬆。兄長雖身子骨不好，可是眼睛卻是雪亮的，他可不能過早地暴露出自個兒的野心。

如今琳琅已過世四年，他依舊不能接受這個現實。他在遼東時，有時候眺望著南方，就想著也許他的妹妹依舊還活在這世間，只是她太過忙碌，忘了給自己寫信。

見紀寶璟點點頭，殷廷謹才緩緩道：「我聽說前些日子老太太帶妳去京城了，可見老太太也希望妳能嫁得好。這女子在世，能依靠的無非就是父母兄長，妳母親如今已不在了，又無嫡親兄長，就連舅舅也遠在遼東。舅舅如今想出這個法子，就是想為妳求得一份心安。」

紀寶璟眼眶已濕潤，喉嚨像是堵著什麼般，說不出話。她又何嘗不知道舅舅的心意，只是這世間的事總是難兩全。

「好孩子，舅舅知道妳在擔心什麼，不過這件事妳只管交給妳表哥去辦，到時候定不會叫妳和沅沅為難。」殷廷謹柔聲安慰她。

紀清晨倒是有些好奇，為何舅舅會突然來真定啊？

「這次我來真定，乃是保密的，所以回家之後，妳們切不可說漏了嘴。」殷廷謹輕聲道。

紀寶璟因年紀大，所以比妹妹更懂事些，立即保證道：「舅舅只管放心，我們必定會為舅舅保密。不過，舅舅要在真定待上幾日？」

「舅舅這次是為了妳們的事情而來，也想督促妳表哥早些把事情辦好。」殷廷謹微微一笑，神情是說不出的溫柔。

一旁的殷柏然卻眉心微蹙，不敢多言。

紀清晨算是裡頭最天真的了，連她都覺得有些奇怪，只不過舅舅既然來了，那肯定是有他來的理由。

因殷廷謹不便出面，於是他又叫殷柏然領著紀寶璟還有沅沅兩人，在街上隨意地逛了逛。等到了用午膳的時候，三人又重新返回酒樓，與殷廷謹用過午膳之後，這才準備離開。

只是要走時，殷廷謹有些不捨，他寬厚的大手摸了摸紀清晨的髮頂，輕聲道：「沅沅，等過一段時間，舅舅接妳到遼東來玩，妳可願意？」

「願意，我願意。」紀清晨重重地點頭。不過她看著殷廷謹，想了想，最後還是說：「不過舅舅以後搬到京城的話，沅沅肯定能經常見到舅舅的。」

搬到京城？

殷廷謹心頭一動，看著兒子和紀寶璟，輕聲說：「你們兩個先出去，我有話要單獨與沅沅說。」

殷柏然點頭，倒是紀寶璟有些不安地看了紀清晨一眼，這才跟著出去。

此時房中只剩下殷廷謹和紀清晨兩個人，紀清晨心中有點緊張。她是不是說了什麼不該說的話？

殷廷謹蹲在她面前，目光與她平視，格外嚴肅地問：「沅沅，妳怎麼知道舅舅以後要搬到京城？」

紀清晨還在想，殷廷謹就問了。原來是因為這句話啊，其實她只是想給舅舅一點提醒，沒想到她的舅舅是如此謹慎細微之人，一句話就讓他瞧出了端倪。

於是她眨了眨眼睛，天真又肯定地說：「我就是知道啊，我作夢夢到的。」

殷廷謹心中失笑，只覺得自個兒有些太過緊張，不過是小孩子的一句戲言，他怎麼就當真了？可就算是這樣，他還是忍不住又問道：「沅沅，妳可瞧見舅舅穿著什麼衣裳？」

「舅舅穿了繡著大蟲的衣裳啊。」紀清晨小嘴一噘，白嫩的小胖臉皆是崇拜之意。「舅舅穿著可好看、可威風了。」

繡著大蟲？

殷廷謹只覺得心頭一緊，整個人一下子緊繃起來，雙手更是握著小姑娘的肩膀不放。雖然他竭力克制自己的情緒，可是連紀清晨都聽得出來他的聲音在顫抖。

他輕聲問：「那沅沅可瞧見，是什麼顏色的衣服？」

「嗯……」她故意拖了一下聲調。

只見殷廷謹的眼睛直直地盯著她，深怕自己眨了一下眼睛就漏掉什麼極重要的訊息。

紀清晨決定不再吊舅舅胃口，乖乖地說：「是黃色的，還有白色的。」

白色、黃色？孝服、龍袍？

當這個念頭在殷廷謹的腦海中閃過，他竟是要控制不住自己，連抓著紀清晨的手臂都格外用力，疼得小姑娘立即嬌喊道：「舅舅，您捏疼我了。」

殷廷謹這才後知後覺地鬆手，忙安慰道：「沅沅，舅舅不是故意的。」

紀清晨乖巧地點頭，粉嫩的小姑娘懂事極了，馬上回道：「沅沅知道。」

聽到小姑娘這般說，他才放心，只是他的思緒卻亂極了。任誰聽到這樣的話，都不會無動於衷吧。

他還想知道得更多，便又輕聲問：「沅沅，這是妳什麼時候作的夢啊？」

「就是沅沅落水之後，作了好久好久的夢，我不僅夢見舅舅搬到京城，還夢見沅沅長大了，長得可高啦。」紀清晨歪著小腦袋，還伸出胖乎乎的小手，朝著空中比劃了一下。

殷廷謹突然一下子站了起來，把紀清晨嚇了一跳。

只見他在旁邊走了兩圈，最後又問：「沅沅，妳作夢的事情，還有和別人說過嗎？」

「沒有，沅沅只和舅舅說而已。」紀清晨誠實地回答。她確實沒和別人說喔。

殷廷謹深吸一口氣，又在她面前蹲下，看著她烏黑滾圓的大眼睛，緩緩道：「沅沅，妳能答應舅舅一件事嗎？」

小姑娘自然是想都不想地就點頭。

「以後妳作夢的事情，可千萬不能和別人說。」他鄭重地說，又補充道：「就算是姊姊、妳爹爹還有祖母都不能說。妳能明白舅舅的意思嗎？」

看著殷廷謹這般鄭重的模樣，紀清晨心中頗為感動。

此時的人們都相信冥冥之中自有一股力量，對於所謂的預言也極力追捧，可往往說出預言的那個人卻沒什麼好下場。紀清晨心底自然明白，舅舅這是為了保護她。

於是她點點頭，還伸出小拇指勾了勾，道：「沅沅和舅舅拉勾。」

「好，拉勾，咱們可是一百年都不許變。」殷廷謹微微一笑，絲毫不介意外甥女的幼稚，反而極其認真地與她約定。

待說完話之後，殷廷謹從懷中拿出一枚玉珮，遞到小姑娘的手上，叮囑道：「沅沅，妳要記住舅舅現在說的話。」

「如果有事的話，就叫人拿這枚玉珮去鳳凰大街上的如意綢緞莊，找一個姓黃的掌櫃，讓他給舅舅帶信。」殷廷謹怕小姑娘人小記不住事情，還特地說得很慢。

待他說完之後，就問紀清晨可記住了？

小姑娘點點頭，又將他方才的話複述了一遍。

殷廷謹見她說的差不多，這才滿意地點頭，又按著小姑娘的肩膀叮囑了一遍。「沅沅一定要記住了。」

等兩人出來的時候，等在外面的紀寶璟明顯是鬆了一口氣。

殷柏然帶著她們兩人上了馬車，待坐下後，紀寶璟立即問道：「沅沅，方才舅舅在屋子裡與妳說了什麼？」

紀清晨不想騙她，搖頭道：「舅舅說不能告訴別人的。」

「連大姊都不行？」紀寶璟狐疑地想著。

紀清晨認真地點頭，又說：「連大姊都不可以知道。」

紀寶璟看著她轉頭的模樣，立即笑了。沒想到小傢伙居然有秘密了。雖然覺得有些可笑，不過紀寶璟也沒有打破砂鍋問到底。既然舅舅只單獨與沅沅說了，那想必也不是什麼要緊的事情。

不過她倒是想起方才沅沅說的，舅舅要搬到京城的事……到底是孩子的一句戲言，她轉頭也就忘了。

反而是外面騎著馬的殷柏然，一直在想紀清晨方才說的那句話。她說父親以後要搬到京城去，可是靖王府的封地乃是遼東，就算父親以後繼承了王府，也還是居住在遼東。

除非……

他猛地勒住手中的韁繩，旁邊的馬車從他身邊緩緩越過，他目光深沈地看著馬車的車廂。雖然沅沅只是個孩子，可小孩子的眼睛最是清純不過，有時候他們能看見別人看不見的東西。

只是這個念頭也太匪夷所思。殷柏然笑著搖了下頭，便將這件事壓在心底。

等到了家中，老太太瞧著依偎在自己身邊的小姑娘，便問她今日可玩得開心？

「祖母，外面可好玩了，柏然哥哥給我買了吹糖人，是小兔子模樣的。」這個紀清晨可沒捨得吃，還特地叫丫鬟帶回來。

待拿了上來，老太太瞧著這糖人，倒是還不錯，小兔子的兩隻紅眼睛做得挺好。

老太太與姊妹兩人說過話後，便叫紀寶璟帶著紀清晨回去休息，只留下殷柏然。

「先前你所說之事，我已考慮了好幾日。」老太太也沒廢話，開門見山地道。

殷柏然頷首，安靜地聽著老太太的下文。她接著道：「我只想讓你知道，我會答應這件事，不是因為你靖王府權勢滔天，只是我這麼大歲數了，總該為兩個孫女考慮考慮。」

「老太太一片疼愛之心，實在叫人感動。」殷柏然微笑道。

「雖然分的是二房的財產，不過這件事還要和她們的大伯說一聲。明兒個他回來，我會勸你姑丈同意的。你姑丈也不是不想答應，只是你先前太過逼迫他了。」

老太太一席話，自是叫殷柏然心服口服，他立即起身，對著她深深鞠躬，歉疚道：「柏然無禮之處，還請祖母寬恕。」

此時老太太瞧著他這模樣，心中百感交集。瞧瞧殷柏然這性子，能耍得了狠，也能扯得下面子，好人、壞人他都做得，才小小年紀就這般厲害，日後可如何了得？

反觀紀家的幾個子孫，東府的便不說了，只說嫡長孫榮堂，行事太過拘謹，又有些死板，實在叫人操心啊。

第二十六章

夜色深沈，只見天際圓月被一片烏雲遮蔽，先是遮住了一小半，隨後又是一大半，眼瞧著朗朗星空便要讓這烏雲給遮了個徹底。

一座大宅之外，兩個人影突然從巷子中竄出來，站在巷口。

只見略高的那個人問道：「這戶人家可靠嗎？」

「你放心吧，我大舅子就在這家裡當差，這戶人家是京城的大戶，這宅子是他家的老宅，尋常只有幾個老僕人守著，根本沒多少守衛，你在裡頭躲幾日，也不會讓人發現的。」

說話的是他旁邊一個微胖的男人，只聽他嘿嘿一笑，就要前去敲門。

只不過高個子還是不放心，拉住他的手臂，輕聲問：「當真不會有事？」

「大哥，老話都說了，燈下黑，誰能想到你會堂堂正正地躲在大戶人家的宅子裡？正好他家最近在修宅子，到時候你就說自己是新請來的泥瓦匠，肯定沒事的。」

胖男人又安慰了一句，高個子才勉強同意。

隨後胖子走到旁邊的角門，輕敲了幾下，沒一會兒就見那角門發出吱呀一聲，露出一絲細縫，還透著亮光。

門後的人把燈籠往上面提了下，待瞧清楚門外的人，才急道：「怎麼這會兒才過來？可是讓我好等。」

這人叫李明，算是這宅子裡頭不大不小的管事，也是這個胖子的親戚，不過那也是遠房的。要不是這次胖子給的銀子實在叫他捨不得拒絕，他也不敢做這種事情。

「表哥，我們在路上耽擱了一會兒，沒礙著你吧？」胖子打從心底厭惡李明的態度，可是這會兒是他求著人，況且李明是他婆娘的表哥，若不是看在他婆娘的分上，李明也不會幫這個忙。

李明把門打開，立即道：「趕緊叫他進來，別讓人瞧見了。」

雖然門房上的人也早收了李明的好處，可畢竟是把一個大活人放進家裡來，要是被人發現了，那可就是要命的事。

無奈李明最近犯了賭癮，這賭債是越欠越多，要是再不還，賭坊的人就要上門，把他老婆、孩子賣了出去。所以胖子來找他的時候，他心底雖猶豫再三，最後還是咬咬牙，應承了下來。

胖子表面上說得好，說他帶來的這人是他的遠房親戚，只是想在真定討口飯吃。可是他一出手就是百兩銀子，李明難道還不知道胖子家裡的情況？這銀子肯定是要進府的人給他的。但人到了缺錢的分上，真是一分錢都能把人逼到絕路。

此時一個身影走過來，李明定睛一瞧，只覺得這人可不是簡單的人物。只見他目光犀利，讓人有些不敢去看他的眼睛。

「哥，那就麻煩你了。」胖子討好地道。

李明「嗯」了一聲，故作鎮定地叫人進來，待角門闔上後，他又道：「跟我走吧。」

一路上，李明只覺冷得厲害，為了壯膽子，他教訓道：「可別怪我沒事先提醒你，別看咱們家宅子在真定府，你知道我家主子是哪位嗎？」

只是他說完，身旁的人也未回應。

李明有些尷尬地舔了下嘴，又道：「就是鼎鼎有名的定國公！咱們國公爺的威名可是響徹整個大魏，更別提塞外的那些蠻夷了，聽見咱們國公爺的名號，都得下跪。」

「這是定國公府？」此時高個子才開口。

李明嗤笑了一聲。「你連這個都不知道，還進來做什麼？」

高個子沒說話，只是繼續沈默。

等到了地方，李明在自己的屋子旁邊給他收拾了一間出來。

如今這個祖宅實在是人少房間多，這也是他敢放人進來的原因。雖然如今三少爺來了，但好在他一直都在自個兒的院子裡，極少出來走動。

這麼一想，李明便安心了，反正這人也待不久。

誰都沒想到的是，待夜深之後，裴家祖宅外面出現了一行人影，這些人口中罩著黑色布條，只有眼睛露在外面，連身上都穿著黑色衣裳。

「他就在這宅子裡面，之前他從遼東跑了，主子未怪罪你們，但這次主子的意思是……」為首的人眼神犀利，壓低聲音毫不猶豫地說：「格殺勿論。」

他身後的人都點頭，依稀可看見他們手上握著兵器。

只見一人從懷中掏出一個長鉤，往七尺高的牆上一甩，隨後雙腳蹬著牆壁，靈活地上到牆頭，隨後的其他人也以同樣法子上了高牆。

遠處的院落裡，一片漆黑中卻有種肅殺的氛圍。然而在黑暗中，卻有兩個人站在廊廡。前面站著的人，一臉冷肅地看著前方，而他身邊站著的人則恭敬站在他身側。

黑夜裡，蟲鳴聲從遠處傳來，似乎格外清脆。

裴世澤抬起頭，目光一冷。「今夜還真夠熱鬧。」

天際一片漆黑，月亮早已被烏雲遮蔽，黑衣人進入院子後，在原地停了一會兒。他們只知那個人進了宅子，先前抓住的胖子只說那個被帶進內院的人，是住在這個宅子的西北角，院子門口種著五月槐。

於是他們往西北方向直奔而去。一行人雖不少，可是個個腳步輕盈，所過之處皆是一片寂靜。

雖然他們來得悄無聲息，但是在高個子進入裴家時，他們便已暴露了行蹤，是以他們的一舉一動，都在別人的盯哨之下。

當又有侍衛前來稟報時，裴世澤眉心緊皺。

「公子，那幫人大概有八個，個個功夫絕頂，只怕咱們想要抓住他們，十分困難。」侍衛如實道。

他們雖也有不少人，可乍然遇上這麼一群身分不明之人，心中難免有些遲疑。

的。」

裴世澤還未開口，一旁的裴游卻嗤笑一聲，薄怒道：「未戰而屈人之下，可真是夠丟臉

侍衛被罵了一句，當即身子一顫，跪在地上請罪道：「公子恕罪，屬下不是貪生怕死，只是公子乃千金之軀，該保重自己才是。」

此時院中一片死寂，天空乍然響起一道閃電，蜿蜒曲折，似是要將整個天際都劃破，而原本漆黑不見五指的院落，也在一瞬間亮如白晝。

少年冷靜堅毅的面容被光亮映照著，若是有旁人在，只怕也要為這容顏所傾倒。只是他的眼眸深邃幽遠，還透著深深的寒氣。

「你以為他們來的，只有這八個人嗎？」裴世澤語氣淡然，似乎面對的不是生死難關，而是一件無足輕重的小事而已。

此時別說是侍衛，就連裴游臉上都露出驚訝之色，他立即低聲道：「可這是定國公裴家的祖宅，他們想幹什麼？難不成還要屠……」

裴游此時臉上的驚訝已全然轉變成了驚駭。這幫人既然來了，那肯定早就瞭解過這戶人家的背景。

雖說這裡是裴家的祖宅，可定國公府已在京城立足百年之久，這座宅子也就是個擺設而已，就連這裡看家的管事，都是在京城的定國公府犯了小錯而被趕過來的。宅子裡總共也不過二十多人，也就是裴世澤來了之後，才讓這幫守宅子的人看到一點盼頭。

真定不過就這麼大一點兒地方，在街上隨便打聽兩句，就有人能告訴你定國公府的祖宅

在哪條街上。這些人既然來了，就是沒打算在這裡留下活口！

裴游比裴世澤大三歲，自幼就跟在他身邊，如今在這危難關頭，他立即道：「公子，我拚死護著你衝出去。隔著一條街就是紀家，我先前瞧過了，紀家人丁興旺，家中隨從定然眾多，肯定能守到官府趕過來的時候。」

此刻閃電再次劃破天際，裴世澤轉頭看著院落的角房。「裴家可沒出過不戰而逃的孬種，去庫房把剩下的弓弩都拿上。」

裴游吃驚地看著裴世澤。他跟在公子身邊這麼多年，鮮少見過他如此激動。不過世上的好男兒總有一顆上疆場、保家衛國之心，只是如今沒有這樣的機會，但是保護家園，倒也不失為一件令人振奮之事。

此時那幫黑衣人已接近了目標所在的院子，他們在門口站定。為首之人做了個手勢，就見身後出來一個人，掏出鎖爪，抛在牆上，便撐著越過了牆壁，隨後再走到門口，將門閂打開。

一行人魚貫進入，最後一個人又將門關上。

天際又劃過一道閃電，屋子裡原本閉著眼睛的高個子，一下子睜開了眼睛。

閃電再度一閃而過，隨後就是滂沱大雨傾盆而下。雨聲砸在房屋、地面上，土腥味登時瀰漫在空氣中。

院落中的黑衣人淋著大雨，可藏在面罩後的表情卻是紋絲不動。

緊接著只聽一陣踢門的響動聲，屋子裡睡著的人依舊還躺在床上，可門口那人手中的箭卻已發了出去。只聽見破空的淩厲聲響起，隨後床上的人便再也不能動彈。

黑衣人上前正要察看，就聽見門外有動靜。

領頭之人當即道：「是旁邊那屋子，給我追！」

可是當他們跑到門外，就見一道人影已越過院門，眼看著就要跑了出去。

領頭之人心道不好。這地方他們並不熟悉，如果讓他跑出去，只怕再想找到人，可是難上加難了。他揮揮手便追了上去，身後的人也跟著往前追去。

但是當跑到院子門口之際，領頭之人的腳步卻頓住了。

只見前面有幾個拿著弓弩的男人，此刻正對著院門，而因為之前高個子男人跑了出去，院門早已打開，所以他們剛到門口，就成了別人的箭靶。

後面的黑衣人剛要往後退，突然見幾枝弓箭從身後的屋頂射了過來，那刺耳的破空之聲在這樣的大雨下，依舊驚心動魄。

「各位來我裴家作客，也該和主人家打聲招呼吧。」只見一個身穿勁裝的少年從人群中走出來，不過他手中拿著的是一柄劍，並非弓弩。

為首之人看著那些隨從手中的弓弩，這樣的弩箭可百步穿楊；再加上察覺屋頂上早有人埋伏，這才驚覺他們居然中了別人的圈套而不自知。

不過，這少年究竟是怎麼猜到他們今夜會來的？

「原本只是想抓一隻老鼠，誰承想居然抓了一群。」少年說的話雖是調侃，可聲音中卻沒有一絲玩笑之意。

此時旁邊的一個男子拖著手中的人從人群中走出來。黑衣人看出來了，這人就是他們此次要追殺的目標。

男子此時癱軟在地上，右肩上插著一枝弓箭，已沒入了大半。他身上的血跡被雨水沖刷著，漸漸匯流成一條暗紅的溪流。

「公子，會潛入您家中實屬無奈，此人乃朝廷欽犯，咱們只是奉命追捕此人。」領頭人此時開口，當真是人在屋簷下，不得不低頭。

「既是犯人，何不正大光明地上門索要？難不成我定國公府還會包庇一個朝廷欽犯不成？」

領頭之人自然知道這裡住著什麼人，要不然他們今日也不會悄無聲息地潛進來。只是主子先前說過，若是未驚動裡面的人，只殺掉一人便可；若是驚動的話，那就……

只可惜千算萬算，他竟沒想到，那個落入圈套無法全身而退的人，居然是自己。

不過這也只能怪他們實在太過倒楣，遇到的是裴世澤。自從他來了裴家祖宅之後，表面上這裡什麼都沒動過，可實際上每一處都有暗哨，可以說這宅子裡所發生的一切，都在他的掌握之中。

李明悄然帶了一個不知身分的人進來，他自然不會放過，早叫侍衛在這院落裡守著。若是那陌生人敢輕舉妄動，就格殺勿論。

可沒想到，半夜又來了這麼一群人。

看來這後頭還真是有不小的事情。畢竟這八個人身手不凡，一看便是大戶人家豢養的侍衛，無論是忠誠度還是功夫都是頂尖的，所以就算此時裴世澤占了上風，他也依舊不會掉以輕心。

「公子。」就在此時，那個被箭射中的高個子突然喊了一聲，在風雨之中，他的聲音有些虛弱，可他卻又強撐著一口氣，似乎有十分緊急的事。

裴世澤的目光驟然收縮，俊美的臉顯得異常冷峻。

他低頭看著被裴游擒住的男子，輕聲說：「你知道你為何會落得如此下場嗎？」

高個子面上閃過一絲恍惚，便聽面前這個俊美至極的少年柔聲道：「因為你在不合時宜時，做了不合時宜的事情——話太多了。」

他的聲音溫和，可是說出來的話卻叫人心底發寒。

這人打的倒是好主意。這幫黑衣人擺明是為了滅他的口而來，可他偏偏此時稱呼裴世澤為公子，一副要告密的模樣，不就是存著讓他們雙方惡鬥的心思嗎？

一旁的裴游捣著他的嘴，匕首從袖口滑落，刀光之間，血跡噴濺而出。

饒是對面的黑衣人，此時個個都呆若木雞。這少年竟說下手就下手，一出手就讓人割了那人的舌頭。

領頭之人心底百感交集。如今主子再也不必擔心這個人把消息透露出去了。

「這個人我可以交給你們，只是回去告訴你們的主子，定國公府可不是他想來就能來的地方。」裴世澤雙手負在身後，冷冷地看著領頭之人。

領頭之人豈會不知，裴世澤是打算留下他們的性命。

主子本來就不願招惹定國公府，畢竟住在這裡的是嫡長孫，若到時他出了事，定國公府肯定會徹查到底，那就是平白給自己招來一個大敵。

想到這裡，領頭人也心生退意，只是仍看著那個在地上依舊半死不活的高個子。

裴世澤心底冷笑，揮了揮手。

一旁的裴游拎住那男子的頭髮，對準脖子就是一刀下去。血一下子迸濺出來，看得人膽戰心驚。

領頭人看著眼前的少年，心底迸發出一股寒意。

「你們應該慶幸，我不想髒了家裡的宅子。」裴世澤丟下話，便轉身離去。

第二十七章

「他當真這麼說？」殷廷謹站在窗前，此時窗外的大雨依舊滂沱，這雨勢竟有連綿不絕之勢。

他身後站著的黑衣人，此時面上的黑巾雖已摘掉，但身上的衣裳依舊是濕透的。他渾身都滴著水，地上很快就匯聚了一灘水跡。

「是屬下無能，我們進院子的時候，就已經被他們發現了，而且對方提前躲在院落的房頂上狙擊我們。」黑衣人低頭道。

殷廷謹伸手轉了下拇指上的扳指，低笑一聲道：「你方才說他出手狠辣，既然他已經將你們包圍，那你以為他又是為什麼要放你們離開呢？」

黑衣人微微一愣，隨後輕聲道：「自然是不想與我們起正面衝突，畢竟我們若是拚死反抗的話，也會讓他們有不小的傷亡。」

這是黑衣人能想到的理由。畢竟他們八個雖然人少，可個個都身手不凡，只要拚死抵抗，重傷對方也是有可能的。

既然他已經幫自己殺了叛徒，雙方又何必拚死相搏呢？

殷廷謹面色已冷了下來，斥道：「蠢貨，難道你還猜不出來嗎？他根本就沒有和你們一戰之力。」

此時殷廷謹轉過身，盯著面前的手下，怒道：「就如你所說的那般，他出手狠辣，鄭碩那個叛徒不過是動了點腦筋，就叫他一刀給宰了，如果他能殲滅你們，他為什麼要放你們離開？所以他根本就是在唱空城計。」

黑衣人聽罷，面色蒼白。

殷廷謹冷冷地看著他。「鄭碩潛伏在靖王府這麼久，你們居然都沒發現他的不對勁，還被他從遼東一路跑到這裡來。」

「屬下無能，還請主子懲罰。」黑衣男子立即跪在地上。

殷廷謹慢慢地轉動著手上的扳指。一個鄭碩就險些叫他這些年的心血功虧一簣，看來他還需要再忍耐。

只是又該忍到何時？

他忍不住想著今日小外甥女同自己說的話。難道小孩子真的可以看見未來不成？

裴家祖宅中，裴游看著不遠處正緩緩冒起來的黑煙，輕聲道：「公子，已叫人澆上了松油，不過外面正下著雨，只怕燒不起來。」

「那就叫他們多加點油。」裴世澤坐在桌邊，此時房中燈火亮如白晝，而門口則是站著兩個侍衛，整個院子幾乎是五步一人，十步一崗。

裴游有些不解地問道：「公子，這幫人既然都已經離開了，咱們又何必放這把火？」

「你怎麼知道他們不會回來？況且那個男人的屍首雖被帶走了，但他身上的信卻被你拿來了，你以為他們的主子會猜不到？」裴世澤雖然這麼說著，可臉上卻是輕鬆之色。

此時他桌子上面就擺著一封信，只見淺褐色的信封上，沒有寫上一個字。

背面則是火漆封緘，讓裴世澤看了忍不住蹙眉。

紀清晨起床洗漱好之後，正要去給老太太請安，結果剛走到門口，就聽到裡面在說：「昨兒個夜裡，裴家遭賊人闖入，死了一個管事的，還燒了兩間房子。」是爹爹的聲音。

紀清晨眨了眨眼睛，心裡突突地直跳。

她也顧不得叫人通稟，便跑了進去，著急地問：「爹爹，柿子哥哥怎麼樣了？他有沒有受傷啊？」

「爹爹，你帶我去看看柿子哥哥吧。」紀清晨撒嬌地說。

紀延生馬上就不樂意了，連忙搖頭道：「那可不行，如今那家裡正死了人，妳一個小孩子哪裡能去。」

「我不管，我就是要去。」小姑娘白嫩可愛的包子臉，此時皺成一團，看起來是真的擔心得不行。

「柿子哥哥家裡失火了，要不叫他來咱們家裡住吧，這樣就不會有壞人害他了。」紀清晨眼珠子一轉，又說道。

紀延生目瞪口呆。這孩子怎麼主意出得這麼快？

倒是老太太臉上露出笑意，道：「我瞧著沅沅這法子倒是好，他祖母到底與我有些交情，孩子如今在真定連個親人都沒有，怎麼能讓他一個人在那種地方再住著呢？」

紀延生立即嗤笑道：「娘，您這擔心可真是多餘。裴家在真定也算是大家族，雖說大多數在京城攀附著定國公府，可這裡總有裴家族人在的。」

「可柿子哥哥都不喜歡他們啊。」紀清晨噘嘴道。

其實裴世澤剛來真定的時候，那些裴家族人都上門求見過，只是他一個都沒見。剛開始還可以說是身子有傷，可後來就是康復了，也沒見他們。

紀延生瞧了這小傢伙一眼。怎麼專拆她親爹的臺？

可紀清晨也不怕他，不高興地瞪著他，還伸手去拉老太太的手，求道：「祖母，您說說爹爹嘛！」

「嘿，妳個吃裡扒外的小東西。」紀延生一把將她抱在懷裡，再將她按在腿上，眼看著就要打她的小屁股了。

虧得老太太在一旁，這才叫她逃出了魔爪。

最後紀延生還是帶著她，去了裴家。

只是在去的路上，她卻一直在想著，真定一向民風淳樸，連小偷都很少，怎麼就來了殺人的盜賊？

這肯定是外人幹的。

當一個人出現在她腦海中時，紀清晨的身子不自覺地抖了一下。

舅舅為何不遠千里從遼東趕過來呢？

他已派了表哥過來，自然不該是為了紀家分家產的事情，而且他還叫自己和姊姊必須對他的行蹤保密，連爹爹和祖母都不能說。

不會吧……

紀清晨心底有些發怵。可明明在將來，柿子哥哥會成為舅舅的左膀右臂，他也是在舅舅登基之後才權傾朝野的啊。

饒是她這個作了弊的人，有很多事情，她還是不清楚的。

就比如說，舅舅為何會任用年紀輕輕的裴世澤呢？或許在他登基之前，他們之間就有私底下的來往？

當這個想法頓時騰空而出時，她似乎看見了一條隱隱的脈絡，那條脈絡，從遼東一直通向京城。

等到了裴家，就見有府衙的人在，而眾人見是紀延生，趕緊過來請安。

眾人瞧著平日裡威嚴的紀大人，這會兒手裡牽著一個粉嫩的胖娃娃，倒是有種別樣的和諧，都在心底偷笑不已。

紀延生在門口與這幾個官差多問了幾句，紀清晨可是等不及了，邁開小短腿，一路朝著裴世澤的院子跑過去。

等到了院子，就見連院門口都站著人，她眨了眨眼睛，小心翼翼地走過去。

結果，居然沒人攔著她。

於是她一路小跑步直到房門口，連房門口站著的人都對她視若無睹，她歡快地跳過門檻，立即喊道：「柿子哥哥。」

她才剛喊了一句，就聽見有腳步聲從裡面傳過來。

沒一會兒她就瞧見穿著玄色暗紋番西花刻絲長袍的裴世澤。他本就生得白皙，此時在這身玄色長袍的映襯下，更顯得面如冠玉，直讓人看得迷醉。

她還沈浸在裴世澤的美貌中，就感覺自個兒軟軟的後背被人托了起來，接著整個人就落在他的懷抱中。

她立即伸手圈住他的脖子，細聲問：「柿子哥哥，你有沒有受傷啊？有沒有被嚇到啊？」

裴世澤看著她，耳邊是小孩子軟軟糯糯的聲音，可聽在他耳中，卻是異常不同。

這是頭一次，有祖父母之外的人關心他。

也是頭一次有人問他，他害不害怕？

裴世澤轉過頭，在小姑娘臉上淺淺地親了一下。「柿子哥哥不怕。」

紀清晨眨了眨眼睛。她這是被親了？

紀延生到院子裡的時候，就看見自家閨女被人家抱在懷裡，而且笑得那叫一個天真無邪。他臉色微沈，開口道：「沅沅，怎麼這麼沒規矩，還不趕緊下來。」

紀清晨回頭，就看見她爹爹沈著臉，似乎有點不高興。

好吧，他是真的不高興了。

紀清晨生怕惹爹爹不高興，便從裴世澤懷裡滑下來，還有點小抱怨地問：「爹爹，怎麼才過來啊？」

「紀世叔。」裴世澤對他恭敬行禮，這才讓紀延生心裡好過一些。

相比家裡那個乖覺的妻姪，紀延生倒是覺得裴世澤懂禮貌得多；況且這孩子也確實是三災五難的，這才到真定幾天，就遭了好幾回罪。

紀延生微微點頭，道：「方才我在門口已問過捕快，現在正全城搜捕這些大盜，讓你受委屈了。」

「紀世叔這是哪裡的話，大盜橫行，並非是世叔之過，只是……」裴世澤淡淡地嘆了一口氣，瞧著對面的男人，輕聲道：「真定乃是拱衛京師之所在，如今卻盜賊橫行，實在叫人擔心。」

紀延生有些尷尬。他是本地官員，雖不是知府，可到底臉上無光。

紀清晨依偎在他腿邊，看著身後的裴世澤，開心地問：「爹爹，柿子哥哥要跟我們一塊兒回去嗎？」

紀延生的神色有些尷尬。這……

他可沒打算提起這件事啊。

只是他的小閨女沒給他機會後悔，立即衝著身後的少年說：「柿子哥哥，你快收拾東西吧，你家裡可不安全了，先到我家裡住幾天。」

裴世澤沒想到小姑娘會這般擔心他，臉上浮現一絲笑意。

小姑娘生怕他拒絕似的，又抱著他的腿喊道：「柿子哥哥，你去嘛，去嘛。」

「沅沅。」紀延生有些無奈地喊了一聲。

「我不能去。」裴世澤蹲在她的面前，伸手摸了摸她的頭髮，替她把小辮子捋在肩膀上。

這可把小姑娘氣壞了，兩隻胖乎乎的小手抱在胸前，嘴巴噘得險些能掛上油壺。

還是紀延生輕咳了一聲，道：「老太太聽聞你家中遭了賊，實在是不放心你再在這裡住著，所以你這幾日還是先到我家裡暫住，等這裡的守備加強了，再回來住也不遲。」

紀清晨一聽連她爹都開口了，自然高興得小臉笑成一朵花，拉著裴世澤的手就說：「柿子哥哥你看，現在連我爹爹都叫你去呢。」

裴世澤此時才微微笑道：「既然是世叔開口，那就恭敬不如從命了。」

什麼嘛，爹爹開口才去，她開口就不行了嗎？

小姑娘這會兒可是真不高興了，小臉上的興高采烈頓時煙消雲散，兩隻小手絞在一起，還垂著個小腦袋。

紀延生在一旁瞧著，真是哭笑不得。

難怪都說女人心思多變，他這個小閨女才多大點兒啊，心思就這般變化多端，一會兒開心，一會兒又不高興。

紀清晨走到紀延生身邊，拉了拉他的衣袖，輕聲道：「爹爹，抱我。」

紀延生彎腰將小姑娘抱起來，伸手捏了捏她的臉頰，輕聲道：「小傢伙，脾氣倒是不小。」

他們自是要等裴世澤一起回去。

莫言和莫問兩個小廝趕緊收拾了公子尋常用的東西，好在兩家就只是隔了一條街，就算忘了什麼，要回來取也只要一刻鐘。

臨走前，知府保證了，在強盜未捉到之前，會派人保護裴家的祖宅。

至於城中的其他大戶，這會兒估計也都聽到了這個消息，人人自危，紛紛開始加強家中的護衛工作。

裴世澤跟著紀延生父女兩人，到了老太太的院子，自是要先向老人家道謝。

「世澤自來真定之後，備受太夫人照顧，心中感激，不勝言表。」裴世澤站在下首，對坐在羅漢床上的老太太，深深行禮。

老太太與他相處過幾次，知道他性子雖有些冷，可為人卻是再好不過，要不然她這小孫女也不至於這麼喜歡他。

再加上他的身世也是有些可憐，老太太瞧見他，就跟自個兒的親孫子一般，立即道：「這是哪裡的話，你來我家裡住，別說我高興，便是咱們家的七姑娘也開心得很。」

只是一旁被提到名字的小姑娘卻是撇過了臉。

老太太登時笑了。這小姑娘今日是怎麼回事，竟連她的柿子哥哥都不喜歡了？

她又說了兩句關切的話，便讓裴世澤先去安頓了。今兒個她叫人在前院收拾了一處出來，就在殷柏然的院落旁邊，左右他們兩個少年也是年紀相仿，住在一處想必也有話聊。

等裴世澤走後，老太太這才瞧著小姑娘，問道：「這又是怎麼了？早上不是還高高興興地去人家家裡的嗎？」

「祖母……」紀清晨挽著老太太的手臂，小嘴開始吧啦吧啦地抱怨。「柿子哥哥真是太討厭了，我好心叫他來家裡住，他不同意，非等爹爹開口了才答應。」

老太太聽著她這孩子氣的抱怨，就又笑了。

「所以妳就給人家臉色瞧啊？」老太太捏了下她的小鼻子，算是教訓。

紀清晨本想開口反駁，可是……她好像還真的有給他臉色瞧。

想來是她與裴世澤相處久了，他又不像前世那般凌厲懾人，所以她待他的態度便隨意許多。

就像……就像對自家哥哥一樣！

小姑娘在心裡給自己找了個理由，這才放鬆下來。

老太太瞧她的小性子也過去了，便道：「去瞧瞧妳的世澤哥哥那裡可還缺點什麼？他如今可是在咱們府上住著，妳要懂得待客之道。」

小姑娘點點頭，這才開心地跳下羅漢床。

等她跑到前院，院子裡正在收拾東西。

結果她一進門，就見柏然哥哥與裴世澤兩人正坐在房中喝茶。

她鼻子一嗅，好香啊。

「我說方才怎麼覺得有些不對勁，原來是小饞貓還沒到呢。」殷柏然看到她吸鼻子的動作，當即便取笑道。

紀清晨瞧見他們面前擺著的茶水，不管是誰拿出來的，反正只要是這兩人的東西，就沒有難喝的。

她嘿嘿一笑，開心地問：「柏然哥哥，你怎麼在這裡啊？」

「裴公子搬過來住，我作為鄰居，自然該好生招待一番才是。」殷柏然含笑道。

紀清晨點頭，再看向裴世澤時，她心底倒是有點不好意思了。

畢竟方才是她自個兒使了小性子，所以她眨了眨眼睛，只當什麼都沒發生地問道：「世澤哥哥，祖母叫我問你，這裡可還缺什麼東西啊？」

世澤哥哥？

裴世澤微微一挑眉，卻是伸手道：「過來。」

紀清晨瞧著懸在半空中那只如白玉般的手掌，真是沒一處不好看的，手指修長瘦削，手掌寬大，她不禁伸出自個兒還胖乎乎的小手，握住了他的手。

「我這裡沒缺什麼，妳替我謝謝太夫人。」裴世澤低頭淺笑。

他專注地看著面前心情已經好起來的小姑娘。其實他也知道小姑娘方才是在不高興什麼，只是……

想到這裡，他伸手摸了摸小姑娘的髮頂，柔聲道：「別生氣了，柿子哥哥跟妳道歉。」

第二十八章

「沅沅，今天怎麼一直都不睡覺啊？」睡在她身邊的紀寶璟伸手給她拉了下被子，見小姑娘手腳還在亂動，便笑問道。

姊妹兩人時常會一起睡，剛開始紀清晨還有些不好意思，可這會兒卻已經習慣。屋子裡的油燈早已熄滅，守夜的丫鬟睡在旁邊的矮榻上，姊妹兩人則睡在黃花梨架子床上，粉色的簾帳在黑幕下瞧不出原本的樣貌。

紀清晨幽幽地嘆了一口氣，倒是惹得紀寶璟笑問道：「這又是怎麼了？」

「要是一直都這樣，該有多好啊。」紀清晨輕聲道。

柏然哥哥和柿子哥哥都住在她的家裡，能讓她天天見著，還有大姊。如果所有人都像現在這樣，該有多好啊。

可是她知道，殷柏然待不了多久的，這幾日大伯父就該從京城回來了。到時候柏然哥哥處理完這裡的事情，就要回遼東去，等到下次見面，還不知是幾年後呢。

而柿子哥哥，他也不會待在真定太久的，他是定國公府的嫡長孫，這次出了這麼大的事情，定國公府肯定會派人來接他。

所以，他們都會離開這裡。

再來就是大姊。她今年已經十四歲，說不定很快就會定下親事，然後在幾年內嫁出去，到時候她身邊能依靠的人，就只有祖母和爹爹了。

饒是紀清晨一直樂觀開朗，可想到這些事情，心底還是忍不住失落。

這世上本就是不斷的分離和相聚吧。

「沅沅。」紀寶璟輕聲喊了她一句，小姑娘卻默不出聲，只微微聽見一絲壓抑的呼吸聲。

她抬起身子，如瀑布般的長髮披散在肩上，黑暗中，她只能看見玉團子模糊的身影，她輕聲問：「沅沅，能告訴姊姊妳怎麼了嗎？」

「我只是不想讓你們離開我。」小姑娘終是忍不住，帶著點哭腔，軟軟地道。

這可把紀寶璟的心都說軟了。她伸手把小姑娘抱在懷中，撫摸著她軟軟的後背，輕聲道：「咱們誰都不會離開沅沅的，咱們會陪著沅沅長大，看著沅沅從小姑娘變成大姑娘。到時候啊，沅沅長得比姊姊還高，比姊姊還要好看。」

紀寶璟真的是個好姊姊，在沒有母親的情況下，她幾乎就是紀清晨的母親。當年殷琳琅離世後，就是她守在紀清晨的身邊，看著奶娘給她餵食，帶著她睡覺。

「才不會，姊姊是最好看的。」紀清晨窩在她懷裡，輕聲說。

「好了，咱們躺下來，若是沅沅睡不著，姊姊陪妳說話可好？」紀寶璟柔聲說。

於是姊妹兩人又躺下來，紀清晨乖巧地窩在紀寶璟的懷中，兩人一時都沒說話。

等過了一會兒，才聽紀清晨輕聲問：「姊姊，妳以後想嫁給什麼樣的人啊？」

這話問得可真讓人哭笑不得。紀寶璟有些無奈，也不知這小丫頭今兒個是怎麼了，居然這般多愁善感，還有這些數不清的問題。

不過紀寶璟一向疼愛她，就算是她再刁鑽古怪的問題，她都遇到過。於是她幽幽道：

「姊姊也沒想過。」

到底還是少女，到了該嫁人的年紀，說心裡沒有對未來的設想，那是不可能的。只是紀寶璟卻沒有母親可傾訴，祖母雖親近，可也不可能什麼話都說。

況且祖母還有別的孫女，若是對她和沅沅太過偏袒，也會惹得家中不寧。

像紀寶芸才十二歲，韓氏便已開始帶著她出門交際，就連去京城都帶上。雖然有時候大伯母做的事情她有些瞧不起，卻不能否認，她真的是個好母親。

「大姊日後肯定能嫁得如意郎君的。」紀清晨心中想的卻是，如果柏然哥哥能娶大姊的話，他肯定會對大姊好的。

紀寶璟輕笑了一聲。這小丫頭倒是知道得挺多。

隨後又聽到小姑娘輕聲說：「大姊，妳覺得柏然哥哥怎麼樣啊？」

紀寶璟轉過頭，雖看不見懷中小姑娘的表情，卻一下子變得嚴肅認真起來。「姊姊知道妳喜歡柏然哥哥，可是姊姊心裡對柏然哥哥只有兄妹之情。」

紀清晨的小臉登時就垮了。她的柏然哥哥長得那般好看，性子又溫和，若是日後娶了媳婦，肯定會真心疼愛媳婦的，沒想到大姊居然一下子就否定了這種可能。

「沅沅，或許姊姊現在說的話，妳年紀小還不懂，可是妳要知道有些男人當兄妹好過當夫妻。」紀寶璟看著頭頂上的簾幔。她也是下了好大的決心才這般告訴自己。

外祖五十大壽時，母親曾帶她去靖王府祝壽，那時候表哥也不過才九歲，而她才七歲。他帶著自己去河邊放花燈，她跌倒摔傷了腿，也是他揹著自己一路回去的。

母親去世時，表哥跟著舅父一同來真定，看見哭成淚人兒的她，便一直在身邊安慰她。那隻握著她的手，是她記得的最溫暖、最柔軟的手。

可是有些事情，只能留在心中，當再見到他時，紀寶璟便知道，有些人只適合留在心中。

母親就是對父親期望太多了，她盼著能一生一世一雙人，可父親卻只是個普通男人，他可以愛護她、在意她、尊重她，只是給不了她想要的。

紀寶璟看著母親從一朵盛開的鮮花，最後凋零。

所以她在心底告訴自己，她以後不會對自己的丈夫抱有這樣的幻想。她期望和自己的未來夫婿相敬如賓，卻不會想著他只能有自己一個人。

這些事情，她從未對任何人說過，就連祖母都未曾提起過。

可在這深夜之中，她反而有了和自己年幼妹妹訴說的想法，或許是因為她的心中積累了太多情緒，需要好好地抒發一下。

「柏然哥哥就是嗎？」紀清晨有些難過地問。雖然看不見大姊的臉，可她似乎能感受到大姊的憂傷。

紀寶璟在心底點了頭。

是的，表哥就是的。如果未來的夫婿是表哥，她肯定做不到不在意、不在乎，到時候她的嫉妒會讓她失去該有的理智，她會嫉妒出現在他身邊的每個人，然後他們之間那點美好的過往，都會煙消雲散，彼此最美好的記憶，全磨滅一空。

她不想成為下一個母親，所以有些人，她寧願永遠都不碰。

紀清晨卻不知紀寶璟心中竟是這樣的想法，可此時，她已開始心疼大姊了。也許在這一刻，她們才是真正同氣連枝的親姊妹。

次日，用過早膳後，韓氏坐了一會兒，便去處理家裡的事務；幾個要上學堂的女孩也帶著丫鬟走了，只留下紀寶璟和紀清晨兩姊妹陪著老太太。

只是紀清晨一直神色懨懨地，瞧著就無精打采。

老太太看著她，好笑地問道：「昨晚是去做了什麼壞事？竟是哈欠連天的。」

紀清晨瞧了大姊一眼，沒敢說話。昨晚可是她非要拉著大姊說話的。

好在這會兒突然有人過來通傳。

「門房說的是誰？」老太太有些驚訝地問道。

丫鬟稟告道：「回老太太，那少年說自個兒是晉陽侯府的世子爺，還給了拜帖。」

晉陽侯府？

紀清晨本來聽著這個名字只覺得熟悉，可當她意識到這個名字代表著什麼的時候，整個人騰地站了起來。

她未來的大姊夫？怎麼來了？

紀清晨心裡覺得真是奇了，昨兒個她才動了心思，想勸大姊改嫁，今日這位未來大姊夫就尋上門來了？這世上居然有這般湊巧的事情？

果然人不能幹壞事，老天爺都是有眼睛在看著呢。

因他是外男，是以紀寶璟便要帶著紀清晨退下，可紀清晨卻死活不願意。她還沒見過這位晉陽侯世子呢，前世也只聞過其名而已，如今到了這世能見到真人了，她怎麼能不瞧個究竟？

紀寶璟見她不願走，當即起身道：「那妳便在這裡坐著吧，姊姊先走了。」

紀清晨不想讓紀寶璟走，可是又沒理由叫她留下來，正左右為難之際，就聽老太太道：「沅沅，不許鬧妳姊姊了。」

祖母的意思，也是叫大姊退避了？紀清晨自然也聽明白了，雖然心中有些遺憾，可是卻打定主意要在這裡賴到底。

紀寶璟倒是瞧出來了，這小傢伙是真不願意走。於是她乾脆起身，告退之後，便領著丫鬟出去。

玉濃和玉釉兩個丫鬟都跟在她身後，見姑娘腳步比平常都要略快幾分，她們對視了一眼，默不作聲地跟上去。自家姑娘這般守禮是真叫人挑不出錯，待走到青石板路路口，往左便是她院子的方向，而身後則是從府外進來的路。

溫凌鈞跟著府中婆子進來時，便瞧見前方有一行人，領頭的似是一妙齡少女，他不敢亂看失了禮數，微微垂眸，只是垂眸的瞬間，看見一抹大紅色劃過。

紀清晨在羅漢床上端正地坐著，就聽丫鬟進來通稟，說晉陽侯世子到門口了。

「速速請進來吧。」老太太吩咐道。也不知最近這個月紀家是招了哪路神仙，竟來了這般多少年。

當溫凌鈞一進門，老太太和紀清晨心中都是一顫。好一個溫潤如玉的少年郎啊。

其實殷柏然瞧著也極溫和，可是他的溫和卻是表面的，內裡他是個與裴世澤一般不好惹的狠角色；而裴世澤更不用說，他是從裡冷到外。

可是這位晉陽侯世子，微笑起來真叫人如沐春風，讓人心生好感。

「晉陽侯府溫凌鈞，見過太夫人。」高大挺拔的男子，正恭敬地給老太太行禮。

溫凌鈞，可真是個好名字啊。紀清晨瞧著面前的人，大概有十八、九歲吧，穿著寶藍色雲紋團花鑲青竹紋襴邊長袍，生得十分高䠷勻稱，腰間束著巴掌寬的腰帶，倒是把身材又勾勒得格外修長。

紀清晨仗著自個兒年紀小，可是好生打量了人家一番。

要說這溫凌鈞的長相，確實是十分俊秀，又因為氣質溫潤，更是相得益彰。

「這是我的小孫女清晨。」老太太到底還是給介紹了一番。

紀清晨自然也要向溫凌鈞行禮，她乖巧地爬下床，大大方方地行禮。「見過世子。」

「紀姑娘不必這般客氣，若是不嫌棄，叫我一聲凌鈞便可。」溫凌鈞瞧著面前的小娃娃，生得真是玉雪可愛，舉止也端莊大方，小小年紀就如此乖巧有禮，實在難得。

不過溫凌鈞卻被紀清晨的表面工夫給騙了。殊不知這紀家的姑娘當中，她算是最沒規矩的，能坐著絕不站著，能叫人抱著，絕不讓自個兒的腿走。要是可以，她恨不得成為裴世澤身上的掛件，時刻抱著人家的大腿。

當然，如果她舅舅在這兒，那她就更願意成為她舅舅的掛件。

「不知這次溫世子前來，所為何事？」老太太溫和地問道。

溫凌鈞立即歉然一笑，輕聲道：「凌鈞上門打擾，還請老太太恕罪。只是昨日突收到消息，聽聞裴家真定祖宅遭了強盜，便即刻趕過來。只是方才在裴家未見到世澤，聽說他如今暫住到府上，這才上門叨擾的。」

原來是來找柿子哥哥的。紀清晨心中有點兒失望。不過想想也是，如今他與大姊都還不認識呢。

「原來如此。」老太太點點頭，輕聲道：「那我讓丫鬟帶你去世澤的院子裡，他就住在前院。」

「謝老太太。」溫凌鈞柔和一笑。

待人走了之後，紀清晨這才收回視線，惹得老太太連連笑道：「妳這孩子倒是長了一雙好眼睛。」

「祖母，您覺得這個溫世子為人如何啊？」

老太太無奈道：「妳還真當祖母是個老妖怪，這才見了人家一面，又怎能瞭解他的品性？不過聽說妳世澤哥哥遭了險，能立即趕過來探望，可見也是個重情重義之人。」

紀清晨點頭。是這個道理。

第二十九章

溫凌鈞見到裴世澤的時候，見他神色如常，倒也放了心，在他肩上拍了下，道：「你倒是走到哪兒都不會出事，虧我還擔心了半日。」

「只擔心了半天？」裴世澤劍眉微挑。

溫凌鈞聞言大笑。「竟還有心情說笑，看來是真的沒事。」

他四處打量著這屋子。雖說只是暫住的，可是處處卻透著精緻富貴，可見紀府待他為上賓。他有些奇怪地道：「我竟未曾聽說過定國公府與紀家相識？」

「我祖母與老太太乃是舊識，家中進賊後，紀家二老爺便上門探我。」裴世澤淡淡解釋道。

溫凌鈞緩緩點頭。「雪中送炭，能在你落難時對你出手相助，倒也真是清貴之家。」

「落難？」裴世澤放下手中正在擦劍的帕子，此時寶劍寒光四射，叫人忍不住側目。

溫凌鈞淺淺一笑，道：「自從你離京之後，京城裡可是什麼傳言都有。有人說你已被你父親厭棄，只怕以後這定國公之位就要落到你那弟弟的手中了。我前幾日也見到你弟弟了，小小年紀便跟著人當街學騎馬，差點兒踩到一個老伯。」

對於這個繼母所生的弟弟，裴世澤並無太多感情，聽到了更是連眼睛都未眨一下。

見他一副不在意的模樣，溫凌鈞也知這是他家中事，他素來不喜歡提，便不再繼續說下去。只是他有些疑惑地問：「我瞧你弟弟闖了這般大禍都未被你父親責罰，你當時究竟是如何……」

他話還未說完，就見裴世澤手掌一轉，掌心出現一株桃花枝。

「你這愛好可真夠雅趣的。」溫淩鈞登時失笑。他自幼在京城長大，自是見慣了京城貴公子的那些閒暇喜好，有些人喜歡騎馬，有些愛聽小曲，有些則是喜好喝酒，可偏偏就只有他喜歡這種戲法。

「你這手法倒是不比那梅信遠差，若是登臺，也必能叫人一擲千金。」溫淩鈞素來與他關係好，所以便調侃地道。

說起登臺，倒是讓裴世澤想起了那日在紀家，小姑娘跑到後臺來，眼巴巴地望著他。

此時京城的定國公府，三房的三太太董氏嚇得連手上的帕子都差點扯破，她連聲問道：「這可如何是好？若是娘知道的話，還不得嚇得昏過去。」

「所以暫時要先瞞住，好在世澤沒有受傷，這也是不幸中的大幸了。」裴延光嘆了一聲。

董氏又問道：「大哥人呢？這麼大的事情，他不至於還不管不問吧？」

「今兒個大嫂家中的姪子娶親，大哥一大清早就帶著大嫂還有幾個孩子去了謝家。」裴延光說這話的時候，語氣雖然還算溫和，可眉頭卻是皺起的。

董氏一聽，登時道：「這可真是有了後娘就有後爹。孩子都遭了這麼大的罪，竟還有心思去參加什麼姪子的婚禮，難不成那姪子比自家兒子還金貴不成？」

「妳可少說兩句吧。」裴延光見她越說越不像話，馬上阻止道。

董氏真是越想越生氣。若不是怕裴老夫人聽到這消息受不住，她還真恨不得去告上一狀，叫謝萍如還一天到晚裝那端莊大方的模樣出來。

其實董氏也是個真性情的，按理說她只是裴世澤的三嬸，不至於這般生氣，只是她是瞧著裴世澤長大的，別看這孩子平日疏淡清冷的模樣，卻是個再好不過的孩子了。

她兒子瀚哥兒要學騎馬，是他找了溫馴的小馬駒過來，又親自教了瀚哥兒學騎馬；還有他送給瀚哥兒的那副弓箭，兒子連睡覺的時候都恨不得能抱著。

別人待她的好，她都是記著的，尋常要有個什麼好東西，她也總是想到裴世澤。

裴老夫人瞧見她這個做三嬸的如此關心裴世澤，心裡也是高興的，畢竟這麼多孫子裡，裴老夫人最疼愛的就是裴世澤了。

董氏和裴延光不知道的是，他們倆說的話，都被一雙兒女聽了去。

裴瀚是三房的長子，素日裡最喜歡的就是這個三堂哥。三堂哥騎術好，射箭也頂厲害，就連變的戲法都有趣得很。至於他身旁的妹妹裴玉欣，她最喜歡的也是三堂哥，只因為三堂哥是家中的哥哥中長得最好看的，就連她自個兒的親哥哥都不如。

裴世澤離開了之後，這兩個孩子就總是鬧著要去找他，卻不想今兒個竟是聽到這秘密。

兩人對視了一眼，轉身就往裴老夫人的院子跑去。

待兩人到了院子，連丫鬟都還沒通稟，他們便闖了進去。

裴老夫人這會兒正在澆花，瞧見這兩個小搗蛋過來，立即笑道：「可是知道祖母這裡有好東西，就聞著味兒過來了？」

裴玉欣剛站定，連氣都還沒喘勻呢，就聽旁邊的哥哥裴瀚大喊道：「祖母，您快去救救三堂哥吧。」

這可把裴老夫人嚇了一跳，手裡拿著的水壺砰地一下掉在地上，水花濺得四處都是，她忙道：「這是怎麼了，你們打哪兒聽來的？」

裴瀚趕緊將玩鬧時，偷聽到父母的話、三哥在真定遇到強盜一事說了出來。

這些個少爺和小姐，長在京城這樣的天子腳下，只有聽說過強盜，何曾見過。這會兒一聽自家三哥居然遇上了，可不就是嚇得夠嗆，趕忙來搬救兵了。

裴老夫人聽到這話，真是又驚又怒，胸口起伏得厲害，額頭也突突地跳，眼看身子一晃就要倒下，幸虧有丫鬟及時扶住。

兩個孩子瞧見祖母這模樣，嚇得更厲害了。

好在裴老夫人也是經過大風大浪的，沒一會兒就穩住了心神，對著身旁的嬤嬤道：「去，去三房把三老爺和三太太都給我請過來。」

這會兒一聽說要請他們的父母過來，兩個孩子算是知道怕了。不過裴老夫人卻是一手一個拉著他們的手，連聲道：「真不愧是祖母的好孩子，你三哥有你們這樣的弟弟、妹妹，是他的福分。待他回府，就叫他帶你們兩個去街上玩，到時候想買什麼，就只管讓他買。」

「我們不要三哥買東西，我們就想三哥趕緊回來。」裴瀚立即說。

裴玉欣也點頭，噘著小嘴道：「祖母，我可想三哥了，你快些叫他回來吧。」

裴老夫人一聽，眼眶都紅了，趕緊叫丫鬟帶了兩個孩子去吃點心。

而裴延光和董氏突然被叫來，正一頭霧水呢，一進門就瞧見裴老夫人的臉色不好。

裴延光是老夫人閔氏的幼子，素來比兩個哥哥都受寵，這會兒趕緊道：「母親這般著急叫兒子過來，可是有什麼吩咐？」

「我問你，世澤如今在真定如何？」裴老夫人開口就問道。

夫妻兩人對視了一眼，心裡都發怵，卻想著老夫人該不該知道啊？兩人正猶豫著，就聽見老夫人怒拍桌子道：「還不說！」

這會兒夫妻倆心底才明白，老夫人確實是知道了啊。

於是裴延光只得一五一十地如實稟告，不過說完，他也立即安慰道：「母親，世澤並未受傷，只是家裡燒了幾間房子而已。若您不放心，明兒個我就親自去一趟。」

「那也好，就煩勞你這個當叔叔的跑一趟了。」裴老夫人這才面色稍霽。

裴延光立即笑了。「母親說的是哪裡的話，這些都是我應該做的。」

「連他親爹都對他不理不睬，你這個做叔叔的能去，那已是看在骨肉親情的面子上了。」裴老夫人說著，竟是悲從中來，心裡對大兒子是又氣又恨，而對那大兒媳婦，可就真是咬牙切齒了。

她活了這麼大年紀，什麼人沒見過。那謝萍如瞧著處事公道，對世澤一副愛護有加的模樣，可她若真的愛護世澤，又怎會叫裴延兆把他打得起不了身呢？

「幸虧你爹下個月也回來了。我是管不了你大哥，待你爹回來，我倒是要叫你爹評評理。」裴老夫人這次是下了狠心，非得讓長子受個教訓不可。

裴延光一聽他爹的名號，雖然都是三十歲的人了，可還是打從心底發怵。

此時裴世澤自是還不知，自己的事也在定國公府引起軒然大波。

溫凌鈞來看他，他自是謝過。而方才老太太叫人過來說了一聲，今兒個依舊是綠柳居開宴，招待溫凌鈞。

「你準備何時回京？」丫鬟走後，裴世澤轉過臉問道。

溫凌鈞輕聲一笑，感嘆道：「我好心過來探你，誰知不過一頓飯的工夫，你便要叫我走人？」

「正是因為真心謝你，才不留你。如今我借住旁人家中，難不成還要叫你同我一般？」

裴世澤難得說了這麼長的一句話。

「我瞧著這紀府上下皆是大方好客。」溫凌鈞莞爾一笑。

裴世澤的好性子算是要被磨光了，立刻揚眉瞪了過去。

只是溫凌鈞與他自幼便相識，又是他的兄長，當即便道：「世澤，這可就是你的無禮了。」

「裴公子，你有遠客來訪，怎不叫我過來一起見上一面？」兩人說話間，就見一少年走了進來，俊顏淺笑。

裴世澤素來就懶得應酬，再加上他也不喜歡那些玩樂之舉，所以身邊沒什麼朋友，只有溫凌鈞算是個說得上話的人。

此時見殷柏然進來，他也只是簡單地回了個禮，介紹道：「這位是晉陽侯府世子溫凌鈞。」說完，就再無別的話。

也虧得溫凌鈞瞭解他的性子，一點也沒生氣，含笑朝殷柏然抱拳道：「在下溫凌鈞。」

「原來是晉陽侯府的世子爺。在下殷柏然，出身靖王府，今次到姑丈家中來作客，沒想到竟能識得這般多朋友。」殷柏然一向長袖善舞，便與他聊了起來。

「想來溫世子剛來，還未曾在園子好好逛一逛吧？倒不如咱們出去走走，也不負這好春光。」殷柏然素來體貼，倒是比起裴世澤更會待客些。

溫凌鈞也不知為何，突然想起了先前在園子裡撞見的一抹影子，玲瓏曼妙。他也知撞見人家姑娘本就不該，可心底卻時不時就會出現那抹影子。於是他點頭道：「那就煩勞柏然帶路了。」

溫凌鈞如今十八歲，早到了娶親的年紀，只是他素來喜歡讀書，也就沒把心思放在親事上頭。他雖身為侯府的世子，卻刻苦用功，一年前更是取得了舉人之名，當時晉陽侯府可是宴客三日。

畢竟這年頭能潛心讀書的貴冑子弟，真是少之又少，像他這般未來確定能繼承侯府的世子爺，還能這般努力刻苦，那就更是鳳毛麟角了。

這次溫凌鈞是陪自己的先生回家鄉。他先生乃是當世大儒三通先生，他是三通先生收的最後一個關門弟子，一向待先生恭敬有加。先生因思念家鄉，他便陪著先生過來，說來他們已在真定下面的王灣村住了好久。

他也就前些日子回了京城一趟，探望父母，這才聽說了裴世澤的事情。誰知他正想著來真定探望裴世澤，就收到了他家中遭強盜的消息。

「原來凌鈞兄竟然是三通先生的關門弟子，那柏然可真是失敬了。」殷柏然對溫凌鈞再度刮目相看了一次，原以為不過就是個普通的貴族子弟，沒想到竟還有這樣的身分。

溫凌鈞淺笑道：「賢弟不必這般客氣，我雖是先生的弟子，只是資質魯鈍，不敢平白辱沒了他老人家。」

「他去年乃是北直隸鄉試第三。」裴世澤輕嗤一聲，戳破道。

溫凌鈞無辜地眨了眨眼睛，又朝他看了一眼，可裴世澤卻目不斜視，只管往前走。

倒是殷柏然忍不住笑出聲，感慨道：「凌鈞兄，你實在不必這般謙虛。」

溫世子這謙虛過了頭，反倒成了故意炫耀一般，他真是有苦說不出啊。

這紀家的園子精緻，裴世澤來了數次，柏然也逛了不少回。也就是殷柏然還有些做主人的姿態，領著溫凌鈞閒逛。

「前面不遠處就是綠柳居，是一棟臨湖建築，咱們今日便在那裡用膳。」殷柏然說著，就聽見湖邊傳來不小的聲音。

三人穿過太湖石，走到樹下，就見不遠處的湖邊，有一群少女站在那裡。其中最矮的那個人，卻是聊得最起勁的，也不知在說什麼，就要往湖邊去。

她旁邊的高䠷女孩，穿著一身紅色織金衣裳，在陽光下，顯得華麗又璀璨。她一頭烏黑亮麗的長髮，束成垂髻，頭上插著珍珠髮簪，秀美溫潤，極致的黑與溫潤的珍珠，交相輝映。

溫凌鈞一下就瞧見了那個穿著大紅織金長裙的姑娘，不知是他心中期盼太深，還是聽到了這邊的動靜，那少女回眸看了過來，明眸善睞，在金色的光幕下，她笑得如此動人。

溫凌鈞有些愣住。

一直到許多年後，他依舊記得，陽光下她明豔動人的笑。

待見那少女似是要過來，他也正準備上前時，就聽旁邊一個聲音喊道：「表妹。」

紀清晨是在湖邊被紀寶璟逮住的，雖然她被千叮嚀萬囑咐，不許到湖邊玩，畢竟她上次落水的事情，可真是嚇壞了家裡人。但架不住藝高人膽大，特別是她想做荷葉飯吃，於是便領著丫鬟去摘荷葉了。

結果這壞事還沒幹成，就被大姊給逮住。

姊妹兩人正說話，就聽見旁邊的丫鬟說，表少爺和裴公子他們來了。

紀寶璟與紀清晨回頭瞧過去，就見那邊站著三個少年，風姿如儀，君子如玉，這般站在一處，當真是美成一幅畫。

「大姊，那個就是溫凌鈞。」紀清晨趕緊拉了拉紀寶璟的手臂，焦急道。

紀寶璟低頭斥了她一句。「不許這般無禮，妳應該叫人家溫世子。」

紀清晨撇撇嘴。說不定日後還得叫大姊夫呢。

此時殷柏然叫了她們一聲，三人便走了過來。

紀寶璟拉著紀清晨也往回走，只是紀清晨還是捨不得她摘的那些蓮葉，邊走邊回頭叮囑。

「把這些摘好的都送到廚房裡頭，我要吃荷葉飯。」

三個少年一過來，就聽到小姑娘一本正經地吩咐。

殷柏然上前便摸她的小腦袋，輕聲問：「可有柏然哥哥的分？」

「自然是都有的，還有柿子哥哥的。」紀清晨衝著裴世澤甜甜一笑，又瞧見旁邊的溫凌鈞。「也有溫世子的。」

瞧瞧這親疏有別，被叫哥哥的兩個，各自露出滿意的笑容，至於被叫世子的那個人，卻是一臉苦笑。這位七姑娘當真是古靈精怪。

只是溫凌鈞卻總忍不住朝旁邊的妙齡少女看去。只見她長眉杏眼，特別是那雙眼睛烏黑有神，瑩潤晶亮，猶如一汪清泉，水波流轉，似有訴不盡的話語。

溫凌鈞生於富貴之家，又自幼聰慧自制，在他的記憶中，從未有過「求而不得」這四個字。因為他連極力想要求的東西都沒有，又哪裡來的不得呢？

他師承三通先生，先生乃是當今大儒，教他做人的道理，也教他四書五經、諸子百家，可是先生卻沒告訴他，此時這如雷鳴般的心跳聲，又是為何？

一見傾心。溫凌鈞從未想過這樣的事會發生在他身上。在她回眸淺笑的那一瞬間，他的眼中就只剩下了她，連周圍的景致都因她而失色。魂牽夢縈竟是這樣的滋味，明知打量人家姑娘是無禮的，卻總是忍不住要看過去。

別說旁邊幾人瞧出來，就連紀清晨都看出來了。

紀寶璟顧不得再說話，輕輕屈膝道：「表哥帶著兩位公子再逛逛吧，我先與沅沅回去了。」

紀清晨被紀寶璟牽著小手，可是卻不停地回頭望，見溫凌鈞臉上似出現尷尬的表情，連耳朵都有些泛紅，立即在心底笑了起來。她這個未來大姊夫，竟這般可愛。

「大姊，那個溫哥哥一直盯著妳看。」紀清晨天真地說道。

紀寶璟被她戳破，難得地惱羞成怒，低聲斥道：「不許胡說。」

紀清晨搗嘴偷笑。她可沒胡說，就是因為她說了真話，才讓大姊這般羞澀的。雖然溫凌鈞這般對大姊，她已經高興極了，可難保他只是見色起意，還得多觀察觀察才是。

紀寶璟只把這件事當作是個插曲，卻把七姑娘給難壞了。這小腦袋一直轉著，生怕耽誤了自己如花似玉的大姊。

等到了綠柳居，老太太領著女眷過來，溫凌鈞給諸位姑娘見禮時，十分守規矩，倒是未曾像打量紀寶璟那般打量著別人。

紀延生也回來了。畢竟溫凌鈞可是晉陽侯府世子，況且關於這位世子，他也是聽說過的。

三通先生祖籍乃是真定王灣，與他父親也是舊識，之前便聽說三通先生回鄉小住，只是先生素來喜靜，所以他也沒有去打擾，而這位世子，便是三通先生的關門弟子。

去年鄉試，他可是北直隸的第三名。要知道大魏開朝至今，就沒哪個勛貴弟子能取得這般好的名次。

畢竟勛貴子弟與官宦子弟不一樣。官宦子弟除非是父輩為官做事實在厲害，皇上或許看重，才會恩賜家中子弟。可是這樣的恩賜，到底不是正途，瞧瞧那些內閣宰輔，哪個不是正經的進士出身？

至於勛貴子弟，他們晉升的方式可就多了。這些勛貴的祖輩那就是跟著皇室打江山的，若是被皇上看重，庇蔭家中子弟自是不在話下；而那些個嫡長子，更是生來就有爵位可繼承，誰還會傻乎乎地去寒窗苦讀數十載啊？

可偏偏這個溫凌鈞就是個「奇葩」。

他不僅正經讀書，還能深入鑽研，因此被三通先生看中，收為關門弟子。這樣的孩子，誰會不喜歡？

紀延生就是沒兒子，要不然定要以溫凌鈞為榜樣的，這樣的孩子扎實又肯努力。

只是他雖沒兒子，可是有閨女啊，而且還有一個如花似玉的長女。

第三十章

紀延生瞧著面前的溫凌鈞，可真是越看越順眼。他的容貌自是不用說，清俊貴氣，性子更是溫文爾雅，況且又是三通先生教出來的徒弟。

三通先生一生只有一位夫人，夫妻兩人琴瑟和鳴，那可是當朝的一段佳話。

紀延生身為男人，男人該有的毛病他真是一樣都不缺。可是輪到給女兒相看女婿的時候，恨不得未來女婿就是個柳下惠，美人坐懷而不亂。

席間，紀延生少不得與溫凌鈞喝了兩杯，更是旁敲側擊道：「凌鈞這樣的才情容貌，當真少見，只怕京城的媒人都把家裡門檻踏破了吧？」

「紀大人說笑了。」溫凌鈞立即尷尬地臉頰微紅，正色道：「大丈夫當修身齊家，如今凌鈞尚未做到修身，又何以齊家呢？」

紀延生滿意地點頭。那就是尚未婚配了。

溫凌鈞如今十八歲，只比寶璟大四歲，般配得很。

於是一桌上，就聽到紀延生對溫凌鈞噓寒問暖，至於住在紀家的兩位少年，卻是被無視得徹底了。

用過午飯後，溫凌鈞便要告辭離開，畢竟他還要趕回去，王灣村離真定府的路途可不算近。

只是紀延生既然瞧上他了，豈能輕易放他離開？於是他又被紀延生拉去喝茶，紀延生可是把藏著的好茶葉都拿了出來。

而另一邊，紀清晨正拿著美人拳給老太太敲腿。她眨了眨烏黑的大眼睛，故意道：「祖母，我看爹爹好像很喜歡那個溫哥哥。」

一旁的紀寶璟還坐在那兒呢。

老太太瞥了小丫頭一眼，道：「妳爹爹只是惜才罷了。那位溫世子小小年紀便是個舉人，可見課業上著實厲害，妳那幾個堂哥可都比不過人家。」

「那他這樣的人，肯定有很多人喜歡。」紀清晨已憋不住臉上的笑容，倒是老太太了然地瞧著她，又見坐在一旁的寶璟耳朵已微微泛紅。

方才紀延生在桌上說的那些話，她們女眷這桌也是聽了個大概，紀寶璟最聰慧不過了，怎能不明白爹爹的用意？

只是女兒家啊，旁的事情上再端莊大方，可是提到自個兒的婚事，那也是羞澀極的。她當即起身道：「孫女今日吃得有些多，積食了，先出去走走。」

待紀寶璟離開後，老太太才教訓紀清晨道：「妳這丫頭，如今連妳大姊都敢戲弄了。」

第二日裴延光就來了真定。這件事大哥也知道，只是他拉不下面子，於是他這個做叔叔的倒是來跑一趟了。

誰知到了祖宅裡，才知道裴世澤根本就沒住在這裡。在知道裴世澤去紀家暫住時，裴延光的面色就有些不好看了。

待他找過去，遞了名帖，老太太便在院子裡見了裴延光，他自是再三謝過老太太對裴世澤的照拂之意。

可老太太卻是有話要說了。「照顧這孩子，那是我應該做的，畢竟我與你母親也算是舊交，世澤便如同我自家孫子一般，所以有些話我說了，還請賢姪不要見怪。」

裴延光立即道：「老太太有什麼話，只管吩咐便是，延光不敢有異議。」

「你們定國公府的事情，外人插手不得，只是世澤那孩子素來是個有苦不會說的，我便與你說說那日的情形。家裡的管事被人殺了，據說殺人的凶器是淬了毒的，房子也被燒了，這些也就罷了。可如今世子爺不親自來接兒子，倒是叫你這個當叔叔的來，我竟是不知這世上還有這般不疼愛自個兒孩子的父親。」

老太太這次是真的生氣了，就算裴延光心裡要罵她多管閒事，她也少不得要多嘴一句。

裴延光這張臉真是沒處放了，只唯唯諾諾地道：「延光受教了。」

「你何錯之有？若是你母親問起了，就把我的話原原本本地告訴她。」老太太算是徹底多管了一回閒事，她都這個年紀了，率性而為一次又如何？

老太太說完，就叫人領著他去見裴世澤。

裴世澤早就知道三叔過來了，已在院中等著。

裴延光瞧見他周身安好，這才徹底安了心，趕緊道：「你祖母在家中憂心極了，若不是我攔著，今日就要同我一起來接你。所以你收拾收拾，與三叔回去吧。」

「三叔，我在這裡住得極好，您不用擔心。」裴世澤說這話時，臉上是掛著笑的。是的，他是真的住得很好，有個小肉包子每天都恨不得抱著你的大腿喊你哥哥，有關心他的長輩，當然也有瞧他不大順眼的紀世叔，這裡的一切都叫他安心。

「難不成你還要在此長住下去不成？」裴延光聽到姪子這話，可真是驚訝異常。

裴世澤突然低頭，再抬頭時，臉上掛著柔和的神情，讓裴延光看著都覺得陌生了。「我自是會離開，只是如今還不到時候。」

裴延光沒想到裴世澤竟不願意走。他不願意，裴延光也不能強拖著他。

於是向老太太告辭之後，裴延光又去了府衙，尋了紀延生。

兩人年少時倒是在一起玩過，此時他是厚著臉皮上門的，畢竟這也算是家醜了。他瞧著裴世澤在紀家過得極安逸的模樣，可見紀家待他是真的好。所以他只能請紀延生多加照顧，等裴世澤心裡不氣了，再勸他早日回去。

只是這會兒，就連紀延生都替裴世澤開口說道：「我瞧著世澤雖看著清冷，可卻不是個不明事理的，這件事可真是令兄錯了。」

裴延光這張臉算是徹底掉地上了，他苦笑不已，又喝了不少酒，這才坐了馬車回去。倒是來的時候帶著的兩車東西，全都留在了紀家。

他大哥要是再不過來接兒子，只怕這兒子真要成別人家的了。

紀清晨是後來才知道，柿子哥哥的三叔來接他了，嚇得小姑娘一路朝他院子狂奔。待見到他在院子裡練劍時，她險些要哭出來。

裴世澤走過來，半蹲在她身前，看著她水汪汪的大眼睛，給小姑娘理了理頭髮，輕聲道：「跑這麼急做什麼？」

紀清晨憋著一口氣，此時停下來，卻是喘得不得了，小胸膛不停地起伏，烏黑滾圓的大眼睛也變得水汪汪的。

她哇的一聲抱住裴世澤的脖子。幸虧裴世澤警醒，及時撐住，要不然兩人都得摔倒在地上。

「我怕你走掉了。」小姑娘帶著哭腔道。

裴世澤的心猶如在溫泉中泡著，小姑娘全身心的依賴，讓他有些不知所措，可是更多的卻是感動和欣喜。

他拍著小姑娘軟軟的背，輕聲道：「我不會走的。」

裴世澤沒走，可是讓紀清晨高興極了，所以廚房裡開始包粽子的時候，她就特別吩咐了，給她和柿子哥哥的粽子，必須每個裡頭放兩顆大棗。

廚房的人聽到櫻桃傳的話，有點哭笑不得。這粽子素來就是按照不同餡料包的，韓氏聽說了，便直接叫人去包，而且還把他們的粽子分開煮，煮完了就給紀清晨和裴世澤送去。

一年一度的端午節可是叫小姑娘們好生期待，因為不僅有新衣裳穿，也是姑娘們爭奇鬥豔的時候。姑娘們帶著的五毒包都得是自個兒親手做的，紀清晨還小，所以紀寶璟便給她用縐紗做了五毒，個個都唯妙唯肖，紀清晨不但不怕，還拿去嚇唬紀寶茵，險些把她給嚇哭了。

紀寶璟最是心靈手巧，還用五色絲線做了指甲蓋大的小粽子，串成一串，掛在身上，又醒目、又別致。

紀清晨覺得這個好看，就叫丫鬟也學著做了，她拿去送給裴世澤和殷柏然。

等到了端午正日子，紀清晨一大清早就醒了，起床就開始梳妝打扮，兩隻手腕和腳腕上都戴著五彩絲線，脖子上掛著驅邪的香包，腰間掛著紀寶璟做的五彩粽子還有縐紗五毒。出去的時候，老太太瞧著她這副打扮，笑得是好久都直不起身子。

這個城中有賽龍舟的地方，紀家女眷都會去看，紀延生也老早就叫人在酒樓上包了最好的座位，因此就連老太太，都被紀清晨纏著，準備一塊兒去看了。

紀家全員出動，便是馬車都有六、七駕，走在路上別提有多威風。

今兒個就連韓氏都不約束女兒了，到了地方，因龍舟賽尚未開始，所以紀寶芸鬧著要出去玩，韓氏只叫她戴好帷帽便是。紀寶茵自然要跟著姊姊一塊兒去，她問紀清晨：「七妹，妳要去嗎？」

紀清晨自是搖頭，反而是紀寶芸問了一聲。「六妹，妳要去嗎？」

紀寶芙自從上次被教訓之後，老實了許多，可到底是小孩子心性，聽到三姊叫自個兒，當即也點了頭。

於是紀清晨更不想去了。反正她有大姊呢。

她們走後沒多久，紀清晨站在包廂的陽臺上，朝著樓下看。這會兒街上可真是熱鬧極了，雜耍賣藝的鑼鼓敲得震天響，小吃攤上的東西，不要錢似的散發香味，像是要勾著人去吃。

紀清晨看得正開心，竟沒想到在人群中瞧見了一個熟人，當即她便進了包廂，喊道：「樓下有賣糖葫蘆的，我要吃糖葫蘆。」

「好，伯母叫人給妳買去。」韓氏笑道，便要讓丫鬟去買。

紀清晨立即撒嬌道：「我要自個兒去。」

「樓下人多，妳一個小孩子，危險。」老太太是不同意的，可紀清晨硬是要去。

最後還是老太太讓了步，叫丫鬟和婆子跟著她下去，再三吩咐可得把姑娘看好了。

紀清晨得了准許，就飛奔出去了，沒一會兒便下了樓。她剛出酒樓的門，就聽見有人在身後喊道：「七姑娘、七姑娘。」

只是她充耳不聞，只管朝賣糖葫蘆的地方跑去，待她站定後，身後的人也跟了上來。

「沅沅。」

她一抬頭，就瞧見額頭上有薄薄汗珠的溫凌鈞，只見他一張俊臉又驚又喜。

小姑娘立時噘著小嘴道：「不可以叫我沅沅的。」

溫凌鈞見到小姑娘早已喜上眉梢，聽她這孩子氣的話，頓時笑問：「妳不是叫沅沅嗎？為何我不能喚呢？」

「這是家裡人才能叫的小名。」紀清晨一本正經地解釋。

家裡人？

溫凌鈞笑得更溫和了，瞧著旁邊賣糖葫蘆的小販問道：「沅沅，妳可是想吃這個？」

紀清晨眼睛一轉，聲音甜得跟糯米糊似的，問道：「是不是我喜歡的，溫哥哥你就會買給我啊？」

「那是自然。」溫凌鈞今日本就是想碰一碰運氣，畢竟河邊酒樓頗多，他也不知紀家訂的包廂在哪處？誰承想竟是真叫他撞見了出來買糖葫蘆的小姑娘，所以這會兒別說只是買個糖葫蘆，就是買一座酒樓，他都是願意。

紀清晨嘟著小嘴，指著小販手裡的糖葫蘆架子，一根長圓棍上，扎滿了眼孔，糖葫蘆棒子就扎在那些眼孔裡，一根根糖葫蘆迎風招展，別提有多誘人了。

這會兒邊上可是圍著好多孩子呢。

溫凌鈞當下便要掏銀兩，就聽小姑娘又說：「我要這個棍子，我要全部的糖葫蘆。」連身後的櫻桃都趕緊道：「姑娘，妳又吃不完，哪裡需要買這麼多啊？」

「溫哥哥，你買不買給我啊？」紀清晨甜甜地笑著說。

「買，都買。」溫凌鈞當即掏了一錠銀子出來，最後連插糖葫蘆的棍子都給買了下來。

小販高興極了，問道：「姑娘，可是從對面酒樓過來的？要不我給您送上去？」

小販出來賣了這麼久的糖葫蘆，不僅是第一次賣得這麼快，而且還是連插糖葫蘆的棍子都賣掉了。

紀清晨踮起腳尖，從上面拿了一根，伸出小舌頭在糖衣上舔了一下。可真甜啊。

只見她小手一揮，指著溫凌鈞道：「不用，給溫哥哥扛著吧。」

「溫哥哥，咱們上樓吧，我祖母、大伯母還有大姊都在樓上呢。」小姑娘胖乎乎的小手拿著糖葫蘆，嘴裡如此說道。

溫凌鈞在聽到「大姊」這兩字時，眼睛晶亮，伸手就接過糖葫蘆的棍子，一點都沒有怨言。

於是一手拿著糖葫蘆的小姑娘，與她身邊扛著糖葫蘆棍子的錦衣少年，成了這條街最奇特又和諧的一道風景。

溫凌鈞雖瞧著瘦削，可力氣倒是不小，扛著糖葫蘆棍跟著紀清晨上樓，仍氣息平穩，連臉頰都未泛紅。

小姑娘這可真是得意極了。都見過買糖葫蘆的，誰見過連賣糖葫蘆的架子都給買下來的？方才他們進來的時候，整個酒樓一樓的客人都轉頭盯著他們看。

紀清晨還特意瞧了溫凌鈞的表情。雖然被這麼多人圍觀，可是他臉上沒有絲毫的窘迫，也沒有尷尬，反而是坦坦蕩蕩，一副寵辱不驚的模樣。

不錯，可塑之材也。

待到了包間門口，就見一身粉嫩的小姑娘停下來，轉過身子時，那層層疊疊的裙子旋即在空中舞動，似是打開的花苞般。

她站定後，白嫩的包子臉甚是可憐。「溫哥哥，若是祖母知道我叫你買了這麼多糖葫蘆，定然是要不高興的。」

「沅沅，妳放心，溫哥哥便說是自個兒非要買的，妳啊，只是勉為其難地收下了。」小姑娘的這點小心思，溫凌鈞豈有看不透的道理？只是他願意寵著這個小丫頭罷了。

溫凌鈞的母親體弱，只有他一子，雖家中也有庶出的弟弟和妹妹，可到底關係不是十分親近。紀清晨長得實在可愛又討喜，見到她的人就沒有不喜歡的，雖說之前她的性子有些刁蠻任性，可如今只剩下了天真可愛，自是叫誰都喜歡。

紀清晨感動地點點頭。瞧著她這個未來大姊夫，竟是這般通情達理。

於是她伸出胖乎乎的小手，推開包廂的門，此時房中幾人正坐在圓桌旁說話聊天，瞧見有人推門進來，都轉頭看過來。

眾人先瞧見了一手拿著糖葫蘆，正喜孜孜地吃著的紀清晨，而旁邊跟著的竟是扛著糖葫蘆架子的溫凌鈞。別說紀寶璟了，就連老太太這般處變不驚的人，都露出了驚訝的表情。

還是大伯母韓氏率先道：「這、這是怎麼了？」

「見過老太太、伯母。」溫凌鈞先是叫了兩位，最後才又溫柔地說：「還有大姑娘。」

紀寶璟瞧著他，竟覺得說不出的好笑。

上次見面時，他在寶璟眼中也不過就是個有些優秀的少年，何況如今紀家還住著兩個不分伯仲的人，所以溫凌鈞在她心中也不過就是個淺淺的印象罷了。

可今日她瞧著他扛著那賣糖葫蘆的架子，一串串鮮紅的糖葫蘆正插在上頭，真是有種叫人開懷的有趣。她拿出帕子擋住自己的嘴，低頭淺笑。

「沅沅。」老太太一瞧，便知道定又是這小傢伙出的主意，就數她最是古靈精怪了。

只是小姑娘可不害怕，朝溫凌鈞瞧了一眼，溫潤的少年立即道：「老夫人，我瞧著樓下小販賣的糖葫蘆甚是可口，便買了些上來，想給您也嚐嚐鮮。」

這孩子喲，可真是會說話。

老太太是氣紀清晨不懂事，可溫凌鈞卻是真懂事啊，不但主動幫這小東西扛著，還美其名說是給她們嚐嚐鮮，可真是會說話會做人。

紀清晨心底詫異，瞧著這位大姊夫，說話竟也能跟抹了蜜似的。既是人家都替她兜著了，小姑娘自然也不好意思直叫他一個人難做。

她伸出軟軟的小手，把溫凌鈞拉進來，道：「溫哥哥進來坐吧。」那聲音甜甜糯糯的，叫人不忍拒絕。

不過溫凌鈞也沒想要拒絕。他扛著架子走進來，老太太這會兒卻是忍不住了，忙道：「還不把溫世子手裡的東西拿過來。」

旁邊走出一個頗為健壯的婆子，趕緊道：「世子爺，這東西沈重，還是讓奴婢拿吧。」

「那就有勞了。」溫凌鈞溫言一笑。

紀清晨這會兒倒是趕緊上前，從糖葫蘆架上拿了一串又大又紅的，慇勤地遞給老太太，說道：「這個最大最甜的，給祖母吃。」

瞧著面前小姑娘這晶瑩水靈的大眼睛，老太太真是還沒吃，便已經甜在心頭了。

隨後她又拿了一串，走到韓氏跟前，乖巧地說：「這第二大第二甜的，就給大伯母。」

「哎喲，我的乖乖喲，如今竟是這般懂事了。」韓氏一笑，接過糖葫蘆的同時，又在她臉上摸了一下。

倒是輪到紀寶璟的時候，紀清晨嘿嘿一笑，跑到櫻桃身後，將她一直藏在後背的鮮花拿出來。方才她瞧見樓下有賣花的小姑娘，便叫溫凌鈞買了一束。這一捧鮮花，有含苞待放的，也有開得正濃的，由於是早上剛摘，上頭的露珠都還沒蒸發呢。

「我知道大姊不愛吃這黏牙的，便給大姊買了這個。」小姑娘人本就小，此時一捧花拿在面前，都快要把她的小包子臉給擋住了。

廂房中出現一片沈寂後，也不知是誰沒忍住，噗哧一聲輕笑，接著便是所有人都笑了起來。而紀寶璟則是一邊臉紅，一邊笑著。

韓氏這會兒可真是連肚子都笑疼了，伸手指著她道：「幸虧咱們沅沅是生作女兒身，這要是個男子，指不定有多少風流債呢。」

可不就是，這才多大的年紀，就這麼懂得討姊姊的歡心了。

此時的溫凌鈞輕抬眼看過去，雖竭力克制，眼底卻還是隱隱地期望。畢竟那束花是他花了銀子買的，若是她收下，也相當於是自個兒送給她的。

一想到這裡，溫凌鈞心中生出了幾分甜蜜。

在回去的這幾日，總是能想起那日她回眸時的明媚笑顏，想著想著，心底就像是被微風吹皺的湖水，久久都不能平靜。

第三十一章

溫凌鈞生怕再像上次那般唐突了佳人，可又禁不住心底的期許，抬眸看了一眼。她很好看，是那種明豔動人的好看，一顰一笑都叫他喜歡。

此時溫凌鈞才曉情滋味，原來是比蜜糖更甜，想著她的時候心裡高興，若是能看她一眼，便覺得是天大的福分。

這樣的滋味，他挺喜歡的。

「大姊。」紀清晨又叫了一聲。

紀寶璟這才伸出雙手接了過來。她的手掌白皙修長，指甲上是淡淡鳳仙花汁染成的粉色，並不鮮豔，卻有一抹淡淡的溫柔。

「謝謝沅沅。」紀寶璟低頭，輕輕地聞了下。

溫凌鈞瞧著對面少女俯身聞著花香的舉動，她好看的臉蛋湊近那束花，鮮豔的嬌花卻絲毫未奪去她的光彩，竟是人比花嬌豔。

紀寶璟聞過花香後便起身，拉著紀清晨的手道：「沅沅，跟姊姊到旁邊去坐坐吧，待會兒賽龍舟就要開始了。」

這酒樓就建在湖邊，前後兩處都開著窗子，前頭的窗子是對著大街上的，而後面的窗子還有陽臺，是專門用來看龍舟比賽的。

這樣的酒樓沿著湖邊可有不少，每年到端午節都是供不應求，能訂到好位置的，可都是真定府赫赫有名的人家。

「溫世子，別站著了，坐吧。」老太太溫和地道。

溫凌鈞能上來打個招呼，見上紀寶璟一面，便已是得償所願了。

如今這一屋子的女眷，他怎好留下來呢？於是他說道：「老夫人，我出來也有一陣子了，還要回去服侍先生，所以就不多打擾了。」

「三通先生今日也來了？」老太太有些驚訝地說。

溫凌鈞含笑道：「先生一向喜靜，今年倒是難得來了雅興，來觀賞這賽龍舟的盛會。」

要說賽龍舟，京城每年端午舉辦的龍舟比賽那才叫熱鬧呢。下場比賽的有禁軍、五軍都督府的，也有勛貴子弟。那些從底層上來的軍士，瞧不上這些只靠著祖輩英名的勛貴子弟，而勛貴子弟也瞧不上這些大老粗搶了他們的風頭，雙方鬥法才叫好看。

就連皇上，也是每年都要到永定河邊上觀賞龍舟，而勇奪魁首的人，那可真是威風極了。

只是三通先生在京城的時候，不喜歡湊這熱鬧，要不然以他之名，永定河邊上豈會沒有他的一席之地？

他方才是被師娘打發出來買東西的，本就想碰碰運氣，看看能不能撞上紀家的人？沒想到還真是這般有緣分。

「姊姊，是三通先生欸。」這位當世大儒的聖名，紀清晨兩世可都是如雷貫耳。只是前世她在生時，只是個江南商賈家的女兒，自是沒資格見大儒，而死後，她附在裴世澤的玉珮上，他名聲可不好了，不擇手段、殘害忠良，人家大儒先生能待見他嗎？所以紀清晨也只是聞名，而從未見過。沒想到這世竟有了此番機緣，若是不去求見一番，可真是對不起這樣的天賜良機。

紀寶璟捏住她的手，緩緩搖頭，可眼中卻也是猶豫之色。

她自幼便飽讀詩書，紀延生沒兒子，就把她當兒子一樣教養。她啟蒙的時候，是紀延生將她抱在懷裡，一遍一遍教著的。如今知曉三通先生就在附近，她怎會不想見一見高賢？

「姊姊，這可是難得的機會。姊姊妳不是最喜歡三通先生的畫作嗎？這次可以當面求教一番啊。」紀清晨實在是太懂得怎麼誘惑人了。

一直豎起耳朵聽著這邊動靜的溫凌鈞，在聽到紀寶璟喜歡先生的畫作，頓時喜上眉梢。

他跟隨先生這些年於畫作上也有些心得。他心中欣喜，卻不好乍然插嘴。

紀寶璟被她說得心動。當世皆知三通先生乃是大儒，卻極少有人知道，先生的畫也是一絕。

她曾在祖父的書房中見到過三通先生的真跡。當時她雖年幼，卻還是被畫中的意境所吸引，她這般喜歡畫畫，也未嘗不是受了先生的影響。

「姊姊，去吧，說不準下次就沒這麼好的機緣了呢。」紀清晨自然瞧見了紀寶璟臉上的猶豫，又給她添了把柴火。

「寶璟，妳若是想去見見，那就隨溫世子一塊兒過去。說來三通先生還是妳祖父的至交好友，咱們兩家也算是有些淵源的。」老太太也知道大孫女喜歡畫畫，如果能去見見大儒，也能長些見識。

既然連祖母都開口了，紀寶璟自然是不再扭捏，讓丫鬟取了帷帽戴上，這才走到溫凌鈞身邊，微微屈膝道：「麻煩溫世子了。」

「不麻煩、不麻煩。」溫凌鈞立即擺手，臉上的歡喜是真的沒藏住。

紀清晨年紀還小，不需要戴帷帽，她牽著紀寶璟的手，跟著溫凌鈞下樓去了。

一路上雖有丫鬟、婆子伺候，但溫凌鈞還是時刻注意著兩邊的情況，生怕有人唐突了佳人。只是這街上人頭湧動，瞧著竟像是整個真定的人都聚集到了這一條街上來。

溫凌鈞被擠得撞了一下旁邊的紀寶璟，他立即低聲道歉。「對不起，紀姑娘，我不是故意的。」

他聲音雖輕，紀寶璟卻聽得很清楚，於是她輕輕搖頭道：「無妨，溫世子小心。」

聽到她的關心，溫凌鈞只覺得有一汪暖流從心中滑過，那聲音更是柔和得如四月裡的湖水。「妳也要小心才是。」

待他們到了的時候，就見這間酒樓不似旁邊的熱鬧，門口還站著官差，見他們過來，立即道：「這裡閒雜人等勿進，幾位請回吧。」

官差也瞧見他們身邊的這些丫鬟、婆子，知道定是城中大戶人家的女眷，是以說話也格外客氣，並未像對其他人那般，張口就呵斥。

溫凌鈞微微皺眉。他離開的時候，門口還沒有這些官兵呢。

他立即抱拳解釋道：「我家先生就在樓上包廂，還請幾位行個方便，讓我們上去吧。」

官差見他不聽勸阻，上前一步，一手緊緊扣著腰間佩著的佩刀。

「世子爺，您可回來了。」只見一個穿著青衫的少年衝出來，瞧見他竟是像瞧見了親人般，上下打量了一番，這才放下心來。只是他放心之後，又有些哀怨道：「世子爺，您要買什麼東西，只管吩咐小的去便是了，何必要親自跑一趟，可叫小的好生擔心啊。」

紀清晨在一旁瞧著這小廝實在有趣，嘴皮子上下吧嗒吧嗒的，逗得她一下就笑了。

二寶這下才看見跟著自家世子爺一塊兒回來的兩位姑娘。高挑的妙齡少女戴著帷帽，瞧不清楚面容，只是看那身形就讓人覺得，這定是位美人兒。

至於那位正笑著的玉團子，可真叫二寶稀罕了。只見她梳著可愛的花苞髻，全身穿著粉色裙衫，就連頭髮上綁著的髮帶都是粉色的，而她的小臉卻是格外白皙圓潤，那烏溜溜的大眼睛又亮又黑，就像是剛洗過的葡萄，水靈靈的。

待敲了門之後，是個丫鬟過來開門的，見溫凌鈞站在門口，立即欣喜道：「世子爺，您可回來了。」

「是凌鈞回來了？」屋子裡傳來一個有些蒼老溫柔的聲音。

「師娘，弟子帶了幾位舊友前來。」溫凌鈞進門後，立即稟告道。

屋子裡坐著的是一位穿著暗紫色竹葉緞面對襟長褙子的老夫人，頭髮有些花白，卻梳得整整齊齊，插著一支水頭十足的翡翠簪子，耳朵上也是同樣水頭的翡翠耳環。

「師娘，這兩位乃是真定紀家的姑娘，這位是大姑娘，這位是七姑娘。」溫凌鈞介紹道。

紀寶璟和紀清晨都給老夫人請了安，而坐在桌旁的老夫人，仔細地打量她們兩姊妹，半晌才道：「妳們祖母如今身子骨可還好啊？」

「謝老夫人關心，祖母身子骨一直硬朗，今兒個也來看龍舟了。」是紀寶璟回的話。

老夫人聽她的聲音，如黃鸝出谷，清脆動人，不由道：「上回見妳的時候，妳走路尚且還要叫人攙著呢，沒想到這一晃眼，竟已長得這般大了。」

待老夫人叫她們坐下後，便聊起了往事。

紀清晨這才曉得，原來逝去的祖父與三通先生年幼時，在一個學堂裡讀過書，竟是有如此的同窗之誼。不過祖父考上科舉之後，便在朝中為官。倒是三通先生閒雲野鶴，不喜官場束縛，反倒成就了另一番賢名。

三通先生的夫人，也就是面前的這位老夫人，本家姓燕，被人稱作是燕夫人。

「如今我們就在王灣村住著，叫妳祖母有空，也給我寫封信。這麼多年沒見，不知她是不是還像從前那般？」燕夫人似是想起了從前的事情，臉上皆是懷念之色。

因今日實在不便，所以紀寶璟便先告辭了。

「妳既然喜歡逸之的畫，回頭我叫凌鈞送兩幅到府上。」燕夫人笑道。

紀寶璟聞言又驚又喜，立即道：「謝老夫人，寶璟何德何能。」

「不過就是幾幅畫而已，妳若是喜歡，以後就來家裡玩。」燕夫人挽著她的手，便從手腕上擼下一只翡翠鐲子，戴在她的手上，輕聲道：「頭一回見面，我這個做長輩的也沒什麼好東西給妳。」

「我怎麼能收如此貴重的東西？」紀寶璟要推脫，卻已被燕夫人將鐲子戴在了手上。

隨後燕夫人也給了紀清晨一個見面禮，一枚翡翠雕的玉珮。

幾人這才離開。等到了樓下，紀清晨不想這麼早回去，就鬧著還要往前走，那邊橋上也是熱鬧極了，而且在橋上，還能看見龍舟，這會兒龍舟可都在河上練習著。

「紀姑娘，我瞧著那邊有些小吃，不如我買一些回來給妳們嚐嚐吧。」溫凌鈞指著不遠處。今兒個是端午，做小吃的都聚集到了這一處。有糯米飯、爆肚、鍋貼、吹糖人、菱粉糕、綠豆湯，簡直是應有盡有，那香味飄散，能順著微風，跑下十里地。

紀寶璟正要拒絕，可是一旁的紀清晨已甜甜地說：「謝謝溫哥哥。」

溫凌鈞立即道：「等我一會兒啊。」說完，就跑了出去，他身邊的二寶也沒法子，只得跟著自家世子爺往外跑。

待在糯米飯的攤子上站定後，二寶立即問道：「世子爺，您今兒個怎麼這麼殷勤啊？」

「胡說，紀姑娘她們是客，我這只是待客之道而已。」溫凌鈞義正詞嚴地道，然後又催二寶給銀子付錢。

待把周圍的小吃攤都買了個遍，二寶道：「世子爺，紀姑娘是大家小姐，哪裡會吃這些街邊的東西？咱們買了叫人家嚐嚐鮮也就行了。」

溫凌鈞這才收手，只是他們往回走的時候，就見人群都往橋上跑。

二寶是喜歡熱鬧的性子，拽著一個人便問道：「小哥，請問那邊發生什麼事了？」

「前頭有人被擠到掉進河裡了，聽說還是個姑娘。」被抓住的人一說完，就往那邊跑了。

溫凌鈞心中一顫，可是又想著她身邊都是丫鬟，定然不會有事的。

「戴著個帽子，一掉下去，人就往水底沈，還真是可憐。」誰知旁邊又有往回走的人，邊走邊說。

溫凌鈞一下子往回狂奔，就見橋上已站滿了人，可是他到了原地，就是不見紀寶璟她們的身影。而此時河中則漂著一頂白色的帷帽，帽子輕紗尚未濕透，影影綽綽。

寶璟……

他扔了手中的東西，便從橋上跳進河裡，旁邊的人都被他嚇了一跳，就聽人群又大喊道：「有人跳河，有人跳河了。」

二寶趕到的時候，正瞧見他家世子爺從橋上跳下去，嚇得腿直接軟了，跪倒在地上。

「二寶，溫哥哥呢？」紀清晨是瞧見二寶才過來的，二寶此時已目光呆滯看著橋邊。

紀清晨趕緊過去一瞧，就見河中一個男子正奮力地游著，似乎要游到河中心的帷帽邊。

此時紀寶璟也聽到動靜趕過來，她自然也瞧見了溫凌鈞，嚇得心跳險些漏了一拍。

「大姊，他是想救那頂帽子嗎？」紀清晨傻傻地問。

紀寶璟這會兒如何不懂，他定是以為自個兒掉下去，才跳下去救她的。於是她也顧不得大家閨秀的形象，撩開面前帷帽的輕紗，衝著河中大喊道：「溫世子、溫世子。」

可是她喊了兩聲，都不見他回頭。

一旁的丫鬟們也跟著一起喊，直到紀寶璟大喊一聲：「溫凌鈞，你給我回來！」發了瘋向河中心狂游的男子，似乎有了感應一般，回頭看過來。

五、六丈長的橋邊欄杆上都圍滿了人，可是他卻一眼瞧見了那個心中的人。只見她一隻素手輕撩面前的薄紗，雖隔得遠，可他似乎能瞧見她臉上的著急。

原來掉進河裡的不是她啊，真好。

河中的人，突然就沈了下去，嚇得橋上的人又紛紛大喊起來。

此時紀寶璟喊道：「若是有哪位義士願下河救人，我願出五十兩銀子。」

撲通、撲通，一下子就跳下去四、五個人。

紀清晨瞧著這一幕，竟忍不住想笑。她這個未來大姊夫，還真是傻得可愛啊。

端午佳節，真定河上波光粼粼，河邊早已擠滿了看熱鬧的人群，只是這龍舟尚未開始呢，便已發生了好幾起意外。

上了岸的溫凌鈞在看見紀寶璟時，第一句便是：「紀姑娘，妳沒事啊？」

「我哪裡有事，倒是你……」紀寶璟見他都弄成這樣子了，竟還想著自己，心底有著說不出的滋味，咬著唇說不出話。

「我沒事，我自幼便會鳧水，方才只是一時脫力了。」溫凌鈞見她似有些生氣，立即解釋道，可是也明白她是在擔心自己，心中登時又覺得高興起來。

「大姊，咱們趕緊去給溫哥哥買一身衣裳換上吧，要不然他該生病了。」還是紀清晨在一旁提醒道。

只是這救人的銀子，紀寶璟身上也沒帶這麼多，便叫丫鬟將銀袋子拿出來。好在二寶這會兒過來了，立即道：「我身上有銀票。」

溫凌鈞也說：「這賞銀哪能讓妳給。」若不是還有外人在，他真想叫她一聲寶璟。

二寶身上帶了銀票，按照紀寶璟方才答應的那般，一個人給了五十兩銀子。

一旁圍觀的人，見這些人居然真拿到了五十兩，心裡是又羨慕又後悔，只恨自個兒方才跳得慢了。

「溫世子，這都是怎麼了？」韓氏一瞧見溫凌鈞頭髮濕漉漉的，衣裳也不是先前那一套，瞧著有點寬大，看著不合身極了。

紀清晨搗嘴，忍了好久，才沒有偷笑出聲。

溫凌鈞輕聲道：「遇上一些小意外，伯母不用擔心。」

韓氏瞧著他這模樣，立即擔心道：「這頭髮都是濕的，要不散開叫人好好擦擦。」

而後連老太太都開口，溫凌鈞才沒拒絕，領著二寶去梳洗一番。

這會兒龍舟賽也正好要開始，老太太和韓氏都起身到二樓的陽臺上坐下，河面上的龍舟已呈蓄勢待發之勢。

待坐下後，韓氏側過頭，問旁邊的紀寶璟。「璟姊兒，溫世子這是落水了？」

噗哧一聲，紀清晨終於忍不住笑了出來，韓氏瞧著她笑的模樣，一臉無奈。

一旁的老太太招了招手，道：「沅沅，妳到祖母跟前來。」

紀清晨跑過去，依偎在老太太的身邊，小姑娘踮起腳尖，在老太太耳邊說了幾句話。老太太臉上先是驚訝，隨即竟忍不住露出了笑容，低頭問小孫女。「可是真的？」

「自然是了，您不知道啊，好多人都瞧見了呢。」紀清晨笑得特別開懷。

老太太點了點她的額頭，教訓道：「怎麼說人家也是為了救姊姊，不許這麼沒禮貌。」

「我沒有笑話溫哥哥。」紀清晨立即說道。只是他真的太好玩了。

沒一會兒，紀寶芸和紀寶茵兩人也回來了，後頭跟著的丫鬟，手上都提了好些東西。

韓氏立即道：「外頭這些東西可不乾淨，小心吃壞肚子，到時候又要哭哭啼啼了。」

「娘，人家買這些都是回來孝敬您和祖母的，您這般說，我可不願意了。」紀寶芸秀美的臉上立即擺出不高興的表情，韓氏聽了，只得又去哄她。

紀寶芸抬頭又瞧了紀寶璟一眼，突然笑了聲。「大姊，竟是這麼快就回來了。」

「妳在路上撞見璟姊兒了？」韓氏聽她這口吻，立即笑問道。

紀寶芸還要說什麼，突然間紀清晨指著河面大聲喊道：「快看，龍舟賽要開始了。」

龍舟比賽開始之後，河邊兩岸上的加油吶喊聲，簡直是響徹雲霄。

一共有六艘龍舟，一艘船身掛著藍色旗幟的龍舟，一馬當先地闖了出去，誰知過沒多久，一艘掛著紅色旗幟的也突圍出來。兩艘龍舟你爭我奪，誰都不願落後。

河岸邊上的吶喊聲，直叫坐在陽臺上的紀家女眷，個個都捏緊了秀拳，手上的帕子險些都要扯爛了。

最後紅色的龍舟贏了之後，岸邊還響起了幾聲炮響，站在岸邊的人，更是齊聲歡呼。

龍舟比賽結束之後，溫凌鈞才回來。

此時溫凌鈞的頭髮雖還是濕的，卻已比方才整齊了許多。他立即對老太太道：「老夫人，凌鈞今日便先告辭了。」

老太太見他身上這般狼狽，也不好多說，便叫他路上小心。不過他臨去時，還是關切道：「今日真是叫你受累了。」

「凌鈞不敢。」溫凌鈞有些不好意思，卻還是笑了笑。

——未完，待續，請看文創風552《小妻嫁到》2

2017年8月出版

斂財小淘氣

文創風 547～550

爹不疼，沒娘愛，唯有金銀能依賴，
她盡心盡力幫他忙，就想賺點私房錢傍身，
可他身為堂堂世子，竟然厚臉皮的賴帳！

追趕跑跳碰　緣結逃不過／涼月如眉

想起那憋屈的上一世，這回重新開始，陸鹿沒打算重蹈覆轍，
她沒多大野心，只求在災厄來臨前遠走高飛、獨善其身。
但她年幼喪母，一個被外放別院、不受寵的首富嫡女，
是既無財力，也無人脈，逃跑計劃還得徐徐圖之。
誰知，不過因救了條命，順手摸了把短刀當報酬，
就惹來了前世最大的冤家，西寧侯府世子——段勉。
瞧著負傷的他，她心中沒有前世陰霾，畢竟碰上落難貴人的機會罕有，
身為大門難出，二門難邁的古代小姐，此等斂財良機可不能放過。
未料她任務都達成了，他卻翻臉不認帳，還奚落她一番，
想著白花花的銀子飛了，恨得她是牙癢癢又只能乾瞪眼，
哼，山不轉路轉，路不轉人轉。惹不起他，避開他總行了吧？
反正在他面前，她不過是個無足輕重的陸府小丫鬟，
且好歹也對他有救命之恩，想來不致對她痛下殺手。
倒楣的是，她怎麼樣都躲不過他，還暴露了真實身分……

純粹愛戀　甜蜜暖心／慕童

2017年8月出版

小妻嫁到

他以後可是她的人了，
這一世，不管好或不好，
能罵他、欺負他的，都只有她！

文創風 551 1

睜開眼，她已經從一縷幽魂變成一個軟呼呼的小萌娃，
直到她遇見了前世曾與她朝夕相處的裴世澤之後，
她才知道原來自己不是投胎了，而是以不同身分重活了一次。
本想捏捏看他這張年輕許多卻依舊俊俏的臉，觸感好不好，
可他卻突然抓住她嫩白的小手，讓她不小心跌進了他懷裡。
真是天外飛來豔福啊！她雖是娃娃身，卻有著一顆少女心，
面對眼前的美男誘惑，她的心思早就不知歪到哪裡去了……

文創風 552 2

離開前，說好要天天寫信給她的，
沒想到他這一走，卻杳無音信……
可他一回來就吃她豆腐，這好像不大對吧？
她不再是當年那個小不點兒，可以任由他又抱又摸又捏的，
如今長大了，她也是要嚴守男女之防，維護一下閨譽的。
偏偏他完全不當一回事兒，對她還是像兒時般親暱呵護，
他究竟……有沒有把她當成女人來看待啊？

文創風 553 3

紀清晨一直以為，他對自己的情感，只是哥哥對妹妹的疼愛，
但他居然對她說，他一直以來喜歡的人，只有她，
彷彿怕她不信，他欺身過來就將她壓在牆上，落下一個吻。
這……這……難不成就是傳說中的「壁咚」?!
不過，要是他從一開始就看上她的話，
那這一切，該不會都是他預謀已久的嬌妻養成計畫吧……

文創風 554 4

紀清晨這才發現，原來都是自己害他失去了大好前程，
那麼，這一世，她定會對他負責到底！
可就在好不容易排除層層阻礙，他們終於可以成親的時候，
發生了一樁意外，讓她險些喪命，
在這之後，他便總是避著她、躲著她，她再也沒見過他。
這突如其來的轉變，讓她不知所措，
難道他之前的努力，就只是為了將她推得更遠……

文創風 555 5 完

裴家的長輩一個比一個還要尖酸苛刻、蠻不講理，
尤其是她這個後娘婆婆，過去可沒少欺負她的親親相公，
他卻總是默默忍受，只有在她被刁難時，才會挺身而出，
她覺得窩心的同時，也心疼他自小就沒感受過什麼是親情。
從今以後，就由她來給他溫暖，當他一輩子的家人，
將來不論發生任何事，她都不會放開他的手！

天上人間　與君結髮／慕童

2016年1月出版

龍鳳呈祥

她生平無大志，只想美美地過日子，
幸好她家世不賴，父兄疼愛，長得又美，
而且最棒的是早早就迷住了未來夫君，
讓他甘願為了娶她回家而苦情地等等等，
唉唉，她簡直要讓全天下女子羨慕嫉妒恨啦～～

文創風 372 1

她是極罕見的龍鳳胎，一降生便是祥瑞喜慶的代表，
加之又是家中唯一嫡女，爹娘對她的疼愛那是誰都看得出來的，
更別提她上頭的大哥哥、二哥哥，對她簡直有求必應，
就連跟她同胞出生的六哥哥都沒得到她這種規格的待遇呢！
所以她的日子過得挺美的，整日只要吃喝玩耍、逗人開心便好啊～～

文創風 373 2

說起她這位四姊姊，那也算是個奇葩了，
她們二人年歲相仿，差別只在於一人是嫡、一人為庶，
當然，在美貌這一點上，她謝清溪是無人能敵的啦，
至於其他的氣質、談吐、才智、討人喜歡的程度等等，她也是不輸人的，
咦？這麼一比，四姊姊跟她還真是沒得比啊！

文創風 374 3

說句不客氣的話，她家裡個個都長得很好看，她本人更是美呆了，
可沒想到，那位神神秘秘出現在她家藏書樓的小船哥哥竟比她更漂亮！
初次見面時她才兩歲，他瀟灑地越過欄杆，從二樓一躍而下，
看著他那張傾城的臉，她一時就犯了傻，竟脫口問他是不是書精來著？
結果……當然不是啊！真不知道她在想什麼！

文創風 375 4

有個拐子將她給擄走，他為了救她而被刀砍傷，
事後，她聽到了爹爹跟他的對話，原來他是當今聖上的親弟弟——恪親王。
說實在的，小船哥哥真是個萬中選一的夫婿好人選，
可惜他們兩人間差的不僅是身分，還差了十歲，
等她長大到能嫁人時，他孩子都不知道生幾個了，唉……

文創風 376 5

打從大哥哥出現在她的生命起，她就最喜歡大哥哥了，
不管是說話也好、做事也好，她從來都覺得「我的大哥哥是天底下最好的」！
而且大哥哥不僅長得好看，又很會唸書，是本朝第一個連中三元的狀元郎，
她真是發自內心地崇拜著他的，誰家的大哥能跟她家的比啊？
就連她好喜歡好喜歡的小船哥哥，在她心裡的地位也還及不上大哥哥啊！

文創風 377 6 完

謝清溪真沒想到，陸庭舟居然頂著山大的壓力不娶，硬是等她長大！
而且這麼大年紀了不僅沒大婚，府裡竟連個通房都沒有，
就算是一般人家，誰能看著兒子到二十幾歲還不成婚的？
況且他還是個親王，是太后最疼愛的么兒、是皇帝嫡嫡親的弟弟呀！
也難怪她娘心裡會忐忑不安，認為他該不會是哪方面有問題了，哈……

為流浪貓狗加油 和貓寶貝 狗寶貝

廝守終生(一定要終生喔！)的幸福機會

對人來說，貓寶貝狗寶貝只是生活的一部分，但妳(你)對牠們來說，卻是生活的全部，領養前請一定要考慮清楚——

▲ 等待幸福降臨的大男孩　LOKI

性　　別：男生

品　　種：米克斯，混哈士奇犬

年　　紀：約8～9歲

個　　性：親人、愛撒嬌、活潑

健康狀況：已結紮。打過狂犬病疫苗、驅蟲藥，定期點蚤不到；曾有心絲蟲，但已治療。

目前住所：桃園市南崁

本期資料來源：台灣認養地圖

『LOKI』的故事：

中途是在桃園觀音區某小吃店對面和LOKI相遇。由於位處工業區，中途擔心LOKI在附近會遭遇危險，便展開對LOKI的救援行動。

這是中途首次的救援，就遇上大問題——LOKI感染了心絲蟲，以及齒槽膿漏導致臉部腫脹。中途陪著LOKI治療約半年的時間，如今所有疾病都已被妥善治療並痊癒，臉部的傷口也癒合的相當良好。除了心臟因心絲蟲造成的損傷無法修復，讓LOKI在激動時會咳嗽外，已經是一隻健康又活潑的可愛狗狗了。

LOKI非常聰明，能快速地學習指令，現在不論是坐下、趴下、臥倒，還是吃飯等待、隨側散步都難不倒牠。LOKI很親人又愛撒嬌，喜歡玩玩具，不會在家裡隨意大小便，都會等到被帶出門時才在外面解決；然而，或許是在外流浪太久，LOKI有點貪吃，且相當的護食，除了這點，LOKI都很乖巧。

LOKI在治療過程中從不放棄自己的生命，很有毅力地堅持著；中途見到如此也不願意放棄牠，同時也決定一定要幫牠找到一個適合牠的新家。對於米克斯大型犬來說，能被領養的機會不高，但LOKI仍然期待牠的幸福降臨。如果您願意給LOKI一輩子不離不棄的承諾，請來信chang.shrimp@gmail.com（張小姐）。若您想再多了解LOKI，請至FB收尋：Husky Loki 救援日記。

認養資格：

1. 認養者須年滿25歲，有穩定收入。
2. 若為男性需役畢，與家人同住者則需取得家人同意。
3. 須同意簽認養寵物切結書，並定期向中途回報LOKI的狀況。
4. 須定期讓LOKI施打年度預防針，每月除蚤、心絲蟲的預防。
5. 同意讓LOKI養於室內，且不關籠，以及不讓LOKI做看門狗，或是隨意放養，外出時則一律上牽繩。

來信請說明：

a. 個人基本資料：姓名、性別、年齡、居住地、同住者、 職業與經濟來源等。
b. 預定如何照顧LOKI，以及所能提供之環境和承諾（如：食物、飼養方式）。
c. 請簡述過去大型犬的經驗、所知的心絲蟲相關知識，及簡介您的飼養環境。
d. 若未來有結婚、懷孕、出國或搬家等計劃，將如何安置LOKI？
e. 是否同意中途作日後追蹤（家訪、以臉書提供照片）？

551

小妻嫁到 1

國家圖書館出版品預行編目資料

小妻嫁到 / 慕童著. --
初版. -- 臺北市 : 狗屋, 2017.08
冊 ; 公分. --（文創風）
ISBN 978-986-328-760-5（第1冊：平裝）. --

857.7 106009729

著作者	慕童
編輯	江馥君
校對	黃薇霓　簡郁珊
發行所	狗屋出版社有限公司
地址	台北市104中山區龍江路71巷15號1樓
電話	02-2776-5889～0
發行字號	局版台業字845號
法律顧問	蕭雄淋律師
總經銷	知遠文化事業有限公司
電話	02-2664-8800
初版	2017年8月
國際書碼	ISBN-13　978-986-328-760-5

本著作物由北京晉江原創網絡科技有限公司授權出版

定價250元

狗屋劃撥帳號：19001626

網址：love.doghouse.com.tw　E-mail：love@doghouse.com.tw